KB118637

여기에 없도록 하자

염승숙
장편소설

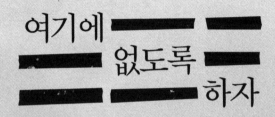

여기에 없도록 하자

문학동네

차례

**여기에 없도록 하자**

007


**작가의 말**

326

# 1

마우어.

약이 중얼거렸다. 두터운 안개를 뚫고 가는 중이었다.

노래를 불렀었지.

어떤?

내가 물었다.

기억 안 나?

약이 되물었다.

글쎄.

어깨를 으쓱해 보이는 것 외엔 할말이 없었다. 내 제스처를 약은 보지 못할 거였는데도 그랬다.

마우어, 마우어…… 전주가 길었고, 후렴이 아름다웠어.

약은 속도감을 느낄 수 없는 보폭으로 걸었다. 나는 자주 멈춰섰다.

어서 가자.

나는 말했다. 습기를 가득 머금은 안개 탓에 어깨가 천천히 젖어들고 있었다. 어서 가자고, 다그치지 않아도 약은 알았을 것이다. 뒤처지는 건 금방이다. 순식간에, 안개는 어둠을 몰아와 우리의 걸음을 따라잡을 것이다.

왜 기억이 안 나!

왜라니.

어째서?

어째서라니.

우리 그렇게 자주 부르곤 했는데?

약이 불퉁거렸다.

우리라니. 혼자였겠지. 나는 그랬던 적이 없어.

아니야. 마찬가지였을 거야. 해질녘 골목길을 바지런히 돌아나가며 마우어, 마우어…… 끝도 없이 되풀이했다고. 어떤 아이였더라도 말이야. 예외는 없어!

약은 그답지 않게 유난스레 수선스러웠다. 그의 수다스러움에 적잖이 긴장하며 나는 떠올려보았다. 어슴푸레 그런 가사와 멜로디를 흥얼거렸던 것도 같았다. 그러나 그 시절 그 나이에 부를 만한 노래라면 다들 엇비슷한 가락이 아닌가 싶었다. 이웃집 바둑이나 들판의 푸른 새끼 염소 따위의 노랫말이 아니라면 말이지, 하고 나는 생각했다.

마우어, 마우어……

약은 계속 불렀다. 노래 같지는 않았다. 노래 같지는 않고, 바람

같았다. 허밍 사이사이에 마우어, 마우어, 라는 단어만 반복해대는 식이었다.

얼른 움직여.

내가 재촉했다.

안개가 짙어졌어. 이대로라면 흠뻑 젖을 거야.

흐응.

약이 칭얼거리듯 걸음을 늦췄다.

그런데 말이야,

약이 말했다.

어렸을 때 불렀던 노래들이 이상하게 잔인했다는 거 알고 있어?

잔인하다고?

의미를 곱씹어보면 그렇다는 거야.

의미?

가사 말이야. 예를 들면 여자애들이 고무줄놀이할 때 흔히 부르던, 전우의 시체를 넘고 넘어 앞으로 앞으로……

아.

그런가, 싶다가 입을 다물었다.

그때는 몰랐던 것들, 다 커서야 그게 그런 노래였나, 하고 알게되는 것들이 있잖아. 새삼스레 화들짝 놀라워하게 되는. 그래서다시 입 밖으로 소리내 부르기엔 조금 거북해지는.

그런가.

그렇대도.

너 오늘 말이 너무 많다.

야박스럽기는!

가자, 하고 나는 다시 말한 뒤 걸었다.

마우어가 독일어라는 걸 알았어?

약이 자꾸만 마우어 얘기를 해서, 전주가 길고 후렴이 아름다웠
다는 노래에 대해 나는 생각해야만 했다.

알았어?

……

알았냐고.

……

몰랐지?

걷기나 해.

'장벽'이라는 뜻이야.

그렇군.

그렇대도.

어서 걸어.

어떻게 그런 노랫말들을 거리낌없이 부르고 다녔을까? 호루라
기처럼 말이야.

'거리낌없이'라는 약의 말을 더듬느라 잠깐 멍했다. 뒤따라오던

약이 피식거리며 웃었다.

좋아, 시는 집에 가서 쓰자!

약이 과장되게 팔다리를 앞뒤로 흔들며 앞서갔다. 어깨가 축축했다. 안개는 점차로 더 짙어졌다. 시야가 희붐해지고 있었다. 나는 옷섶을 끌어당기고, 뒤집어쓴 후드의 끈을 조였다. 다시 걸음을 떼었다.

꿈을 꿨어.

잠시 잘 걷는가 싶더니 약은 또 말했다. 그러고는 조용했다. 사위는 안개로 가득이었다. 약과 함께 걸었으나 시나브로 혼자 걷고 있는 기분이 들 만큼. 약이 들이쉬고 뱉는 숨소리가 아니라면, 약의 겉옷이 가방에 부딪혀 내는 바스락거리는 소리가 아니라면, 그가 저멀리 홀로 사라져버렸다고 해도 알아차릴 수 없을 거였다.

플래시를 켜자.

내가 말했다.

그래!

약이 요란스럽게 주머니를 뒤져 랜턴을 치켜들었다. 나는 휴대전화로 음악을 틀었다. 느릿한 선율이 타인의 허리춤에 손 두르듯 공중을 휘감았고, 나른한 음성이 귀를 간질였다. 빌 에번스의 〈My foolish heart〉였다. 나는 약의 얼굴을 가만 바라보았다. 그는 머리칼이 젖어든 채로 배시시 그러나 서늘히 웃고 있었다.

## 2

꿈을 꿨다니까.

약이 같은 말을 반복했다. 한숨이 절로 나왔는데 하품 같은 거였다.

이럴 땐 좀 무슨 꿈이냐고 물어봐라.

약이 채근했다.

무슨 꿈인데.

나는 졸렸다.

잔소리하려는 건 아니지만 너는 리액션이 부족해.

그냥 바로 설명하면 그만이지.

그만이라니.

그만이지, 그럼.

아니야, 병신, 그건 대화가 아니잖아.

약이 수다스레 잔소리했다.

혼자 말하는 건 독백이지. 인간은 둘 이상이 모이면 대화를 해야 하는 거야. 리액션은 대화의 초석이자 바탕이자 전부니까. 상대의 반응이란 건 말이지, 대화를 이끌어나갈 수 있게 한다고. 부드럽게.

대화는 꼭 지속되지 않아도 돼.

문제는 그거야, 추. 그렇게 아무려나 상관없다는 태도. 그건,

약이 혓바닥을 쭉 내밀었다.

그건?

맥이 빠지지.

나는 잠시 침묵했다. 안개를 헤치고 걷느라 금세 노곤해졌다. 이대로라면, 이렇게 짙은 안개 속에서 말하다보면 숨이 턱끝까지 차오를 거였다. 그리고 내색하지 않았지만 나는 말 많은 약 앞에서 조금씩 긴장하고 있었다. 대화 따위는 지속되지 않아도 좋았다. 어서 집으로 향해야 했다. 문을 열고 들어가서 씻고 잠들어야 했다. 약의 눈꺼풀을 셔터처럼 끌어내리고 이 무탈한 하루를 끝내버리고만 싶었다.

서둘렀어야 했어.

나도 모르게 책망하듯 말했다.

다리가 무거워. 조금만 쉬자.

약의 목소리가 허공에서 들려왔다.

그럴까.

온몸의 힘을 빼고 가만 멈췄다. 눅진한 안개가 사지에 달라붙어 있었다. 플래시를 끄니 사방이 검고 적막했다. 적막 속에서 반딧

불처럼 재즈의 선율만이 반짝였다. 그러다 약이 클클 웃으며 다시 플래시를 켰다. 그의 긴 그림자가 검은 수풀 속을 향해 수굿이 기울어졌다. 나는 그것을 가만 바라보다가 몸을 움직였다. 그런 뒤 방향을 틀어 움직이려다 아, 하고 잠시 놀랐다. 내가 고개를 숙이자 약이 제 신발 앞코를 향해 불빛을 비췄다.

햄이다.

햄이네.

우리는 동시에 쪼그려앉아 동그랗게 빛나는 자리를 들여다보았다. 틀림없는 햄이었다.

밟아볼까?

약이 말했다.

하지 마.

나는 질색했다.

뭘 하지 마?

뭐든, 절대 하지 마.

괜찮아, 다들 그런다던데?

싫다고.

약이 손을 바꿔 플래시를 이리저리 옮겼다. 햄은 불그스름했고, 정사각의 형태로, 더러워지지 않고 아직은 깨끗해 보였다. 왜 여기에 있는지는 몰랐다. 어디선가 옮겨졌거나 옮겨져 왔을 텐데 알 수 없었다.

가져갈까?

약이 눈을 반짝 빛냈다.

무슨 소릴 하는 거야?

가져가서.

가져가서 뭐.

잘라본다든가……

약이 속삭이듯 말해왔다. 나는 관자놀이가 지끈거렸다.

미친 소리 좀 하지 마!

뭐가 어때서 그래!

싫어.

넌 너무 꽉 막혔어. 앞뒤로 아주 꽉꽉이라고.

약이 발끈하다가는 지독하다는 투로 입을 비쭉 내밀었다.

우체통……

다리를 펴고 일어나며 내가 두리번거렸으나,

여기에 그런 게 있을 리 있어?

약이 비웃었다. 분실됐거나 유실된 햄이라면 우체통에 넣어주
는 게 좋을 텐데 싶었지만 생각으로 그쳤다. 생각이 언제나 생각
으로만 그치는 것은 곤혹스러운 일이다.

나는 멀리 시선을 두었다. 수풀 너머 낮게 포복한 들고양이가
보였다. 크게 확장된 눈동자가 신호처럼 반짝이고 있었다. 한 마
리일까. 아니겠지. 대부분 한 마리 뒤에 여럿이 포진해 있는 경우

가 많았다. 눈동자는 가뿐하고도 재바른 걸음으로 젖은 풀잎이며 나무덩굴 속을 기민하게 헤쳐 올 거였다. 그 빛나는 움직임만이 햄 앞에 진실한 태세로 당도할 터였다. 어떤 절망과도 같이 몰려오는 피곤을 느끼며 나는 머리칼 속으로 손을 넣어 휘저었다. 안개에 젖은 머리칼이 힘없이 늘어졌다.

나는 망설이다가 약의 팔을 잡아끌었다.

내버려두고 가자.

먼저 앞으로 나섰다. 발바닥이 신발이라는 물살에 감겨드는 듯 축축한 기분이었다.

꿈 얘기를 다시 해봐.

약의 주의를 돌리려고 말을 꺼냈다. 약이 멀리 있는 느낌을 받았다가 아아, 하는 목소리가 들려오며 다시 가까워졌다. 우리는 걸었다.

# 3

장벽이었어.

두꺼운 안개 속에서 한없이 낮게 가라앉은 목소리로 약은 말해
왔다.

꿈에 장벽이 있었고, 나는 발가벗겨진 채로 매달려 있었어.

어디에?

장벽에.

매달려 있었다고?

그래. 분명히 그랬어. 어떻게 못 알아볼 수가 있겠어. 꿈이라도
너무나 생생히, 그게 나였는데. 내 얼굴이었어.

약이 신발로 바닥을 툭툭 차며 걸었다.

어떻게 보였는데.

몰라.

몰라?

무기력해 보였달까. 아니, 무의지적이었달까.

무의지적?

그런 얼굴에도 욕망이랄 게 담겨 있다면, 누군가 내 목을 따고 내 배를 죽 갈라 속 안의 것을 모조리 끄집어내주었으면 하는 것 아니었을지.

몽롱한 표정으로 약이 말했다. 순간 영혼이 빠져나가는 게 아닐까 하는 생각이 들 정도였다.

비가 오고 있었어. 이런 지긋지긋한 안개 같은 건 전혀 보이지 않았어. 깨끗하고 순수한 어둠 속에서 다만 장벽과, 그 장벽에 내걸린 나의 존재만이 선명했지. 나는 움직일 수 없었어. 파도 앞의 풍어라도 된 듯 비를 맞고, 바람이 불면 흔들리고…… 흡사 창틀에 얹힌 오래된 더께의 먼지 같은 거였다고 해도 부정하지 못했을 거야. 누군가 창문을 열면 덩어리진 채로 고요히, 밀려나버렸을 테니까.

나는 잠자코 들었다.

어쨌든 그러다 내가 막 괴성을 지르는 거야!

약의 목소리가 한 톤 높아졌다.

괴성이라니.

뭐였느냐고 물어봐줘. 그대로 해볼 테니까. 얼른, 얼른.

약이 '힛' 소릴 내며 발을 굴렀다. 나는 한숨을 쉬며 물었다.

뭐였어?

약이 목을 가다듬었다. 숨을 크게 들이쉬었다가는,

세상이 이렇게 좆같은 거라고 왜 말해주지 않았어!

하고 길게 고함을 질렀다. 어찌나 크게 소리를 질렀는지 통통한 부피의 안개가 잠시 물러났다가 다시 코앞으로 다가드는 느낌이었다.

비명이로군.

어처구니가 없었다.

비명이지!

약이 맞장구를 치곤 킬킬댔다.

너도 해봐.

됐어.

질러봐.

싫어.

싫은 것도 많다!

약이 툴툴거렸다.

그럼 내가 또 할래.

어서 가자, 좀.

세상이! 이렇게! 좆같은 거라고!

약이 허리를 휘청댔다.

왜 말해주지 않았어어! 왜! 왜애!

이전보다 더 크게 내지르곤 숨을 몰아쉬었다.

소리소리 치다 깼는데 그러고 나니 후련하더라. 침대에 누워서 장벽이란 것에 대해 곱씹다가 마우어, 마우어…… 떠들어대던 게 기억났던 거야.

나는 말없이 들었다.

장벽이라니.

약과 보폭을 맞춰 걸으며 곱씹어보았다. 한동안 젖은 바닥을 신발로 끌듯 걷는 소리만이 정적을 대신했다. 그러다 약이 다시 중얼거리는 소리가 들려왔다. 나는 고개를 돌려 그를 바라보았다.

인생이 이렇게 좆같다고, 정말이지 좆같다고 누군가 진작 말해줬다면 좋았을 텐데. 왜 아무도 가르쳐주지 않았지? 왜 우릴 방기했지?

약이 나직하게 말하며 슬며시 웃음 짓는 걸 보았다. 그리고 그 순간 플래시가 꺼졌다.

약.

불렀는데 대답이 들려오지 않았다. 사방이 축축한 어둠 속이었다. 안개가 뒤로 물러난다 싶을 즈음에 나는 척추가 휘듯 서늘함을 느꼈다.

약.

다시 불렀으나 소용없었다.

장난하지 마.

진작 알았어야 했는데.

약의 말소리가 들렸다. 눈이 멀 것 같은 안개 속에서도 나는 약의 손에 쥐어진 게 단도라는 걸 알아차렸다.

약.

손을 내저었지만 어디에도 닿지 않았다.

대답해!

비가 오면 비를 맞아야 해. 하지만 비는 오지 않지. 내리지 않아. 비가 안 온 지가 벌써 얼마나 됐나⋯⋯

뭔가에 홀린 것 같은 약의 중얼거림이 들려왔다.

집에 가서 씻자. 뜨거운 물로 씻고 잠들면 기분이 나아질 거야.

내가 말을 잘랐지만,

아니야, 아무것도 씻기지 않아.

약은 지치지 않고 떠들었다.

매일 안개에 갇혀 있지. 안개는 우리의 죄수복이야. 우리는 수인처럼 가둬져 있어.

헛소리하지 마.

그렇지 않아? 추, 나는 다시는 장벽으로 가지 않을 거야.

꿈이잖아. 꿈이었을 뿐이라고. 그러니까 그런 개소리는 집어치워.

플래시를 켜려고 했는데 휴대전화가 손에서 미끄러졌다. 약이 대꾸해왔다.

맞아, 다 개소리지. 왈왈!

그때에 단도가 허공에 들려져 어둠을 찢고, 안개의 부피를 뚫고, 약의 목을 찌르는 것을 나는 알았다. 살갗에 꽂히는 쇠의 단면은 찰나에 아름다운 빛을 낸다. 나는 망연히 서서 그것을 보았다. 몸 자체에서 울려나오는 떨림을 느끼며 아 이렇게 또 끝이군, 나도 모르게 생각했는지도 모를 일이었다.

끝이군, 끝이야……

머리통을 부여잡고 웅얼거리는 내내 그것이 읊조림인지 울먹임인지 분간하지 못했다. 솜사탕을 한입 베어 무는 듯 〈My foolish heart〉의 피아노 가락이 심벌즈와 뒤섞여 점차로 달콤해지고 있었다. 안개 속에서 곡의 마무리를 알리는 멜로디와 박수 소리가 고요히 퍼졌다.

# 4

처음은, 샤워한다고 킬킬대며 욕실로 들어갔던 때였다. 실없는 농담도 하고 괜한 수다를 부려놓기에 기분이 좋은가보다 했는데 약은 커터 칼로 팔목을 그었다.

목을 한껏 움츠리고 어깨를 좁히며 웃어대던 그날의 약은 정다웠다. 병신아 제발 웃기지 좀 마, 소리를 잘도 하면서 시답잖은 말에도 고개를 끄덕이고 뱃가죽을 손가락으로 쥐어 보이며 웃었다. 약이 맞장구도 칠 줄 아는구나…… 그를 따라온 지 얼마 되지 않은 때여서 새삼스럽게 그의 움직임을 바라보았다. 이제는 안다. 그때 내가 그를 바라만 보았기에 나는 그의 행동에서 아무런 위험이나 위협의 징후도 찾아낼 수 없었다. 그를 지켜보지 않아서, 제대로 지켜보지 않고 별 볼 일 없는 대화의 감흥에 취해 바라만 보아서, 나는 그가 감춘 걸 알아차리지 못했다. 언제 웃고 언제 말하고 언제 우는지 살펴보지 않고 그저 바라만 보아서.

그날의 나를 나는 때때로 복기한다.

약이 아니라 나를, 상대의 움직임에 반응하는 나의 행동을, 타인의 말을 알아듣는다는 식의 나의 포즈를. 떠올릴수록 그것은 '진정'은 아니었다. 나는 들었다고 생각했지만 제대로 듣지 않았고, 보았다고 여겼지만 제대로 보지 않았다. 그의 목소리, 그가 내보이는 눈짓, 손짓, 발짓, 그가 종종 웃거나 일그러뜨리던 얼굴…… 다 그저 그런 순간인 듯 관성적으로 보아 넘겼다.

곱씹을수록 떠올리게 되었다. 처음이 아니었다는 걸, 약의 자해를 목격한 것만큼의 사태가 나의 어린 시절에도 똑같이 있었다는 걸. 그때에 나는 이미 좌절을 경험하고 절망에 도달한 자의 그것 앞에 있었다. 생의 끈을 놓아버리고 끝을 향해 달려가려던 이의 눈빛을 앞서 경험하지 않았던가. 돌아볼수록 그랬다. 곰곰이 되풀이하여 생각할수록 그랬다. 그러니 알게 되었다. 인간은 누구나 상대의 전부를 알 수 없고, 무언가 온전히 알아차린다는 건 불가능한 일이라고. 타인의 속내를 짐작하고 가늠한다고 감히 말하는 것처럼 무지하고 폭력적인 제스처는 없다고.

피로 칠갑된 약을 차가운 화장실 타일 바닥에서 끌어낸 뒤로, 줄눈에 밴 붉은 피를 닦아내느라 락스 냄새에 한참이나 몽롱이 취했던 뒤로…… 그후로 나는 약이 웃고 떠드는 때를 경계하게 되었다. 생각지도 못한 날카로운 것으로 제 몸을 긋거나 쑤셔대거나 했기 때문에 티 나지 않게 긴장하는 습관이 들었다. 약의 자해는 때마다 꾸밈없고 솔직해서 두려운 순간이 많았으니까.

이후로도 나는 불시에 이루어지는 약의 자해를 거듭 목격해왔다. 그것은 차마 대비할 수 없는 재해와도 같은 순간으로 나의 심신을 뒤덮고는 했다.

그때마다 그것을 외면할 것인가 구원할 것인가를 수시로 결정해야 했다. 그리고 그런 순간에 놓일 때마다 나는 이 세계를 향해 쏘아올렸던 유년 시절의 꿈이나 미래와 같은 것들이 얼마나 터무니없는 것이었는가를 절감했고, 삶이란 고작해야 자해와 가해의 녹슨 톱니바퀴로 맞물려 돌아가는 거란 걸 깨달았다. 인생은 햄이거나 햄이 아니거나 둘 중 하나였으므로 어느 쪽이든 아쉬울 것도, 안타까울 것도 없었다. 다만 폭발할 듯 팽창된 안개 속에서 자해가 아니라 해도 숨이 끊어질 것만 같은 독소적인 순간은 허다했다. 안개는 해로웠고, 햄이 되어버리는 건 더더욱 해로웠으며, 허무와 무기력은 시시각각 다가왔다. 그리고 그것들은 전부 제어되지 않는 것이었다. 그 모든 허망함의 그늘에 약은 매일 아무렇지 않다는 듯 누워버렸다.

그러나 약은 제 의지와 상관없이 몇 번이고 다시 살아났고, 눈을 뜬 찰나에 그가 느낀 건 여지없이 절망감뿐이라는 걸 나 또한 고스란히 흡수하듯 느꼈다. 결국 그가 그의 죽음과 함께 죽게 하고 싶었던 것, 죽여버리고 싶은 것이 무엇이었는지 나는 도무지 알지 못하겠다는 결론만을 내렸다. 죽어서 영원히 침묵하거나 살아서 공허만을 떠들어대거나, 그에게 가능한 선택이란 고작해야 둘 중 하나일 뿐인 것이다.

묻고 싶어진다. 나는 무엇을 선택할 수 있나, 내 앞에 선택지가 있기는 한가. 나는 나를 죽여버릴 수 있나, 그럴 만한 용기가 내게도 있나. 약을 바라볼 때면 고민스럽지 않을 수 없었다. 오래 살아남는 건 운이 좋아서가 아닐 것이다. 그저 용기가 부족하고 운이 나빴을 뿐. 누구나 '무엇'이 되어야만 하는 이 세계에서 나를 지킨다거나 지켜낸다는 건 결국 불가능한 일이다.

# 5

햄이 되고 싶지는 않았어요.

그는 말했다.

말 그대로예요. 햄이 되고 싶지는 않았어요.

나는 천천히 침대에서 몸을 일으켰다. 한동안은 멍한 상태로 이불을 둘둘 말고 있었다. 이불에서 습하고 끈끈한 냄새가 났다.

되고 싶지 않았는데 햄이 되었어요. 되고 말았어요.

그가 쉬지 않고 중얼거렸다.

낙심할 일이죠……

시무룩이 덧붙였다. 나는 딱히 뭐라고 대답해야 할지 몰랐다. 눈을 뜨니 협탁 위에 햄이 있었다. 어디로 들어온 건지 몰라 잠시 어리둥절했다. 이불을 걷어내고 일어나 창가로 갔다. 주먹 하나가 통과할 만큼 열려 있었다. 창문을 완전히 열어 먼 곳에 눈을 두고 둘러보았다. 사방이 온통 안개뿐이었다. 눈동자는 보이지 않았다. 창문을 다시 닫고, 잠금장치를 단단히 걸어 잠갔다.

밤에는 좀 춥더라고요.

그가 으슬으슬하다는 듯 말해왔다. 눈길을 주지 않을 수 없었다. 어제 밟을 뻔했던 그 햄인가 해서 고개를 갸웃거리게 되었지만 확신이 들진 않았다. 딱히 물어볼 것도 아니어서 그대로 돌아섰다. 침대 발치에 있던 제습기의 세기를 '강'으로 올려놓고 화장실로 들어갔다. 샤워하는 내내 또 골치 아프게 되었다고 생각했다. 햄이 들어와서 좋거나 나쁠 건 딱히 없었으나, 대체로는 신경 쓰지 않는 편이 좋았으니까. 약이 귀찮다며 신경질을 낼 게 뻔했으므로 성가시다는 마음이 들었다. 뜨거운 물로 씻고 나와 수건으로 머리칼을 툭툭 털었다. 햄은 꼼짝 않고 그 자리에 그대로였다. 꽤나 고집스럽게 조금의 움직임도 없었다.

창 가까이로 안개는 겹겹이 몰려와 있었다. 간밤보다는 좀 수그러든 것 같았지만 그래도 충분히 축축했다. 뒷목이 무거워 조금 주물렀다. 양팔을 벌려 어깨와 함께 빙빙 돌렸다. 약이 어떤지 들여다보려는데,

정말이에요.

그가 또 말 걸어왔다.

뭐, 그렇겠죠. 누구라도 햄이 되고 싶지는……

내가 어물대며 허리를 숙였다 펴는 사이에 약이 깼다. 약이 누웠던 간이침대가 뒤틀리며 불쾌한 소리를 냈다. 뭐야, 라고 묻거나 저건 또 어디서 굴러온 병신이야, 조소하지는 않고 약은 그저 눈만 끔뻑거렸다. 다시 잠에 빠져들려는 참인지 여전히 잠 속인지

통 분간이 가지 않는 표정이었다. 목에 붕대를 둘둘 감은 꼴로 약은 무던히도 담담하고 애매한 얼굴이었다.

누워 있어.

내가 말했다.

아파.

약이 핏물이 배어든 붕대를 손으로 가리키며 무심히 대꾸했다.

그러니까 누우라고.

간밤에 진통제를 한 시간 간격으로 네 알씩이나 먹고도 가까스로 잠든 약을, 나 또한 피로감에 휩싸여 바라보았다. 자칫 제대로 죽어버릴 수도 있었는데 이쯤은 별것 아니라는 듯 약은 빨간약 한 통을 들이붓곤 저 스스로 붕대를 감았다. 목 조르듯, 칭칭.

모두가 햄이 됩니다.

그가 또 말 꺼냈다.

누구나 '무엇'이 되어야 합니다. 되지 않으면 햄이 됩니다.

그의 어조가 은근히 결연했다. 모두가 햄이 된다는 그의 말을 입속에 넣고 씹듯이 삼켜보았다. 나는 별 대꾸 없이 수건을 머리에 얹고 식탁 의자에 앉았다. 약은 침대에 기대어 앉은 채로 멀뚱히 나와 햄을, 햄과 나를 바라보기만 했다. 제 시야에 들어오는 광경이 새삼스럽다는 듯 방안마저도 고개를 돌려가며 둘레둘레 보았다.

햄.

약이 입 벌려 발음했다.

햄.

나도 모르게 따라 하게 되었다.

햄이죠.

그도 말했다. 그런 뒤엔 한동안 침묵이었다. 약도, 나도, 햄도, 그것만이 최선이라는 듯 가만히 있었다. 안개처럼 정체된 채로.

햄, 햄······

속으로 궁굴릴수록 아무래도 좋다는 자조가 밀려들었다. 아무래도 좋지 않나, 이래도 저래도 나쁘지 않은 건 나쁘지 않은 것. 모두가 햄이 된다고 해서 나쁠 것은 없지 않나, 햄이 되어서도 생은 지속되어 햄의 시간을 견뎌야만 하는 일이 오로지 나쁘다면 나쁜 것. 그리고 그런 나쁜 것 속에서 가장 나쁜 건 햄이 되지 않기 위해서만 일하고, 결국 햄이 되지 않는다고 해서 더 나을 것도 없는 나의 어제와 오늘과 내일이었다.

그런 생각을 그러니 하지 않을 수 없었다. 안개는 흩어졌다가도 쉬이 몰려오고, 기온은 오르내리며, 열차가 달려나가는 철로는 수시로 뒤틀렸다가 바로잡힌다. 정해진 선로 위로 계절이 가고 시간이 흐르고 아이는 자란다. 그저 그것뿐. 인생은 어린아이가 꿈꾸어 그려낸 스케치북과 같이 대단한 환상의 세계는 아니다. 아이는 누구라도 어른이 되기 마련이고, 노동을 지속해나가지 않으면 안 된다. 노동하지 않는 어른은 햄이 된다. 그것은 자명하다. 자명한 진실이다. 햄이 된다니, 그것마저도 수순처럼 어그러짐 없이 진행돼나가는 일련의 과정처럼, 다시 말하지만 그저 그것뿐인 게 아닌가 하는.

양갱처럼 단단해진 공기 속에서 누군가 손을 휘젓듯이 움직였다. 약이 몸을 일으킨 뒤 사다리꼴 방의 한 꼭짓점에 기대어 섰다. 리모컨을 손에 든 채로 전원 버튼을 눌렀다. 소리가 제거된 상태로 텔레비전의 화면이 켜졌다. 데스크에 앉은 아나운서가 쉬지 않고 입을 벙긋거렸다.

그는 계속 말했다.

모두가 햄이 됩니다. 나만 그렇다곤 할 수 없습니다. 내가 지닌 어떤 특별함이랄지 독특함이랄지 하는 것으로 이 세계에서 나만이 유일무이하게 햄이 된다면 조금 우쭐거릴 수도 있겠으나 전혀 아닙니다. 세계는 호락호락하지 않고, 인생은 뜻대로 되지 않습니다. 소금에 절여지듯 어느 순간 모두가 햄이 되는 겁니다. 그저 모두가요.

웅변조의 그의 말에서 어떤 리듬감이 느껴졌다. 울먹이는 건가 해서 처음엔 움찔했는데 다행히 그건 아닌 것 같았다.

그래도, 햄이 되고 싶지는 않았어요.

그가 억울하다는 투로 같은 말을 반복했다.

병신.

약이 텔레비전 뉴스에서 눈을 떼지 않고 말했다.

병신이군.

한번 더 말했다. 웃고 있진 않았는데 그렇다고 진지하지도 않았다. 깊이 생각할 것도 없다는 투로, 그러나 관심을 끊거나 하지도 않고, 단지 심드렁한 태도로 벽에 기대어 서서는 병신이 또 들어왔어, 미친 소릴 남발하고 있어…… 하고 뇌까렸던 것이다.

# 6

그렇게 부른대도 어쩔 수 없죠. 햄이 된 것만은 분명하니까요.

약의 말을, 더 말할 게 있다면 말해봐라, 는 반응으로 받아들였는지 그가 침울히 대꾸해왔다.

어떤 기분이죠?

묻고도 나는 놀랐다. 그렇게 물으려던 건 아니었다.

뭐라고요?

그가 되물었다.

그러니까,

나는 머뭇댔다. 무례했나 하는 생각이 들었다.

그러니까 햄이 된다는 게 아직은 감이 잘 안 와서.

마르지 않는 머리칼을 수건으로 거듭 털어내며 나는 말했다.

병신이 둘이 됐네. 플라나리아도 아니고, 자르지도 않았는데 둘이 됐군. 자가 증식 하고 있어.

약이 쉰 목소리로 키들거리다 아! 하고 두 손으로 목을 감싸쥐었다.

아파.

오만상을 찡그리곤 다시 침대 위에 주저앉았다. 그는 그런 약을 바라보다가 나직한 한숨을 내쉬었다.

이게 어떤 기분이냐면.

그의 몸이 한껏 붉어졌다.

햄이 되고 나서는…… 말하자면 내가 돼진데 아버지가 소였다는 걸 알게 되는 기분이랄까. 그 사실을 알게 된 순간이 끝도 없이 지속되는 것만 같은 기분이랄까요.

소?

나도 모르게 미간이 찌푸려져서 턱을 괴고 들었다.

오묘하고, 기괴하며, 필연적으로 자기혐오적입니다.

달아오른 모습으로 그는 찬찬히 말을 이었다.

이렇게 설명해볼 수도 있겠죠. 내가 돼지고긴데 닭고기나 양고기나 토끼고기와 함께 뒤섞여 다람쥐 통처럼 굴러가야 하는 기분. 이건 지나치게 직접적인지도 모르겠으나 워낙에 그렇습니다. 햄의 세계에서도 최악이 있다면 그건 바로 프레스 햄일 테니까요.

프레스 햄……

말할 것도 없어요. 소, 돼지, 닭, 양, 토끼, 오리가 서로 한데 뭉쳐져 '덩어리'로서의 일생을 살아가야 한다면 아아, 정말이지 끔찍한 일입니다.

정말이지 그건 좀.

듣다보니 딩달아 내 얼굴도 바싹 일그러졌다.

내가 돼진데 아버지가 소이든, 돼지고기로서 닭이나 양, 토끼와 오리가 뒤섞이든 간에 어쨌거나 햄이 된다는 건 그러니까 단순히 말한다면 좀 슬픈 거죠. 복잡다단한 슬픔입니다. 가공품의 숙명입니다.

그의 말이 빨라지다가 갑자기 멈췄다. 숨을 깊게 내쉬고는 또 같은 말을 반복했다.

그래도 거듭 고백하건대 제아무리 본래의 삶의 성질이 슬픈 거라고 해도, 햄이 되지 않았다면 좋았을 겁니다.

그가 자꾸만 같은 말을 되풀이하니까 그건 꼭 주문처럼 들렸다.

일하면 되잖아?

텔레비전 화면에 시선을 고정하고 있던 약은 지루하다는 듯 고개를 찬찬히 내저었다.

햄이 되기 싫다면 일을 하라고.

약이 씹어뱉듯 중얼거렸다. 햄 따위, 와 같은 신경증적인 비소를 약이 머금는 걸 보았다.

일, 일, 일 일을 하세요 여러분, 노동만이 희망입니다아⋯⋯

약은 흥얼거리며 화장실로 들어갔다. 일, 일, 일, 하고 떠들어대는 약의 목소리가 물소리에 묻혔다가 금세 또 들렸다. 약이 붕대를 새로 감고 나와 거울 앞에 섰다.

너무 아파.

약이 칭얼거렸다. 그러면서도 머리칼에 손을 넣어 휘휘 흐트러 뜨린 뒤엔 여느 날과 다름없이 잿빛 윈드브레이커를 걸쳤다.

하루 쉬지 그래.

내가 말했다.

긁힌 정도야.

약이 입으로 쉭, 쉭, 하고 소리를 내며 공중에서 팔을 휘둘렀다.

피를 한 바가지나 쏟아놓고?

아직 수련이 부족한가봐. 조금 더 날렵했어야 하는데, 쉽지 않네?

입다물어.

절로 얼굴이 찌푸려졌다.

못 다물어. 아침 먹을 거야.

약이 구시렁대며 식탁으로 와서 앉았다. 나는 답답한 마음으로 가스레인지의 레버를 돌렸다. 푸른 불꽃이 올랐다. 냄비에 물을 받아 불 위에 올려두었다. 약이 진통제의 껍질을 벗기다 말곤 맞다, 하고 옆구리를 비틀었다.

마우어.

약이 빙긋 웃었다.

노래를 불렀었지.

햄은 대꾸하지 않았다.

기억 안 나?

약이 고개를 갸웃했다. 나는 약과 햄을 번갈아 의식하면서 동시에 기절할 것 같은 두통을 느꼈다. 누군가 내 머리통에 사선으로 젓가락 하나를 꽂아놓은 듯 저릿했다. 햄, 햄…… 햄 얘기를 너무 많이 들었다.

진통제가 필요한 건 나야.

약의 손에서 다급히 뺏으려고 했는데,

모두야. All of us!

약이 샐샐거렸다. 그러곤 진통제 두 알을 가볍게 뜯어냈다.

우리 모두는 진통제가 필요한 세대지. 고통을 모르는 것이 아니라 몰라야만 하는 세대!

작고 흰, 타원형의 그것들이 약의 목구멍 안으로 투신하듯 떨어졌다.

# 7

    방은 단순한 구조이다. 삼각 지붕의 단층집 세 채가 가로 방향으로 연결되어 있다. 번호를 붙일 수 있다면 왼쪽에서부터 1, 2, 3번의 순서로. 번호가 커질수록 방은 작아진다. 2번과 3번은 1번의 현관문을 열고 들어가야 다시 각각의 문으로 들어갈 수 있다. 2번과 3번은 이따금씩 누군가 머물다 떠난다. 약이 데려온 이들인데 빠르게 떠나버리고, 대체로는 비워져 있다.

    나와 약은 함께 1번을 사용한다. 현관문을 열고 들어가면 열다섯 평 남짓한 마름모꼴의 방이 있다. 화장실과 부엌이 딸린 원룸형이지만 복층으로 개조 가능할 만큼 층고가 높고 세로 방향으로 더 길쭉한 형태여서 제법 널찍한 인상을 준다.

    입구에서부터 화장실과 부엌이 일렬로 이어져 있다. 작은 창 두 개가 마주보고 있고, 그 창과 맞닿도록 낡은 간이침대가 각각 놓였다. 현관과 가까운 쪽의 침대가 내 것, 먼 쪽의 침대가 약의 것이다. 바닥에는 붉은 기가 도는 강마루가 사선 방향으로 깔려 있는데 화장실 문 앞을 발로 디딜 때마다 유난스레 삐걱거린다.

화장실과 부엌이 이어진 곳을 제외한 나머지 삼면의 벽에는 텔레비전이 한 대씩 걸려 있다. 사십 인치 벽걸이형 TV 세 대는 전원을 켜면 한 번에 가동된다. 약은 같은 채널을 동시에 틀어놓는 것을 즐긴다.

우리는 매일 매시간 뉴스만 시청한다.

'오늘의 안개'와 '오늘의 사고'가 자막으로 끝도 없이 이어지는 걸 본다.

'오늘의 햄'도 밑줄 긋듯 눈으로 꼼꼼히 읽는다.

## 8

데려갈까.

고민하다가 약에게 물었다.

안 돼.

약이 단칼에 잘라버렸다.

벌써 몇번째야.

안됐잖아. 일자리를 구하는 모양인데.

어제는 싫다며?

아니 그건 네가 잘라본대서.

말하다가 나는 입을 다물었다. 괜히 좀 미안해져서 그랬는데 정작 햄은 별 반응을 보이지 않았다. 나는 머뭇머뭇 일어나 그릇들을 치우고 윗옷을 걸쳐 입었다.

나도 열심히 일해왔어요. 햄이 되지 않을 수 있었습니다.

그가 제 몸을 뒤채며 벌컥 항변했다.

아이, 귀 따가워!

약이 손바닥으로 귀를 문댔다.

알았어요. 알았다고요.

그는 체념하듯 웅얼거렸다.

누구보다 열심히 일했다고, 그런데도 결국 햄이 되었다고, 햄이 되고야 말았다고, 모두가 햄이 된다고 말하는 그를 방안에 남겨두고 우리는 집밖으로 나섰다.

신경쓰지 마.

약이 웬일로 어깨를 두드리듯이 말했다.

그게 아니라.

신경쓰고 있잖아?

데려가도 될 것 같아서 그래.

사장이 질색할걸.

언제부터 그렇게 사장 눈치를 봤어?

나는 발끈했는데,

무슨 소리야,

하고 약은 빙글거렸다.

나야 언제나 사장의 충실한 개지!

그러고는 목을 꼿꼿이 가누며 찬찬히 걸었다. 굼뜨게 그러나 속도를 내서 움직이려 애썼다. 창문을 조금이라도 열어두고 나왔어야 했나, 나는 고민이 되었다. 그러나 걷는 내내 안개가 숨을 조여와서 다시 되돌아갈 마음은 들지 않았다. 있어도 없어도 달라질 건 없을 터였다.

출근한 뒤에는 정신이 멍해져서 그에 대해 생각할 시간을 더는 벌지 못했다. 햄이, 햄으로서 그가 어떤 하루를 보내는지 궁금히 여기지 못할 만큼 여유 없이 홀은 붐볐다. 무언가를 골똘히 생각하거나 고민스러워할 짬 따위도 없었다.

나는 묵묵히 나의 일을 했다.

셔터를 내리고 녹초가 된 상태로 퇴근해 다시 집으로 돌아왔을 땐 햄인지 햄이 된 그인지는 안중에도 없었다. 피곤함에 눈이 절로 감겼다. 세상에서 가장 무거운 쇠붙과 같은 것으로 눈꺼풀이 짓눌리는 기분이었다. 나는 씻지도 못하고 이불을 뒤집어쓰곤 곯아떨어졌다. 두어 시간쯤 죽은듯이 자고 난 뒤에는 간헐적으로 깨고 잠들길 반복했다. 약은 항생제와 함께 소주를 병째 들이켜며 발광하다가 쓰러져 잠드는 듯했다. 잠결에 약이 제 침대 모서리에 이마를 박으며 시, 시, 시발, 시, 시, 시발시발, 하고 노래하는 걸 들었다. 한쪽 발을 들고 깨춤을 쿵쿵 추다가는 또 제 모가지를 그러쥐며 시발 아파, 아프다고…… 하고 중얼거리는 소리도 들려오는 것 같았다.

사지가 뻐근해 죽겠는데 개운치 못한 선잠을 잤다. 밤새 끙끙 앓는 수준으로 누워 있다 눈을 뜨니 햄은 다음날도, 어디 가지 않고 방에 있었다. 어쩔 수 없지 않느냐는 듯이, 너무 야박하게 굴지 말라는 듯이.

## 9

약을 만난 건 이 년 전, 스물일곱의 휴학생으로 아르바이트를 전전할 때였다. 그때만 해도 내게 서른은 먼 나이였다. 충만한 좌절감이랄 것은 없이 그저 한 해쯤 돈을 바짝 벌어 다시 학교로 돌아가려고 했을 뿐이었다. 쉬지 않고 내리 학자금을 대출받아 졸업하기엔 무리였으니까. 등록금은 터무니없이 비쌌고, 생활비도 빠듯했다. 잘 만들어진 끼니 따위를 챙겨 먹는 건 돈도 시간도 부족한 일이었을 정도로. 제대 후 복학한 뒤에도 두세 차례는 쉬곤 했기 때문에 어쩔 수 없지, 하고 말았지만 마음 한구석은 언제나 춥고 쓸쓸했다.

이번이 마지막 휴학이야.

마음을 다잡았다.

한 번만 더.

일 년만 일을 하고 다시 학생 신분이 되면 햄이 되지 않을 수 있다. 대학 졸업장을 딴다고 해서 취업이 쉬울 리 없겠지만 그래도 뭔가 지금보다는 나아지겠지, 좋아지겠지…… 그런 단순한 계획이었다. 남들 다 하는 졸업과 취업과 안정된 삶을 향한 바람이었다.

그러나 이상하고도 쉽지 않았다. 일하는 곳마다 자주 닦아세워졌고, 몰아붙여졌고, 일당이나 월급도 자주 떼였다. 왜일까, 내 솜씨나 태도가 찬찬하거나 야무지지 못해서일까, 무엇이 잘못되었을까 곱씹기도 전에 점점 손에 쥐는 것 없이 피로해졌다. 피로하고 또 피로한 나날이 이어졌다. 그래도 언제나 내가 일한 값은 벌어서 채워야 하는 액수보다 부족했고, 부족함을 채울 길이란 막연해 보였다. 이래가지고선 언제 등록금을 모아 학교로 돌아갈 수 있을지 막막했다.

집으로 돌아오면 아버지가 기진맥진해 있었다. 이불을 펴지도 않고 방바닥에 모로 누워 잠들었는데 미간과 콧잔등을 찡긋거리거나 입술을 파르르 떨기도 했다. 모자와 양말을 벗지도 않고 그대로 몸에 걸친 채였다.

아버지는 어릴 때 앓았던 소아마비로 왼쪽 팔다리를 절고 약간의 언어장애가 있었다. 장애인 자격으로 시에서 일자리를 알선해주어 맥도날드에서 일했다. 집에서 멀지 않았는데 기차역 내에 위치해 있어서 늘 사람들로 붐비는 곳이었다. 아버지의 작은 머리통을 들어 모자를 벗긴 뒤 메밀 베개를 베어주고 땀에 젖은 양말을 벗겨내 세탁기에 던져넣으면 나는 오늘도 다 갔구나 하는 기분에 휩싸이곤 했다. 이토록 피곤한 우리의 하루가 갔구나, 가버렸구나, 다시 또 전혀 다르지 않은 하루가 오겠구나, 와버리겠구나, 하는. 아버지가 식탁 위에 부려놓은 것들을 보면 더욱 그랬다. 몇 개의 식은 버거와, 마찬가지로 차게 식어 쪼그라들어버린 감자튀김과 비스킷. 한때 뜨거웠으나 일순간에 초라해져버린 것.

아버지의 곁에서 이불을 덮고 누워 나는 그의 몸에 진득이 배어 있는 패스트푸드의 냄새를 맡았다. 그러는 동안에는 온종일 종이 껍질과 휴지, 플라스틱 음료 용기와 빨대 따위를 분류하며 쓰레기를 모으고 치웠을 아버지의 움직임이 상상되었다. 얼마간 일을 쉬고 햄이 된다 해도 괜찮을 텐데. 가끔은 그런 생각도 들었다. 이처럼 길고, 결코 끝나지 않는 굴레 같은 노동의 세계에서 잠시 햄이 되었다 돌아온들 무엇이 나쁜가, 하고. 우리가 나쁘다고 믿는 건 정말 나쁜, 정말 나쁘다는 건 어느 정도의 나쁨을 의미하나…… 곱씹다가 아버지가 누운 방향으로 함께 누워 잤다. 쌕쌕거리며 숨을 몰아쉬는 아버지는 잠 속에서 무엇을 보나, 꿈에서는 부디 지치지 않았으면, 하고 나는 바랐다.

어느 날엔 말을 꺼내보기도 했다.

잠시 쉬는 건 어때요, 아버지?

아버지는 파스에서 투명한 비닐을 떼어내다 말고 나를 물끄러미 건너다보았다. 숨가빠 젓던 노를 멈추고 제자리를 뱅뱅 도는 제 나룻배를 바라보듯 어딘지 모르게 난처하고 쓸쓸한 눈빛이었다.

뭘 그렇게 봐요.

내 말은 그러니까, 라고 하기도 전에 아버지가 입술을 뗐다.

나는, 나는, 일, 할 수 있어.

알아요. 아버지는 일, 할 수 있어요.

아버지의 등허리를 쓰다듬으며 내가 대꾸했다. 힘이 들어도, 매 시간 애를 쓰며 사는 것을 보람으로 안다는 것도, 쓰레기통 앞에서 시간제로 일하는 그 일을 기꺼워한다는 것도 나는 알았다. 알았지만 조금 쉬어도 좋지 않나, 몸이 힘드니까 그리고 나도 일하고 있으니까, 그런 뜻이었는데 아버지는 고개를 저었다.

괘, 괜찮아, 나는. 일, 할 수 있어.

어린애처럼 웃는 그 부스스한 얼굴을 바라보며 아버지의 어깻죽지에 파스를 붙여주었다.

냄새, 냄새 안 나는 걸로 사다줘, 파, 파스.

아버지가 입 내밀며 말했다. 알았다고 나는 대답했다. 그리고 일을 마치면 이십사 시간 영업하는 약국을 찾아다니며 파스를 종류별로 사 모았다. 이건 냄새 안나요, 라고 약사는 말했지만 냄새가 전혀 나지 않는 파스는 없었다. 돌아누운 아버지의 등뒤에 바싹 붙어 잠들 때면 언제나 코끝으로 알싸한 매운 내가 풍겼다.

약을 만난 건 그러니까, 맵디매운 파스 냄새가 콧등에서도 몸에서도 떨어지지 않고 분진처럼 그침 없이 사방에서 날아들던 때였다.

# 10

휴학하고 가장 처음으로 취직해 일했던 제빙 공장에서였다.

햄이나 될까봐요.

케이가 말했다. 제 몸만한 크기의 삽에 매달려 냉동고 안으로 한참 얼음을 채워넣던 중이었다.

그냥.

그냥?

몇 달만요.

나는 삽질을 멈췄다.

어쩌려고?

케이는 검정색 방한 마스크를 한쪽 귀에만 걸고 기지개를 켜더니 씩 웃었다. 말할 때마다 드라이아이스 같은 흰 입김이 쏟아져 나왔다.

한 서너 달쯤 있다가 사촌형이 와서 데려가주기로 했어요.

사촌형?

의탁할 데 없는 혼자라더니 형이 있나 싶어서 물었다. 케이는 고개를 끄덕였다.

남들 보기엔 고물상이지만 그래도 버젓한 중고 철물점을 열었
거든요. 당장은 누굴 고용할 수 없는 형편이라는데 자리만 좀 잡
으면 나아질 거라고. 그때 데리러 온다니까 뭐…… 일 년 안에만
다시 취직하면 되는 거잖아요.

데리러 온다니.

나는 얼음에 삽을 꽂아넣고 잠시 갸웃거렸다. 제아무리 불황이
라도 고물상이 망하는 일은 없다는 말을 어디선가 들은 것도 같은
데, 그것도 그것 나름이지 글쎄, 하는 생각이 들어서였다.

아파서 더는 안 되겠어요.

케이가 허리춤을 문지르며 말했다. 장갑 낀 그의 손에서 성에
부스러기가 떨어졌다. 나는 말없이 그런 케이를 바라보았다. 무슨
말인지 모르지 않았다. 얼음을 채워넣다가 허리를 다친 지도 꽤
되었다. 그것은 분명했다. 그것은 분명했는데,

어떻게 알지?

작업반장은 되물었다.

얼음을 채워넣다가 허리를 다친 건지 아닌지 어떻게 아냐고.

나부터도 어리둥절했다. 작업반장의 그 말이 무슨 뜻인지 잠시
생각해야 했다.

그게.

케이는 머뭇거렸다.

그게 뭐.

얼음을 채워넣다가 허리를 다친 건데, 얼음을 채워넣다가 허리를 다친 건지 어떻게 아느냐고 물으면 제가 어떻게 말해야 하나요……

케이는 셈하듯 눈알을 좌우로 굴리며 말했다.

그거야 네 사정이고.

작업반장이 말을 댕강 잘랐다.

그러니까 사정을 좀.

그는 내 말허리도 잘라먹었다.

시티 찍어와.

네?

병원 가서 시티 찍어오라고!

시티요?

그래. 얼음이 척추에 박혔다는 걸 증명해.

작업반장이 허연 입김을 내뿜으며 대답했다.

의사 소견서도 첨부해서 제출하고.

얼음을 채워넣다가 허리를 삐끗한 거지, 얼음조각이 허리에 꽂혀서 아프단 게 아닌데요.

어쩌다보니 케이는 금방이라도 울 것만 같은 얼굴이 되었다. 그의 옆에서 나는 열심히 고개를 끄덕였다. 작업반장이 케이와 나를 번갈아 쳐다보았다. 그러곤 손을 올려붙이듯 목소리를 키웠다.

아니 아픈 것도 아닌데 산재 처리를 해달라는 거야?

아니…… 아프다고요.

아프다고?

네.

정말 아프다고?

네.

그러니까 여태 뭐 들었어, 시티 찍어오라니까?

작업반장은 새끼손가락으로 귀를 후볐다. 시티, 시티만이 정답
이야, 라고도 꿍얼거렸다.

그럼 시티 찍는 비용은……

케이가 우물거렸는데,

그런 건 좀 알아서 하고.

작업반장이 등을 돌려 걸음을 뗐다.

다녀올게요.

내가 말했다.

다녀올 테니까 비용만이라도 일단 영수증 처리를 해주세요.

내 말이 끝나기 무섭게 그가 다시 뒤돌았다.

세상이 그렇게 호락호락하지 않아요.

느물거리며 말을 이었다.

뭐든 정확하게 해야지, 이 친구야. 네가 여자친구랑, 응, 그러다
가 허리가 아픈 건지, 얼음이 박혀서 아픈 건지 제대로 증명을 해

보이란 말이야. 얼음 아니라 언 고등어를 나르다가 허리뼈가 부러져도 그건 마찬가지야. 다르지 않지. 조직엔 룰이라는 게 있으니까 말이야.

룰이라. 나는 '룰'이라는 단어에 대해 생각했는데,

여자친구 없는데요.

케이가 입술을 깨물며 바짝 대꾸했다.

그 나이에?

작업반장이 물었다.

그 나이라니요?

그건 자랑이 아니야.

자랑이라니 지금 그런 말을 하는 게 아니지 않나요?

케이가 왈칵 화를 냈다. 작업반장이 눈을 둥그렇게 떴다.

너 애인 없는 것까지 내가 신경써야 해?

하여간 요즘 애새끼들은 어쩌고, 위아래가 저쩌고 하며 작업반장이 발을 탕탕 굴렀다. 무슨 대화가 이런지 나는 머리가 복잡했다. 작업반장이 매일같이 넘겨대는 서류철 속에는 '직원과 소통하지 않는 법'과 같은 매뉴얼이라도 적혀 있나 싶었다.

애초에 케이는 뻐근하다가도 쿡쿡 쑤셔대는 통증 탓에 한 며칠 쉬길 바랐다. 한의원에 가서 침도 좀 맞고 찜질방에서 허리를 좀 뜨겁게 지지고 싶다고 했었다. 고민 끝에 사나흘 정도 휴가를 신청했는데,

알바가 휴가라니. 어처구니가 없군.

작업반장이 대번에 코웃음을 쳤다.

조롱받은 기분이네요.

작업반장이 떠난 자리에 선 케이의 어깨가 축 늘어졌다. 케이는 딱히 치료비까지 원한 것도 아니었다. 그럴 재간이나 머리가 있는 아이도 아니었다. 주어지는 모든 일을 열심히 했고, 꾀를 부리거나 요령을 피울 줄 아는 타입이 못 되었다. 매사 성실한 그는 스물셋이었고, 실업계 고등학교를 졸업했다고, 대학은 애초에 가지 않았다고 했다.

햄이 안 될 자신이 있었거든요.

케이는 다부지게 말했었다.

햄이 된다니 말도 안 되잖아요.

꼭 학생이 아니면 어떠냐고, 그래봤자 등록금을 갚지 못해 수천만원의 빚을 지고 사회로 나올 텐데 학생으로서 몇 년간 햄이 되는 걸 유예하는 게 무슨 의미가 있느냐고, 그래서 그냥 고등학교를 졸업하자마자 입대했다고도 그는 덧붙였었다.

군 생활도 열심히 했죠. 제가 또 '열심히'를 빼면 시체잖아요?

케이는 비죽 웃었다. 그가 부대 내에서 모범 표창을 받았다는 이야기를 우스갯소리 하듯 꺼내놓는 동안, 나는 '유예'라는 단어에 마음을 썼다. 무엇이 잘못되면 저 자신부터 되돌아보는 성정의 케이는, 남몰래 안쓰럽고 애틋하게 느껴지는 아이였다. 케이에게 있고 나에게는 없는 게 있다면 그건 자신의 '열심'으로 무언가 바꿀 수 있다는 믿음이었다. 인간이란 자신에게 주어진 걸 바꾸어나갈 수 있는 존재라는 견고한 믿음. 나는 그걸 언제 잃어버렸을까. 잃어버리고 말았을까.

이후로 케이는 허리에 스프레이 파스를 뿌리고 복대를 감고 일했다. 병원에 가서 시티를 찍지는 않았다. 어느 병원에서 어떻게 찍더라도 얼음이 척추에 박혔다는 걸 증명할 수 없었을 테니까. 뭐든 증명해내야 하는 일상은 고달프고 무엇보다 모욕적이라고 나는 생각했다. 시티만이 정답이야, 라고 작업반장은 말했으나 옳거나 바른 그 어떤 답도 이 세계에선 찾아낼 수 없을 것 같다는 모멸감만을 느꼈다. 온통 오답으로 새까맣게 마킹된 인생의 답안지를 받아든 것처럼 주춤거리며 나와 케이는 삽을 들어 얼음을 퍼날랐다. 제빙 창고 안에서의 추위보다 더 날 선 것이 있다는 걸, 은밀한 무엇이나 되는 듯 나눠가진 기분으로. 케이는 석달을 꼭 채워 일하고는 그만두었다. 한 달 뒤 다시 어디서라도 일하지 않으면 헴이 될 거였다.

## 11

매사 어디서 뭘 하든 분명하게 하란 말이야!

작업반장은 혀를 끌며 잔소리했다.

아직 뭘 몰라서 그럴 텐데 사회란 그런 거라고. 밖에 나가봐, 일자리 잡기가 쉬운 줄 알아? 햄으로 나뒹굴고 싶지 않으면 정신을 바짝 차리라고⋯⋯

케이는 사물함에서 비품을 꺼내 묵묵히 챙겼다. 칫솔, 치약, 수건이나 양말 따위와 얄팍한 두께의 물티슈 들이 전부였다.

그동안 감사했습니다.

케이는 얕은 한숨과 함께 고개 숙였다.

근성이 없어, 요즘 애새끼들은⋯⋯

작업반장은 로커룸의 문을 거칠게 닫고 나갔다.

근성이라니.

케이는 어깨를 으쓱거리며 나를 돌아보았다.

웃기지도 않네요.

여길 나가는 즉시 저런 인간은 잊어버려.

내가 말했다.

잊어야죠.

케이는 웃었다.

이거 드리고 갈까요?

케이가 물티슈를 내밀었다. 길거리에서 전단 대신 나눠주는 것들이었다.

좋지.

나는 그중에서 하나만 받아들고 주머니에 넣었다.

왜요.

케이가 더 내밀었고,

됐어.

나는 손사래 쳤다.

그럼 갈게요, 형.

허리 조심하고.

내가 건넨 건 겨우 몇 장의 파스가 든 비닐봉지였다. 별달리 줄게 없어서 미안했다.

한방 파스네요?

그게 효과가 좀 있대.

내가 말했다.

비닐 속을 이리저리 헤집어보며 케이는 고마워요, 했다.

나도 곧 그만둘 거야.

형도요?

지랄맞은 작업반장 지겨워서.

괜스레 빈 사물함을 열어 확인하며 나는 말했다. 마음에도 없는 소리라는 걸 케이도 알았을 것이다. 나는 주에 한 번가량도 작업 반장과는 말을 잘 섞지 않았다. 애먼 소리를 듣지 않으려고 없는 듯 일했다. 그만둬야 할 이유는 사실 찾지 못했다. 풀타임으로 아르바이트 자리를 찾는 것도 쉽지 않으니 애써 부딪치지만 않으면 반년 이상은 더 참아가며 그럭저럭 일해나갈 수 있을 거였다. 누구 말마따나 얼음이나 언 고등어를 나르다가 허리뼈가 부러지지만 않는다면.

에이, 그래도 형은 버텨요. 일당이 세잖아요.

케이가 비닐봉지를 손목에 감아 돌리며 말했다.

세기는.

일당은 장갑이나 장화, 하다못해 양말 세탁 비용까지 제하고 나왔다. 야멸차게 계산되는 일당에 분하다고 떠들어대기 일쑤였는데 무슨, 하는 마음이었다.

하기야 그렇죠.

나는 공장 밖까지 케이를 배웅했다. 케이는 두 팔을 휘적거리며 떠났다. 작은 몸집이 안개에 가려져 눈앞에서 멀어지는 걸 보니 어쩐지 맥이 빠졌다. 별일은 없었는데, 케이의 말대로 계속 버티는 게 옳았을지도 모르는데 나는 그만두었다. 그냥 더는 이곳에 있고 싶지 않았다. 그게 정당한 사직 사유는 되지 않을지도 몰랐다.

그만두겠습니다.

어느 날 퇴근하며 사무실에 들러 말했다.

어쩌려고?

작업반장은 되묻는 눈빛이었다.

어딜 가도 이만한 대우 없어. 그것만 알아둬.

그가 다리를 겹쳐 꼬며 나를 올려다보았다. 빙 돌아가는 회전의자에서 엉덩이만 약간씩 좌우로 흔들었다.

아르바이트 자리 구하기가 요즘 하늘의 별 따기야. 잘 알잖아?

나는 묵묵히 그의 말을 들었다. 케이 말고도 엊그제 서넛이 한꺼번에 빠졌다는 얘기를 얼핏 들었는데 그래서 저이가 지금 말이 긴가, 하고 생각했다. 하늘의 별 따기라니 표현이 좀 진부하네…… 실없이 그런 생각도 들었다. 별이라니. 요즘에 누가 별을 보고 사나. 우스웠다.

얼었어?

대답 없는 내게 작업반장이 물어왔다.

그건 아닙니다.

나는 순순히 대답했다. 그런데 왜, 라고 묻지는 않고 그는 또 빤히 나를 바라보았다. 장갑을 두 겹씩 끼고, 양말을 두세 켤레 겹쳐 장화를 신고 일해도 다섯 중 하나는 꼭 저체온증이나 동상에 걸리는 작업이었다. 하물며 나는 제빙 창고에서 온종일 교대도 없이 얼음을 만져왔다. 얼었냐고 묻는 건 그런 의미였을 것이다.

얼진 않았습니다.

나는 말했다. 맥이 좀 빠져서요, 라고 말하진 못하고 멀뚱히 서 있었다.

나가봐.

작업반장의 말을 뒤로하고 나는 공장 밖으로 찬찬히 빠져나왔다. 몸에 뱄던 차가운 기운이 바깥의 공기와 뒤섞여 순식간에 뜨뜻미지근해졌다. 몇 걸음 걷지 못하고 그러나 그마저도 안개 때문에 곧 꿉꿉해지고 말았다. 속이 시원하다거나 하진 않았지만 아쉬움도 없었다. 어디서든 일만 할 수 있다면, 일을 해서 햄이 되지만 않는다면 상관없었다. 햄이 되면 또 어떤가 싶었지만 그래도 왜인지 그것만은 싫어서 머리를 털어버렸다. 어디고 일할 데는 있겠지, 생각해버렸다.

나는 고개를 들어 하늘을 바라봤다.

별은 무슨……

온통 안개, 안개뿐이었다.

## 12

그만두고는 여러 가지 일을 전전했다.

이삿짐센터에서 일하다가 도배장이를 따라다녔는데, 일용직의 경우 손놓는 날이 많았다. 취업을 증명할 만한 서류를 꾸리기도 어려워서 얼마 못 가 그만두었다. 빌딩의 유리창을 꽤 오래 닦았지만 어느 날 출근하니 사무실이 유령처럼 사라지고 없었다. 어처구니없이 임금을 떼이곤 유람선 선착장의 매표소에서도 일했다. 규정보다 더 큰 할인을 요구하는 단체손님과 실랑이하다가 소장에게 호되게 닦아세워지곤 잘렸다. 융통성이 없다는 이유였다.

햄이 되면 안 된다.

햄이 되고 싶지는 않다.

다만 그런 마음으로 조바심을 치며 일했으나 어디에서든 녹록지 않았다. 제빙 공장 작업반장이 해준 말 따위가 그래서 간간이 떠올랐다. 얼음조각이나 언 고등어가 허리뼈에 박힌 기분으로 일자리를 알아보러 다녔다. 그나마 사대보험을 적용해주는 패스트푸드점이나 프랜차이즈 커피 전문점 같은 데가 좋았는데 경쟁률

이 너무 세서 들어가기가 쉽지 않았다.

일을 구하러 발품 팔거나 피곤함에 절어 집으로 돌아오는 때에는 이따금씩 케이를 생각했다. 아버지의 파스를 사면서도 케이의 허리는 좀 나아졌는지, 뭘 챙겨 먹고는 지내는지 그런 것들이 궁금했다. 그러다 어떤 날엔 무심코 달력을 바라보며 마음놓고 햄이 되어 있을 케이의 모습을 상상했다. 아파서 더는 안 되겠어요, 라고 말하던 케이가 햄이 되어 더는 통증에 몸부림치지 않고 있을지. 그런 때엔 눈을 감고 잠시나마 나도 같이 쉬었다. 모로 누워 잠에 빠져든 아버지의 등에 기대어 앉아서 아버지, 오늘은 어땠어요, 하고 물으며.

또 시간이 좀더 흐른 뒤에는, 케이의 말처럼 사촌형이 찾아와 케이를 데려갔을지도 궁금했다. 서너 달쯤 있다가 형이 데려가주기로 했어요, 라고 하지 않았던가. 남들 보기엔 고물상이지만 그래도 버젓한 중고 철물점이라던 곳이 몇 달 새 형편이 좀 좋아졌을지, 햄이 된 케이를 다시 일하게 해주었을지 묻고도 싶었다. 그때에 아버지는 잠에 혼곤히 취해서도 이번 파스는 좀 낫구나, 하고 코 골 듯 중얼거리곤 했다. 나는 이불을 끌어당겨 덮어주곤 매운 냄새에 취해 의식의 스위치를 내리려 애썼다. 대체 누가 누굴 걱정하는지 한심스러워서.

전화기에 저장된 케이의 연락처를 들여다보면서 나는 한 번도 통화 버튼을 누르지 않았다. 때때로 그의 소식이 궁금하고, 그의 안부를 묻고 싶었으나 언제나 생각으로만 그쳤다. 고질병이 재발하듯 한 번씩 그리워지는데도 그랬다. 의식의 언저리에서 생각은 생각으로만 머무르고 구정물처럼 고여들었다. 어디로도 나아가지 않았다. 이유랄 건 없었다. 연락이 다 무슨 소용인가. 그저 그런 마음이 들어서였다. 단순하지만 정말 그뿐이었다. 연락해서 무얼 하나. 만나서 무얼 하나.

네, 형, 어떻게 지내요? 전 햄이 되었어요.

네, 형, 잘 지내고 계세요? 전 아직 햄이 되지 않았어요.

라는 식의, 답은 둘 중 하나를 벗어나지 않을 것이다. 어느 쪽이든 다 시답지 않았다. 어느 쪽이든 다, 기운이 빠졌다.

휴학한 지도 일 년이 다 되어갈 즈음에는 그래선지 아득하고 어렴풋한 무언가에 휩싸여 멍하게 시간을 흘려보내게 되는 때가 잦았다. 몸이 무겁고, 마음마저 축축이 가라앉았다. 잠이 잘 오지 않다가도 기절하듯 곯아떨어졌고, 때가 되어도 전혀 배고프지 않다가 어느 순간 끔찍한 허기에 시달리기도 했다. 나 자신의 일정 부분을 통제하지 못하는 기분으로 시간을 쓰고 또 썼다. 좀처럼 걷히지 않는 이 지독한 안개 때문일까 생각했지만 아니었다. 그것이, 아무것도 하고 싶지 않거나 되고 싶지 않은 욕망의 불충분 상태에서의 무력감이라는 사실을 깨달은 건 아주 나중이었다.

무엇을 하고 싶어서 노동하는가.

나는 무엇이 되고 싶어서 이토록 노동하고자 애를 쓰는가.

노동의 찬란은 어디에서 오는가.

노동의 세계에서 '긍지'를 갖는다는 건 가능한가.

고작해야 햄이 되지 않기 위해서만 노동하는 이 절실한 행위를 살아 움직인다고 표현할 수 있는가.

햄으로 죽지 않기 위해 끝도 없이 노동을 지속해나가야만 한다는 건 숙명적으로 불가사의한 난제인 것이나 마찬가지가 아닌가……

그때에도 나는, 꽤나 아름다운 노래의 후렴구를 좀처럼 기억해내지 못하는 초조한 심정으로 매일을 살아나가고 있었다. 번민의 끝에 도달해도 해답은 놓여 있지 않았다. 실타래 같은 고민을 안고 나는 심정적으로 풀어졌다 감기기를 반복했다. 어디에 매어져 있는 건지도 알 수 없었다. 스스로 얽매어져 있는 게 무엇인지도 알지 못했다. 스물일곱일 뿐이었는데, 다만 이렇듯 고단한 일상이 언제까지 지속될 것인가에 대한 끝도 없는 불안을 감기처럼 달고 살았다.

매일 으슬으슬했고, 추웠고, 재채기가 나왔다. 사방이 습하고 또 습한 안개 속이었다.

## 13

경찰서에서 전화가 온 건, 편의점에서 아르바이트 면접을 보던 때였다.

휴학생이네요?

점주가 이력서를 들여다보았다.

우린 오래 일할 사람을 구하는데.

점주는 장기근속, 이라는 말을 썼다.

복학은 언제 할 예정이에요?

묻는 와중에 손님이 들어왔다. 그는 젖은 머리칼을 손으로 털더니 물 한 병을 집었다. 점주는 기계적으로 몸을 움직여 바코드를 찍어 계산해주고는 다시 돌아왔다. 새 학기에 복학하려면 얼마 남지 않은 게 아니냐며 못 믿겠다는 얼굴을 했다.

원래 계획은 그랬는데요.

나는 얼버무렸다. 휴학했을 때 마음먹었던 것처럼 등록금을 모으지도 못했고, 갈수록 자신감이랄까 하는 것이 떨어지고 있었다. 무엇에 대한 자신감일까, 조리 있게 설명하기는 어려웠다. 앞뒤 맥락이 맞아떨어지도록 내 사정을 이야기하는 게 어려워진 지도 오래였다. 학교로 돌아가는 게 가능할까, 나의 노동은 무가치한 것이 아닌가 하는 마음이 점차로 커졌다. 어디서든, 누구 앞에서든 자맥질하듯 숨통이 쪼그라드는 기분이었다.

지금으로선 여름까지는.

일할 수 있다고 말하려는데 전화가 울렸다. 점주는 받으라는 눈짓을 해 보이곤 다시 카운터로 갔다. 조금 전에 물 한 병을 사가지고 나갔던 손님이 되돌아와 머리칼을 매만지고 있었다. 지겨운 안개네, 하고 중얼거리는 소리를 들었다. 나는 전화를 받았다. 수화기 너머의 목소리가 내 이름을 묻고, 아버지의 이름도 물어 관계를 확인했다. 그리고 아버지가 경찰서에 구금되어 있다고 말했다.

사유는 방화였다.

아버지가 불을 두려워하지 않을 정도의 대범함을 지녔는지 나는 몰랐다. 그보다도 아버지가 그토록 분노에 차 있다는 사실도 몰랐고, 아버지의 월급이 오랜 시간 밀려 있다는 상황 또한 몰랐다. 나는 아버지가 종일토록 일해 버는 돈에는 손대지 않았고, 관심 두지 않아왔다. 월급의 구체적인 액수도 알지 못했다. 그것은 아버지가 일해 받은 대가로, 적으나마 온전히 아버지의 소유라고 생각해서였다. 그러나 맥도날드 영업장의 사업주가 아르바이트생들의 월급을 지급하지 않고 네 달째 차일피일 미루다 잠적해버렸다는 걸, 그 일로 아버지가 속을 끓여왔다는 걸 미리 알았더라면,

하고 후회했다.

유치장의 차디찬 바닥에 웅크리고 앉아 있는 아버지의 눈빛은 불안해 보였다. 그 눈을 보자마자 목구멍이 타들어가는 기분이었다. 아버지는 나를 발견하자마자 무릎걸음으로 다가왔다. 아버지의 몸피가 언제 저토록 작게 졸아붙었나. 나는 놀랐다.

서해야. 아, 아버지 무서. 무서워!

창살을 쥔 아버지의 손과 팔이 떨리는 걸 보았다. 나는 아버지의 손을 맞잡아 쥐었다. 작고 주름지고 메마른 그 손이 너무 차가웠다. 그 서늘한 온도에 마음이 아팠고, 아버지가 느끼고 있는 두려움의 크기에 가슴이 시렸다. 그러자 대상을 찾을 수 없는 화가 솟구쳤다. 부자는 아니더라도 배를 곯진 않았다. 풍족하게 쓰고 살진 못했더라도 그까짓 아르바이트 월급 넉 달 치를 받지 못했다고 해서 당장 굶어 죽는 게 아닌 이상, 불까지 지를 이유는 뭐였나. 답답했다. 얼마든지 아들인 내게 말할 수도 있었을 텐데 아버지는 그러지 않았다. 어째서…… 아버지에게 나는 무엇이었는지. 아버지의 분노는 무엇으로부터 시작되어 어디를 향해 있었던 것인지. 나는 알 수 없었다.

왜 그랬어요.

나는 목소리를 낮춰 물었다. 나도 모르게 입술이 바르르 떨렸다.

무, 무서워.

아버지는 울 듯 대꾸했다. 재난을 감지하는 동물처럼 불안에 잠

식된 얼굴이었다.

괜찮을 거예요.

나는 말했다. 아버지는 어디를 바라보는지 모를 눈빛으로, 눈알을 굴리며 무서워 서해야, 무서워…… 하고 웅얼거렸다. 너무 걱정하지 마요, 라고 덧붙인 뒤에는 목안이 뜨거워져서 더는 말하지 못했다.

나는 괜찮을 거라고 했지만, 경찰은 아버지가 괜찮다고 생각하지 않았다. 아버지가 지른 불은 삼층짜리 건물을 모조리 태우고 바싹 붙어 지어놓은 옆 건물의 절반쯤을 더 태우고야 꺼졌다. 피해 금액이 상당하고 부상자가 많아서 절차대로라면 구속이 불가피할 수도 있다고 했다. 단지 심리 상담을 병행하는 과정이 필요할 것 같다고 덧붙였다. 아버지는 소아마비를 앓았을 뿐이지 지적 장애는 아니었는데도, 의사와의 대화에는 '심신 불안정'이라는 표현만이 반복되었다. 내가 탄원하고, 맥도날드 본사에서는 '가해자의 심정을 통감한다'라는 식의 내용증명을 써주었으나 소용없었다. 아버지는 구치소로 이송되었다. 전신에 화상을 입어 부상이 심각했던 환자가 사망했는데 유족들이 합의해주지 않아서였다.

나는 얼마 지나지 않아 교도소로 이감된 아버지를 만나러 갔다. 보름에 한 번 보는 아버지는 어느 날엔 의기소침했고, 어느 날엔 평온했고, 어느 날엔 다시 울적했다.

몸은 좀 어때요.

물으면,

괘, 괜찮아.

아버지는 대꾸했다. 별다른 대화를 더 나누지는 못했다. 나는 무엇을 말해야 할지 몰랐다. 입을 다물고 아버지의 얼굴이며 몸 여기저기를 눈으로 쓸다가 번번이 고개를 떨어뜨렸다. 아버지는 풀죽은 얼굴로 맞잡은 손의 손가락만 쭈물거렸다. 불안해 보이는 아버지의 눈망울이 애처로웠다. 오늘은 안개가 심해요, 라거나 오늘은 안개가 좀 덜해요, 하고 내가 말해도 아버지는 고개를 끄덕여 보이는 정도였다. 그의 야윈 얼굴을 한참 바라만 보다가 딱딱한 손 한번 붙들어보지 못하고 면회를 끝내야 했다.

또 올게요.

인사해도,

괘, 괜찮아.

라고 아버지는 말했다. 아들을 그렇게 대하는 매뉴얼이라도 머릿속에 입력돼 있는 것처럼.

또 올 거예요.

나는 짐짓 서운하다는 투로 웃어 보였지만 아버지는 더 말하지 않고 내 얼굴을 바라만 보다가 휘청거리듯 뒤돌았다. 나는 간식비와 파스와 아버지가 즐겨 듣던 노래가 담긴 시디 한 장을 사입했다.

아버지는 시내버스와 시외버스를 두 번씩 갈아타야 하는 도시에 있었다. 겹겹의 안개를 뚫고 오가느라 하루가 꼬박 걸렸고, 다녀오면 이불도 바로 펴지 못하고 널브러져 잠들었다. 꿈결에서도 냄새가 아득히 풍겨왔다. 안개인지, 파스인지, 패스트푸드인지, 아버지의 냄새인지 몰랐다. 분간할 수 없었다.

서해야 아버지 무서, 무서워!

아버지의 목소리가 냄새처럼 귓가로 흘러들었다. 그리고 그때에야 나는 깨달았다. 무엇을 말해야 할지 몰랐던 게 아니라 무엇을 듣게 될지 두려워서 아무 말도 할 수 없었던 거라는 걸. 나는 자면서도 서글펐다.

## 14


맥도날드는 다시 문 열었다. 아버지가 불지른 건물의 맞은편이었다. 개점 안내문이 붙고 아르바이트 모집 공고가 나자마자 나는 지원했다. 새로 개점한 맥도날드는 더 컸고 깨끗했고 무엇이든 반짝거렸다. 투명한 통유리 바깥으로 펼쳐진 팔 차선 도로 너머로, 골조만 남겨지곤 거대한 천막으로 가려진 타버린 건물이 보였다. 보여도 보이지 않는 것과 같은 상태로, 가려도 가려지지 않은 것과 같은 모양으로, 그것은 한동안 묵묵히 그리고 건실히 재생되었다.

나는 새벽같이 나와서 냉동된 고기 패티 상자를 짊어지고, 감자 포대를 옮겼다. 케첩과 온갖 소스가 가득 든 상자를 날랐다. 온종일 토마토와 양상추를 썰었다. 온갖 종류의 버거를 만들었다. 그러며 아버지가 오래도록 머물렀던 곳이 무너졌다 세워지는 광경을 바라보았다. 그것을 보기 위해 이렇게 여기 서 있나 고민이 되었지만 어째서 이곳에 있는지는 스스로도 알지 못했다. 굳이 맥도날드에서 일해야 하는 뚜렷한 이유는 없었다. 나는 그저 의무와도 같이, 내 두 눈으로 목도해야 할 것만 같았다. 그을리고 무너져내렸으나 끝내 다시 일으켜세워질, 결단코 사라져버리지는 않을 무언가를. 나는 아버지가 불태워버린 그것 앞에서 무감하려 애쓰며 분주히 지냈다. 그러나 뭐든 애쓰는 일이 애를 쓰는 대로 되어지진 않았다. 그것을 알았다.

그리고 그곳에서 나는 약을 만났다.

카운터 앞에 선 그는 땅딸막한 키에 왜소한 몸집을 지니고 있었다. 이마를 가리는 갈색 머리칼이 시야에 들어왔다. 청바지에 푸른색 체크무늬 셔츠를 입고 있어서 언뜻 이십대 초반이 아닐까 하는 앳된 인상이었다. 다만 눈빛만은 불길에 휩싸인 듯 붉고 뜨거워 보였다.

주문 도와드리겠습니다.

내가 말했는데, 그는 말없이 씩 웃었다. 나는 다시 말했다.

주문 도와드리겠습니다, 손님.

그는 나를 빤히 바라보다가 입을 크게 벌렸다.

내가 널 돕지.

순간 얼이 빠져서 그의 얼굴에만 시선을 두었다.

병신아.

그가 덧붙였다. 매장 안에는 나와 제이, 두 명의 캐셔 앞으로 손님 몇이 나뉘어 줄을 서 있었다. 그 앞에서 그는 싱글거리며 말했던 것이다. 내가 널 돕지, 라고. 그리고 병신아, 라고. 제이가 어처구니없다는 표정으로 그를 쳐다보는 걸 느꼈다. 몇몇 손님들이 수군대는 걸 듣고야 나는 정신이 돌아왔다. 그의 웃음은 거두어지지 않고 있었다.

아, 네, 저, 주문…… 다시 말씀해주시겠습니까?

나는 물었다. 그는 눈을 동그랗게 뜨고, 자신을 주시하는 이들의 시선을 즐기는 듯했다.

뭘 먹을까.

그가 하는 수 없다는 듯 바닥에 운동화 밑창을 문대며 중얼거렸다.

아무거나.

그의 입꼬리가 슬그머니 올라갔다.

아무거나 말씀이세요, 어, 저, 그럼, 빅맥 세트는 어떠세요?

너무 큰데.

개구쟁이 같은 표정이었다.

그럼 치즈버거 세트로?

감자 싫어해.

단품으로 드릴까요?

사이다.

치즈버거는 괜찮으세요?

치즈 좋아. 더블로.

그가 바지 뒷주머니에서 카드 한 장을 꺼내 내밀었다. 지갑 따위는 가지고 다니지 않는다는 투로. 나는 버거와 음료의 값을 계산했다. 그의 태도가 불쾌하지는 않았다. 세상엔 별의별 인간이 다 있는 법이니까. 나는 정중히 영수증을 뽑아주었다. 그는 의외로 얌전히 기다렸다. 나는 이내 더블 치즈버거와 사이다를 쟁반에 받쳐 내어주었다. 그는 재미있다는 얼굴로 버거와 사이다를 양손에 각각 쥐고 뒤돌았다. 자리를 찾는지 그의 동그란 뒤통수가 좌우로 움직였다. 제이는 그런 그를 괘씸하다는 듯 흘끔거렸다.

뭐예요, 저 사람?

제이가 가까이 다가와 속살거렸다.

글쎄.

너무 건방지잖아요!

저런 사람도 있는 거지, 뭐.

너무 바투 다가들어 나는 움찔했다. 그 바람에 제이의 쌍꺼풀 진 눈이 옴폭 패어드는 모양이 가까이 내려다보였다.

이상한 사람이네.

됐어.

나는 고개를 흔들었다.

계속 상대해주면 만만하게 본다니까요?

작은 체구로 씩씩거리는 제이의 모습이 꼭 입을 오물거리는 생쥐 같았다.

왜 네가 더 흥분하고 그래.

나는 가벼이 웃고 말았다.

하여튼 물렀어요.

제이가 말했다.

사람이 너무 무르다니까.

제이는 주먹으로 내 팔뚝 언저리를 툭 쳤다. 그리고 주문받은 버거와 감자튀김을 빠르게 챙겨 카운터 앞으로 움직였다.

그런 거 아닌데.

네네. 그러시겠죠.

제이가 불퉁거리며 주문하신 버거 나왔습니다, 하고 크게 소리쳤다. 그런 제이의 얼굴에 잠시 설레다가 나는 매니저의 눈을 의식해 고개를 돌렸다. 일하는 중에 잡담이나 한다고 지적받고 싶지는 않았다.

더블 치즈버거와 사이다를 들고 간 그는 가지 않고 오래 머물렀다. 매장 내 정중앙에 자리를 잡고 앉아 유유히 먹어치웠다. 아주 천천히, 집중해서 먹었다. 그가 먹는 모양을 나도 모르게 흘깃거리게 되었다. 그러다 한동안은 매니저의 지시로 그릴에 들어가 감자를 튀겼다. 단단히 얼어버린 감자들을 바스킷 한가득 담아서 뜨거운 기름에 넣었다가 맞춤 맞은 시간에 빼는 일을 반복했다. 하얗게 언 감자가 노르스름해지면 꺼내는 단순한 노동이었으나 주의가 흐트러지면 사고가 나는 일이라 신경을 곤두세워야 했다. 시간은 잘도 흘렀다. 내가 퇴근할 때까지 그가 옴짝달싹하지 않았다는 사실은 뒤늦게 알았다.

그 사람 아직도 있어요.

일을 마칠 즈음 제이가 쫓아들어와 말해주었다.

아직도?

그렇다니까요.

제이가 종알거렸다.

희한한 사람이네.

의아했으나 깊이 생각하진 않았다. 나는 로커에서 유니폼을 갈아입고 매장 밖으로 나왔다. 안개가 심했다. 머리칼이 젖어드는 게 싫어서 캡 모자를 눌러썼다. 그는 기다렸다는 듯 내 뒤에 따라붙어 왔다. 어쩔까, 고민이 되었지만 일단 걷자 싶었다. 매니저가 통유리 밖으로 나를 바라보는 걸 알아서였다. 저 사람은 어째서 저렇게까지 알바생들을 감시하듯 주시하는 걸까 싶어 한숨이 절로 나왔다. 갑갑했다. 나는 뒤따라오는 그를 모른 척하고 걸었다.

골목을 돌아서야 나는 뒤돌아 물었다.

누구세요?

그는 빙글거렸다.

나 알잖아.

그러고는 쫄쫄 쫓아왔다.

내가요?

그래.

나는 멈춰 서서 다가오는 그의 얼굴을 뜯어보았다. 그는 충분히 살피라는 듯 목을 쭉 빼 늘이거나 양팔을 벌려 보였다. 충분히 장난스러운 태도여서 얼마쯤은 미간이 찌푸려졌을지도 모르겠다. 그가 제 정수리를 내 코에 바짝 들이댔을 때는 나도 모르게 상체를 뒤로 젖히느라 몸의 균형을 잃을 뻔했으니까.

잘 모르겠는데……

어쩐지 알 것 같기도 하고 아니기도 하고 애매해서 요모조모 들여다보았다. 그가 눈을 있는 대로 크게 떠 보여서 그의 눈썹이 위로 솟았다. 그래도 모르겠는 건 모르겠는 거였다.

글쎄요.

하고 머리를 흔들자,

실망인데.

하고 그가 어깨를 축 늘어뜨리곤 머리를 긁적였다.

일단 저녁이나 먹자. 추.

대놓고 앞장을 서기에 어쩐지 우스운 마음이 들었다. 어떻게 내 이름도 알고 있지. 누구였더라…… 잠시 고민하다가 걸음을 뗐다. 오후 내내 기다렸으니 뭐가 있어도 있겠지, 하는 생각이었다. 물러터지고 멍청해 보인대도 어쩔 수 없었다. 흥미로웠다고 할 수도 없었지만 어째선지 몰라도 그가 부담스럽다거나 불편하지 않았다. 때마침 허기를 느껴서 그랬을까. 저녁이나 먹자던 제안이 싫지 않았다. 나는 안개를 헤치고 그를 좇았다.

역시 너무 무른가.

샐쭉하니 내뱉던 제이의 말을 곱씹으며 터덜터덜 걸었다.

## 15

우리는 외진 골목 포차에 나란히 앉아 분식을 먹었다. 안개가 자욱해서 누구라도 못 보고 그냥 지나칠 법했던 곳이었다. 알전구를 촘촘히 엮어두어 불빛이 반짝이는 걸 보고 그가 저기 가자, 하고 손끝으로 가리켰다. 가끔 지나다니던 곳이었는데 포차가 있는 줄은 몰랐다.

어, 저런 데가 있었네.

나는 새삼스러워하며 발길을 옮겼다. 안으로 들어서니 빈 테이블 서넛이 놓여 있었다. 주인이 틀어놓은 라디오 소리만이 흑백영화인 듯 흘러나오는 중이었다. 지나간 유행가를 틀어주는 음악 방송인 것 같았다.

*쓸쓸하던 그 골목을 당신은 기억하십니까……*

기타 선율에 녹아드는 목소리에 나도 모르게 집중하며 자리를 잡았다. 이른 저녁이어선지 손님은 우리뿐이었다.

이거랑 이거, 그리고 이거요.

어깨를 한껏 옴츠렸다 펴면서 그는 목판에 매직으로 쓰인 단출한 메뉴를 손짓으로 가리켰다. 내게는 묻지도 않고 이것저것을 주문했다.

예, 예, 주문받았습니다!

머리에 하늘색 두건을 쓴 주인이 큰 소리로 호탕하게 주문을 받았다.

*철없던 사람아, 그대는 나의 모든 것을 앗으려 하나……*

노래는 잔잔히 흘렀다. 그와 나는 의자를 끌어당겨 마주앉았다. 얼마 걷지 않았는데도 얼굴이며 머리카락이 습기에 젖어 있었다. 그는 손을 맞비비며 머리칼을 털었다. 조금 길다 싶은 머리칼이 눈썹 언저리에서 강아지의 털처럼 흔들렸다.

테이블 위로 곧 비닐에 감싸인 플라스틱 접시들이 빠르게 놓였다. 새하얀 김이 모락모락 솟아오르는 순대며 튀김 같은 것 앞에 앉으니 그제야 내 몸에서 풍기는 느끼한 기름 냄새가 조금이나마 융화되는 기분이었다. 나는 모자를 벗고 크게 숨을 쉬었다.

아, 좋네요.

속도 없이 그런 말이 절로 나왔다. 간장맛밖에 나지 않는 뜨끈한 어묵 국물일 뿐인데도 목을 타고 넘어가는 순간 묵은 피로마저 씻겨내려가는 듯했다. 나는 나무 꼬치에 끼워진 어묵을 크게 한입 베어 물었다. 조금 서둘렀는지도 몰랐다.

이후로 그를 처음 만난 때를 떠올리면 그래서 그날의 포차가 떠올랐다. 어두컴컴한 담벼락 아래 짙푸른 천막 속, 엉덩이가 차가웠던 플라스틱 의자와 뜨거운 김이 솟아오르던 어묵탕, 순대며 튀김이며 소시지며 테이블을 온통 차지하던 따끈한 음식들. 어느 날의 온도는 온기와도 같이 기억된다. 추웠어도 따뜻했다고 느끼는, 사람과 사람 사이에 머물렀던 불가사의한 온기.

그리고 포차 안을 수증기처럼 가득 메우던, 라디오에서 비어져 나오던 옛 노래가 있었다. 언젠가 들어봤던 것도 같은 정겨운 멜로디와 노랫말인데 가수와 제목이 선뜻 기억나지는 않는. *이 밤도 나의 모든 것을 앗으려 하나…… 무정한 사람아*, 하고 누군가의 등을 도닥이는 듯 노래하던. '던'을 '든'으로 발음하던 가수의 말버릇이 정겨워 곰곰이 듣다 웃음짓게 되던. 아주 나중에야 나는 그게 〈나의 옛날이야기〉라는 제목의 가요라는 걸 알았다.

뚜― 우우우우

뚜― 우우우우

가사 없이 허밍으로 흥얼거리던 후렴구는 드문드문 생각나서 입에 붙었다. 나는 아버지가 좋아해서 이따금 불러대던 노래와 마찬가지로 이 노래 역시 영원히 기억하게 될 거라고 생각했다.

나를 잊진 못했을 텐데.

그는 바삭한 튀김을 입안에 넣고는 샐샐거렸다. 잊지 않았을 텐데도 아니고, 못했을 텐데라니. 뜻밖에 그 말이 우스꽝스럽게 들려서 나는 픽 웃었다.

웃네, 이 병신이.

그가 낄낄거렸다.

그는 자신이 약이며 나와 동문이라고 말했다. 나보다 다섯 학번 위의 직속 선배라는 말을 듣고 나서야 나는 나지막이 탄식했다. 다시 그의 얼굴을 바라보았다.

거봐, 못 잊었지, 나를.

그가 다시 제 얼굴을 탁자 한가운데로 들이밀었다.

못 잊었다니 그런 말은 어쩐지 좀.

투덜거리면서도 그의 이목구비를 자세히 뜯어보았다.

아아.

확실히 그런 것 같았다. 입대 전 새내기일 때 학회실이나 강의실에서 언뜻 아니 어쩌면 자주 마주쳤던 그의 눈을 기억하고 있었다. 기억하고 있다는 그 사실이 오히려 놀라우리만큼 선명히. 말을 섞은 적은 없는데 타인의 마음 깊숙한 곳까지 꿰뚫어 보려는 듯 쏘아보는 그 눈빛만은 지워지지 않고 잔영처럼 남고는 했다. 아이같이 말간 얼굴과 달리 저렇듯 어두운 아우라라니 어떤 이끌림이랄지…… 차마 시선을 떼지 못했다고 해야 할까.

그것은 손에 쥐어지지 않는 장대처럼 단단해 보이기도 했으나 대체로는 죽은 눈빛이었다.

그리고 그것은 어린 날의 내가 분명 보았던, 결코 잊히지 않는 내 삼촌의 것이었다.

그런 까닭에 나는 사자死者처럼 찾아와 나를 돕겠다고 말하던 이를 홀리듯 바라보지 않을 수 없었던 것인지도 몰랐다.

기억할 줄 알았어!

약이 제 잔에 소주를 한가득 따라 마시며 머리칼을 헤집어 뒤로 넘겼다. 약의 가늘고 긴 손가락이 갈색 머리칼 사이사이로 보였다 안 보였다 했다. 어째서, 라고 물으려고 했는데 약이 또 말했다.

우리 같은 애들이 서로를 참 잘 알아보거든.

뜻 모를 소리라고 여겼지만 더 캐묻지 않았다. 나도 내 잔에 소주를 가득 따라 마셨다. 우리 같은 애들이라는 그의 말이 짓궂으면서도 비루하게 느껴졌지만 인연이란 게 있다면 참 재미있네, 어디까지나 그런 마음이었다. 여기서 더 깊이 알고 싶지 않았다. 대강대강의 마음으로, 나는 따끈하고 물컹한 어묵이며 순대며 튀김을 안주 삼아 잔에 술을 따르고 또 비웠다. 약도 별말 없이 먹고 마셨다. 안개가 흩어지지 않아도 시간은 흐르고, 나는 취하지 않아도 소주병은 비워진다…… 그런 멍한 생각을 하다가 그나저나, 하고 내가 말했다.

응?

약이 고개를 들었다.

돕겠다니요?

뭐라고?

약은 얼큰한 눈으로 홀린 듯 소주병을 껴안았다.

나를 돕겠다고 했잖아요.

아, 그거. 말 그대로야.

뭘 말했는데요.

대화는 끊어질 듯 그러나 끊어지지 않고 이어졌다.

홀맨을 구하고 있어.

약이 대답했다.

홀맨?

그래, 홀맨.

그가 너절한 설명을 부기하지 않아서 우리는 또 침묵했다. 잔이 비워지고, 채워지고, 새로운 병을 땄다. 어묵 국물이 식어버릴 만하면 주인이 콧노래를 흥얼거리며 국자를 들고 다가왔다. 화수분처럼 채워지는 뜨거운 국물을 마시고 소주도 들이붓듯 마셨다. 속이 쓰고, 차고, 달았다. 몸은 점차로 더워졌다. 그리고 어떤 장면 하나가 떠올랐다. 잊은 줄 알았으나 실은 잊히지 않고 그저 캄캄한 의식의 깊은 밑바닥 어디쯤 가라앉아 있었구나 싶은…… 잊어버리면 그만이라고 도리질을 쳤으나 그런 건 살면서 결코 잊어지지 않고 지워지지 않는 찰나의 번쩍임 같은 것이구나 싶은 장면이.

아, 그랬지. 이 선배가 그랬었지.

나는 고개를 주억거렸다. 섬광처럼 강렬한 무언가를 조용히 되새겼다. 상자에 넣고 뚜껑을 닫듯 나는 '그날 이후' 이 사람을 잠가놓고 다시 열어보지 않았구나 싶었다. 그런 장면은, 그런 사람은, 지나가도 잘 살아지는구나, 충격이랄 건 못 된다 싶었다. 아무리 놀라운 것이라 해도 결국 지나고 보면 사는 건 언제나 팍팍하고 고되고, 무엇보다 바빴다. 이미 지나간 걸, 흘러간 걸 재차 떠올리고 되새길 만큼 한가하지 않았다. 처음 본 순간에 바로 기억해내지 못하는 게 당연하지 않나, 잊지 못한 것이 아니라 부러 잊는 것조차 수고로웠을 뿐은 아니었나, 소주의 맛처럼 씁쓰레해지고 말았다.

그러나 열이 오르니 그깟 것 아무려나…… 하는 마음도 들었다. 아무려나, 세상도 사람도 소주도, 무엇이든 다 아무려나. 한 잔 다시 또 한 잔 나는 말없이 마셨다.

뉴스를 봤어.

약이 소주병을 내려놓곤 맞물렸던 입술을 떼었다.

네 아버지 얘기가 나오더라. 얼핏 너도 보였고. 일 분짜리 영상이었는데 나는 인터뷰하는 너를 한눈에 알아봤지. 어라, 저 녀석이 저기에, 저기에 있어…… 저기에 있는 거로군, 했어.

나는 잠자코 들었다. 틀린 말은 아니지, 하고 나는 생각했다. 나는 저기에 있다가 지금은 여기에 있다. 마찬가지로 지금은 여기에 있다가, 또 어딘가에 있게 될 것이다. 어딘가가 어디여도, 좀처럼 아무 상관 없는 곳에. 누구도 나를 개의치 않는 곳에. 누구든 나를 그저 놓아두고 쉬이 지나쳐버리는 곳에.

혹시나 해서 와봤지.

약이 빙그레 웃었다.

그렇군요.

머리가 어질어질해졌다.

그러니까, 하고 약은 다시 말했다.

홀맨을 구하고 있어.

더 말하지 않겠다는 듯 힘주어 반복했다. 그리고 덧붙였다.

존대는 넣어둬. 역겨우니까.

## 16

다음날 아침에 나는 시끄러이 울리는 알람 시계를 잡아 끄며 일어났다. 쏟아지는 잠에 취한 채로 무거운 다리 사이에 끼워두었던 베개를 빼냈다. 그 밤에 집에 돌아와 더운물로 씻고 잠들었는데도 어묵이며 튀김 냄새는 사라지지 않고 남아 있었다. 나는 입고 있던 반소매 셔츠를 벗어던지고 다시 샤워했다. 정수리에 쏟아지는 물을 맞자 골이 빠개지는 통증이 몰려왔다. 한동안 머리통을 감싸 쥐고 서 있었다. 무슨 얘길 나눈 건지 기억이 나면서도 정말 그랬나, 확신이 잘 들지 않았다. 집을 나서며 악이 말했던 '홀맨'이란 단어가 떠올라 뒤숭숭해지기도 했다.

하여간에 이상한 선배라니까······

중얼거리곤 이내 잊어버렸다. 잊어버리려 애를 썼다. 이제 와서 또 얽혀봐야 좋을 게 없을 것 같았다. 그가 대체 뭘 하며 살고 있는 건지 감도 잡히지 않았다. 무엇보다 나는 그 장면을 외면해왔을 뿐 기억에서 지워버리지 못하고 있었다는 걸 알아버렸으니까. 그와 함께 일을 한다니 그런 건 생각해보지도 않았다. 이건 또 무슨 함정 같은 일일까. 경계심이 바짝 몰려들었다.

새삼스레 아버지의 부재를 느끼며 나는 또 출근했다. 다시 고기 패티와 감자와 케첩 상자를 나르고, 토마토와 양상추를 자르고, 치즈를 넣어 버거를 만들었다. 손님들이 쉬지 않고 밀려들었다. 정오가 되어서야 비로소 숨다운 숨을 쉬는 기분이었다.

어제 그 사람이랑 같이 갔어요?

유니폼으로 갈아입은 제이가 그릴 안에 들어오자마자 말 걸었다.

어?

매니저님이 그러던데요.

제이가 눈짓했다.

매니저님이?

네.

아니 그게.

눈을 깜박거리는 제이 앞에서 나는 말을 골랐다. 매사에 너무 무르다고, 물러터졌다고 타박하는 제이에게 뭐라고 대답해야 할지 고민이 되었다. 나는 제이보다 네 살이나 많았다. 좀더 어른 남자처럼 보이고 싶은데 뜻대로 되지 않을 때가 많았다. 제이는 케이와 같은 나이였는데도, 스물셋 같지 않게 굴었다. 주위 사람들을 살뜰하고도 살갑게 챙기는 성격 탓인지, 여자들이란 원래 또래 남자보다 더 성숙하게 느껴지는 이유에서인지는 몰랐다. 애교가 있지만 어리광부리는 타입은 아니니까…… 라는 식으로 이따금 생각해보곤 했지만 그래도 그녀가 내게 보이는 누나 같은 태도나 추임새가 때로는 서운했다. 남자로 보지는 않는다는 투여서 입맛이 썼다고 해야 하나. 전역한 직원들끼리 뒤섞여 전방이니 경계근무니 찧고 까부는 소리에도 제이는 귀엽다는 듯 웃으며 지나쳐버리곤 했으니까.

그게 어떻게 된 거냐면.

나는 망설였는데,

그러니까 뭔데요. 같이 갔어요 안 갔어요?

제이가 소리를 낮춰 다그쳤다.

그게,

변명하면서도, 어째서 매니저는 제이와 그런 시답지 않은 얘기까지 나누는 걸까 궁금했다.

그러니까 그게,

자, 좀 움직입시다.

그러나 내가 좀처럼 뭐라고 대꾸하기도 전에 매니저가 들어와 소리쳤다.

나갑니다!

제이는 냉큼 돌아서버렸다. 말할 짬이 있겠지, 우물거리며 나는 조립한 버거들을 종류별로 진열했다. 기계적으로 말하고 움직이며 일했다. 일하는 동안에는 시간도 기계적으로 흘렀다. 안개가 잠시 잠깐 걷히는 어느 날엔 여전히 천막으로 가려진, 불타버린 맞은편 건물이 흐릿하나마 눈에 들어왔다. 다시 말끔히 재건되고 나면 이곳을 떠날 수 있을까. 다시 온전히 복원되는 때가 오면 나는 이곳을 떠나 학교로 돌아가 있을까. 그때가 되면 다시 아버지와 함께일까. 그런 잡념들이 연무처럼 혼탁하게 가슴을 타고 오르는 날도 있었다.

그럴 때면 약의 목소리가 선율처럼 경쾌히 공기를 타고 들려오는 것처럼 느끼기도 했다.

병신이라니.

허탈한 웃음이 났다. 그러면 꼭 꾸룩꾸룩 허기가 졌다. 습했던 그날의 포차가 투박한 위로나 되는 양 뜬금없이 떠올라서였다. 간장맛만 나던 어묵 국물의 뜨끈함이 간절해지다가, 그 밤에 들었던 노래의 다정하면서도 처연했던 멜로디도 입에 붙어 흥얼거리다가 했다.

뚜― 우우우우

뚜― 우우우우

투명하고 맑은 소주를 잔에 그득 따라서 입안에 털어넣던 순간의 알싸한 상쾌함을 기억해내다가, 그러나 나는 고개를 저었다.

이후로도 두어 번가량 더, 약은 날 찾아왔다.

방 잡아줄게.

'숙식 제공'이라고 주장했다.

가, 족 같은 분위기 뭐 그런 건가요?

내가 농담처럼 응하자,

존대는 넣어두라니까.

하고 약이 불끈거렸다.

그래도 선배랑 저랑 나이 차이가.

망설였더니,

나이?

약이 코웃음을 쳤다.

어쩌라고.

웩, 토하는 시늉을 하며 약이 눈을 가늘게 떠 보였다.

감자는 넣어둬.

약은 키들거리며 카드를 내밀었다. 약은 더블 치즈버거와 사이다를 먹고 돌아갔다가는 또 와서 같은 걸 주문해 먹었다. 내가 그에 대해 무엇을 기억하고 있는지는 전혀 신경쓰지 않는다는 뜻일까. 나는 갸웃거리면서도 묻지는 않았다. 그 자신이 전혀 기억하지 못하는 것인지도 몰랐다. 그때에 그는 울고 있었고, 또 취해 있었으니까. 아니라면 모두 기억하고 있으면서도 찾아온 것일지도 모르지, 나는 생각했다. 우리 같은 애들이 서로를 참 잘 알아보거든. 약은 그렇게 말하지 않았었나. 그의 말대로라면 나는 그에게 같은 부류로 인식되고 있는 것이다.

약이 세번째 찾아왔을 때, 나는 냇물에 발을 담그는 기분으로 선선히 가겠다고 말했다. 망설이거나 거절해도 그 이상의 대안은 없어 보이는 날이었다. 아버지는 돌아오지 않고 나는 혼자였으며, 소망했던 제이와의 연애에도 실패한 참이었다. 아니 그걸 연애라고 할 수 있을까. 나는 홀로 실연하고 제멋대로 절망했다. 그것만이 분명한 사실인지도 몰랐다. 쓴 사탕을 입에 물어놓곤 녹이지도 뱉지도 못하는 그런 초조하고 불안정한 스물일곱의 나날이었다.

채용 증명서는 확실히 써주는 곳이에요?

나는 물었다. 나도 모르게 한숨이 나왔다.

당연하지.

약이 눈을 빛냈다.

우리가 그거 하나는 정직해.

우리요?

그래. 먹여주고 재워주고, 더할 나위 없지.

그렇구나.

나는 고개를 끄덕였다.

그런데 네가 '우리'가 되려면 말이야.

네.

존대는 집어치우래도?

그의 고집스러운 표정이 웃겨서 나는 웃었다. 웃고 말았다.

언제부터 나올래?

약이 또 샐샐거리며 물었다. 더할 나위 없는 그곳으로 나는 바로 나가겠다고 말했다. 하루라도 쉬고 싶지 않았다. 어디라도 처박혀 생각이란 것 없이 팔다리를 움직였으면 했다. 일하는 것이, 일하지 않는 것보다 나았다.

나는 집안 곳곳을 정리하고, 아버지의 짐들을 갈무리해두었다. 딱히 어려울 건 없었다. 아버지나 나나 소소히 물건을 사들이거나 쟁여두는 편이 아니었다. 옷가지나 소지품도 모두 낡고 오래되고 무엇보다 단출했다. 나는 몇 안 되는 물건들을 손으로 쓸어보고 매만져보다가 모조리 치워놓았다. 서랍에서 아버지의 모자를 발견했을 땐 가슴 한구석이 먹먹했다. 아버지가 쓰기엔 너무 커서 항상 둘레를 조이거나 줄이느라 힘들었던 모자였다. 모자를 쥐고 바닥에 한참을 누웠다가 일어났다. 일어나야만 했다. 간단한 옷가지만 가방에 챙겼다. 임대아파트의 낡은 현관을 단단히 걸어 잠근 뒤 집을 나섰다.

약이 적어준 주소지는 도시의 외곽에서도 한참을 더 벗어나 있는 곳이었다. 나는 느리게 나아가는 지하철에 올라타고 짐짝처럼 실려갔다. 나를 돕겠다던 약에게로 향했다. 그가 정말로 나를 도우리라고 기대하지는 않았다. 그에게서 구원받으리라고 여긴 것도 아니었다. 무감하고 무료한 기분이었다. 나는 다만 내 몸을 옮겨놓고만 싶었다.

여기가 아닌 곳으로.

여기만 아니라면 어디든.

# 17

제이가 들어오고 얼마 되지 않은 회식 자리였다.

사 남매의 장녀거든요. 아래로 셋이 남동생들인데, 죄다 철부지들이라 못살겠어요.

자기소개를 하라니까 제이는 제법 씩씩하게 말했다.

햄 아닌 날보다 햄인 날이 더 많은 애들이라니까요? 그때마다 식비가 확 줄긴 하는데 그래도 그렇죠, 일할 생각을 안 하니 아주 미치겠어요.

대여섯 명 남짓한 모두가 치킨을 뜯으며 고개를 위아래로 끄덕였다. 그렇구나, 하고 나 역시 동조했다. 아래로 남동생이 셋이나 되는데 하나같이 그 모양들이라면 골치가 아프겠군, 그저 그 정도의 마음이었다. 제이는 생각보다 더 당차고 주눅들지 않는 타입이었다. 대학 이 년 과정을 휴학 없이 바짝 졸업해서 이런저런 아르바이트로 학자금 대출을 갚고 있다든가, 전공이 실용음악이라 취직이 어려워 매일 '연명'해나가기가 힘들다든가, 그런 말들을 늘어놓았다. 나는 제이의 솔직함에 반했는데, 매니저는 실없이 이기죽거렸다.

소녀 가장이네?

아무도 그 썰렁한 말을 귀담아듣지는 않았다. 매니저는 워낙에 괴팍한 성격이었다. 매사에 까다롭고 야박하게 굴어서 신입이 들어오면 꼭 한 번씩은 울리거나 울음을 삼키게 만들곤 했다. 내게도 마찬가지였지만 나는 자주 외면했다. 그런 걸 일일이 신경쓰다 보면 끝도 없었다. 고약한 작업반장은 어디에나 있었다.

네, 맞는 말이지만 되게 직설적이시네요? 그런 건 별로 매력 없지만.

제이는 기분 나빠하지 않고 오히려 싱긋 웃었다.

페이 잘 챙겨주세요. 오래오래 일할 거니까.

그러고는 매니저의 잔에 넉살 좋게 맥주를 따라주었다.

저도 좀 따라주시고요.

제이의 말에 매니저가 떨떠름히 그녀의 잔에 맥주를 따랐다. 당황한 듯했지만 그 싹싹함이 매니저도 싫지 않은 듯 보였다. 나는 발그레해진 제이의 뺨과 미간이 조여져 눈썹이 치켜올라간 매니저의 이마를 번갈아 바라보았다. 곧 저마다의 수다로 호프집이 시끌시끌해졌다. 매니저가 맥주와 치킨을 더 시켰다. 회식은 자정 언저리에야 끝났다.

모두들 흩어지고 나는 쭈뼛대다가 대로변으로 방향을 틀었다. 그러려는 의도는 아니었는데 어쩌다보니 제이의 뒤를 따라가게 되었다. 오해할까 싶어서 적당히 거리를 두고 걸었다. 걷다보니 다른 것보다는, 그저 불안한 마음이 들었다. 시간이 꽤 늦은데다가 안개도 짙었다. 취했다 싶으면 택시를 잡아주거나 아니면 버스 정류장까지만이라도 데려다줄까 생각했는데,

왜 멀찌감치 따라와요?

제이가 휙 뒤를 돌아보는 바람에 난처했다.

아니 저는,

저는 뭐요.

제이는 한 발 두 발 걸어왔다.

방향이 같으면 같이 가죠.

제이가 말했고, 나는 등줄기에 땀이 흘렀다.

그게,

그게?

불쾌해……할 수도 있으니까요.

망설이다가 대꾸했다. 제이는 고개를 한번 갸웃거렸다가 갑자기 흐, 소릴 내며 웃었다.

이런 성격이시구나?

나는 입술을 맞물었다. 말뜻을 선뜻 알아채지 못했다.

아니요, 나쁜 의미는 아니고요.

제이가 내 표정을 살피며 손을 내저었다.

별로 위협적인 편이 못 돼요.

네?

그쪽이요. 얼굴이며 태도며 말하는 거며 별로 위협적인 편이 못 된다고요. 그러니까 겁내지 마세요. 여자들은 만만하지 않아요. 그런 거 직감적으로 느끼거든요. 이 남자가 마초인지 아닌지, 여자 앞에서 거들먹거리는지 아닌지, 허세를 부리는 타입인지 아닌지, 부끄럼은 타는지 아닌지, 거의 본능적으로요. 나이는 상관없고요.

남자답지 못하다는 걸까, 하고 나는 순간 아리송했다.

봐, 또 그 표정이지.

제이가 입을 가리고 끅끅거렸다.

엄청 신중한 성격인가봐요.

별로…… 그렇지는 않은데요.

나쁘지 않아요.

네?

가벼운 것보다 좋아요, 무거운 게. 경솔한 것보다 진중한 게 좋죠.

그게……

말처럼 그렇지는 않고 뭐라고 더 말하려는데 제이가 불쑥 코앞으로 다가왔다.

딱 봐도 한참 오빠 같은데 말은 놓으셔도 돼요.

나는 바투 들이민 제이의 얼굴을 보았다. 예쁘장하다고는 할 수 없지만 못생겼다는 생각도 들지 않았다. 눈매가 길고 얄팍한데도 은근히 순해 보였고, 만져보고 싶을 정도로 콧잔등이 몽톡하고 매끈했다. 나는 삽시간에 얼굴이 벌게졌을 거였다.

우리 한잔 더 할래요?

제이가 나와 시선을 맞추고 도톰한 입술을 벌려 물었다. 나는 고개를 미처 끄덕이지도 못하고 제이에게 이끌려서 걸었다. 그녀가 말하는 나쁘지 않아요, 좋아요, 좋죠, 라는 말에 뒤이어 '우리'라는 지칭, 그리고 한잔 더 할래요, 라는 말까지 더해져 나는 정신이 얼마쯤 혼미해지고 있었다. 술기운 때문은 분명 아니었다. 여자가 보내오는 어떤 신호랄까 제스처랄까 하는 것에 익숙하지 않았고, 살면서 그것이 불편하다거나 한 적도 여태 없었지만, 없었다고 생각하지만, 그래도 이런 상황에서 남자가 보여야 할 어떤…… 자연스러운 대응이랄 게 있다면 무엇일까…… 순간적으로 머릿속이 복잡해져버렸다. 이마저도 남자들이 흔히 갖는 불순한 착각이겠지, 싶은 난감한 마음도 들었다.

아무 뜻 없어요.

제이가 말했다.

그냥 한잔 더 하고 싶어서요. 너무 어중간하게 마셔버려서.

네.

말 놓아도 되는데!

제이가 싱긋 웃으며 내 옷소매를 슬쩍 잡아끌었다.

가요.

자정도 훨씬 넘긴 늦은 시간이었다. 문 연 데가 거의 없어서 우리는 또 빤한 치킨집으로 들어갔다. 닭 한 마리를 시켜놓곤 손도 대지 않았다. 그저 오백 시시 생맥주를 한 잔씩 마신 다음 천팔백 시시 피처를 더 시켜서 나눠 먹었고, 그다음에는 삼천 시시 피처를 하나 더 시켜서 서로의 잔을 채우고 또 비웠다. 우리는 차가운 맥주로 위를 빵빵히 채웠다. 번갈아 화장실을 들락거렸다. 열심히 마시다가, 제이가 머리가 지끈거릴 정도로 배부르다고 말했다.

억울해.

그녀는 울먹이듯 혼잣말했다.

취하지는 않고 배만 부르다니.

세상을 다 잃은 표정을 짓곤 배를 두드렸다.

일어나죠.

내가 주섬주섬 자리를 정리했다. 새벽 두시가 넘어가던 즈음이었다.

제이의 집은 생각보다 멀지 않았다. 지하철 세 정거장쯤의 거리를 우리는 걸었다. 안개가 짙었지만 상관하지 않았다. 누가 먼저랄 것 없이 어깨를 나란히 두고 보폭을 맞췄다.

차가 오는 걸 비켜서다가, 어깨에서 흘러내리는 제이의 가방을 들어주다가, 비틀거리는 제이의 몸통을 붙들다가, 얼마간은 손을 잡고 걷기도 했다. 나는 쭈뼛거리며 걸음을 옮겼다. 의식하지 않으려 노력했지만 그럴수록 감각은 더 또렷해지는 것만 같았다. 안개 속에서 우리가 손잡은 모양은 자주 감춰졌다. 온기가 아니었다면 손을 잡고 있는 게 맞는지도 확신할 수 없었을 거였다. 아깝다며 포장해서 들고나온 다 식어빠진 튀긴 닭 봉지가 제이의 다른 쪽 손에 쥐어진 채로 달랑거리는 걸 보았다.

그리고 붉은 벽돌로 지어진 어느 오래된 빌라 앞에 이르러 제이는 내게 입맞췄다. 처음에 한 번은 왼쪽 볼이었고, 내가 어, 하는 순간에 입술이었다. 가방을 제이의 어깨에 걸쳐주려던 나는 깜짝 놀라 의도치 않게 굳어버렸다.

잘 가.

오래 알고 지낸 이웃 여동생과도 같이 제이는 손을 흔들고 집으로 들어갔다. 그에 앞서 다정히 내 손을 한번 붙들었다 놓은 뒤였다. 부옇게 흐려지는 그녀의 뒷모습을 보는데 심장이 빠르게 뛰었다. 좋으면서도, 기쁘면서도 그러나 그러면서도 뒤돌아 걷는 내내 울적했다. 마음에 드는 누군가와 가까워지고, 좋아지고, 깊어지는 관계를 상상해보지 않은 건 아니지만 그게 다 무슨 소용인가라는 회의적인 마음도 내내 있어왔다. 괜히 쓸쓸해져서 사치스럽게 연애는 무슨 연애, 하고 신발 뒤축을 차며 걸었다. 극심해진 안개 탓에 계단 하나를 건너뛰어 발을 헛디딜 뻔했다.

그러나 더운물로 축축한 습기를 털어낸 덕분인지, 막상 집에 돌아와 누웠을 땐 마음이 한결 가뿐해져 있었다. 다들 이렇게 시작하는 걸까. 누군가와 연인이 된다는 건 이렇게 어딘가 붕 떠 있는 기분으로 마음이 미끄러지듯 달려나가는 일일까. 어쩐지 닭살이 돋아서 팔다리를 오래 문질렀다. 나는 모로 누워 무릎을 모아 가슴에 붙여 안았다. 두근거리는 내 심장 소리를 듣다가 까무룩 잠이 들었던 것 같은데 꿈은 꾸지 않았다. 느낌으로는 눈 한번 감았다 떴을 뿐인데 알람이 울렸다. 몇 시간 채 자지 못하고 다시 매장으로 나가야 했다. 그러나 전혀 피곤하지 않았다.

## 18

다음날 정오에 출근한 제이는 활기찼다.

어제 잘 들어갔어요?

나는 네, 하다가 어, 하고 바꿔 대답했다. 제이는 나 말고 다른 직원들에게도 똑같이 인사를 건넸다. 나는 온통 어지러운 무늬로 가득한 그림 앞에 서 있는 기분이었다. 뻑뻑한 눈을 자주 감았다 뜨며 그날 하루를 보냈다. 그로부터 또 하루, 다시 또 하루가 지나갔다. 안개는 옅어졌다가도 다시 짙어지길 반복했지만 제이는 한결같았다. 밝고 명랑했고 살가웠다. 나는 제이가 들어오지 않았을 때와 마찬가지로 분주히 움직였다. 그녀를 알지 못했던 때와 다르지 않게 그림과 카운터를 번갈아 오가며 바삐 일했다. 매니저의 눈치를 볼 겨를도 없이 노동했다. 그리고 안녕하세요, 라는 제이의 다감한 인사를 정오마다 일주일째 들었던 날에야 나는 그 밤의 키스가 아무것도 아니었다고 결론지었다.

아무것도 아니다.

아무것도 아니야.

주술처럼 중얼거리며 마음을 정리했다. 제이는 생각보다 더 취했을지도 모르고, 나와의 아무런 기억도 갖고 있지 않은지도 모르니까. 소심하게 굴지 말고 미련을 두지 않는 편이 좋았다. 하지만 나는 제이와 매일 마주쳤다. 제이는 매일 상냥했다. 이따금 귀 가까이 속삭이듯 말해오거나 어깨를 부딪쳐오거나 간간이 팔을 잡았다 놓기도 했다. 나는 퇴근길엔 언제나 가슴 한쪽이 묵직하니 답답해져왔다.

이게 뭘까.

어느 날엔 거리의 진회색 안개에 갇혀 충분히 축축해져버린 채로 서서 고민하지 않을 수 없었다. 이게 뭐지, 하고. 신경성 통증처럼 머리가 깨질 듯 아프기도 했다. 제이를 생각하면 한기 속에서도 타오르듯 몸이 더웠다.

어차피 어려워.

고개를 흔들었다.

연애라니.

나는 나를 달랬다.

그러나 백여 일 정도를 함께 얼굴 부딪치며 일하는 동안 제이는 늦은 밤, 탁하고 뭉실한 안개 속에서 두어 번 더 나와 입을 맞췄다. 제이의 입술은 차가웠다. 그러나 딱딱한 듯 이내 적당히 부드러이 풀어졌다. 한 번은 다시 단조로운 회식이 끝난 뒤였고 다음 한 번은, 내가 용기 내어 요청한 데이트 때였다. 먼저 한 번은 또 제이가 다가왔고 그다음 한 번은 내 쪽에서 제이의 어깨를 끌어당겨서. 이후로는 따로 만나서 정식으로 만나보자, 얘기해야 하지 않을까 하는 생각이 조심스레 들었다. 이대로 아무것도 아닌 채로 다르지 않은 날이 계속되면 안 될 것 같았다. 매니저의 눈칫밥을 먹으며 제이가 쉬는 날 나도 핑계를 만들어 휴가를 냈고, 우리는 만났다.

영화를 보고 밥을 먹는 내내 우리는 대체로 조용했다.

미안해, 내가 좀 재미없는 사람이라……

나는 더듬거렸고,

나도 그래요.

제이는 차분했다. 미소를 띠고 있었으나 어딘지 불편해 보이는 얼굴이었다. 이상하다고 느꼈지만 분위기를 바꾸기는 어려웠다. 대화가 유연히 흘러간다거나 호쾌히 웃거나 하지도 못했고, 같이 있는 시간 내내 뭐든 싱거웠다. 영화는 돈값을 못했고, 밥은 오래 줄 서서 기다리는 바람에 외려 입맛을 잃었다. 나는 안절부절못했다. 영화관을 나와서, 식당을 나와서, 다시 카페를 나와서야 나는 이 데이트가 뭔가 잘못되었다고 결론 내렸다. 그저 그런 영화나 맛없는 밥이나 밍밍한 디저트 때문은 아니었다. 정작 해야 할 말을 둘 중 누구도 하지 않아서였다. 제이도 마찬가지로 느꼈을 거라고 짐작했다.

밤 열시쯤. 늦지도 이르지도 않은 어정쩡한 시간에 나는 제이를 집 앞까지 데려다주었다. 안개의 습기 때문에 살짝 젖어 뺨에 달라붙은 머리칼을 떼어주려고 가까이 다가갔을 때 나는 그녀가 짓고 있는 표정을 알아보았다. 즐겁다거나 설렌다거나 하지 않고 단지 서글프고 짠하고 그래서 미안한 얼굴. 서로에게 갖고 있는 애정은 분명하지만 그것이 서로에게 피로의 무게로만 느껴진다는 사실을 깨달아버린 그런 얼굴. 해명이나 변명 같은 말은 더 필요하지 않다고 생각했다. 나는 처음의 그 밤, 제이가 내게 그랬듯 다정히 그녀의 손을 한번 붙들어주고는 돌아섰다. 씁쓰레한 기분이 명치 쪽에 머물렀다.

잘 가요.

제이는 나직한 목소리로 말했다. 집으로 들어간 제이 역시 이불을 쓰고 누워 아무것도 아니야, 아무것도 아니다, 라며 저 자신을 달랬을지 모른다고 나는 스스로 위안해야 했다.

우리는 다시 정오마다 인사를 주고받는 동료가 되었다. 한배를 탄 선원답게 일을 분담했다. 그럼에도 제이가 가까이 다가오면 나는 긴장했다. 가슴이 두근거리면서도 여전히 무거웠다. 그녀의 마음이 어떨지 들여다보지 않으려 애썼다.

비겁했는지도 모른다고 이제 와 생각한다. 서로가 입을 다물어버림으로써, 해야 할 말을 하지 않고 감춤으로써, 우리는 비겁해졌다. 돌아서고 외면하며 멀어졌다. 그것을 선택했다. 그 무엇도 시작하지 않기 위해서. 서로에게 가닿을 그 무엇도 진행시키지 않기 위해서. 두려웠던 것인지도 모른다. 아니 필연코 두려웠는지도 모르겠다. 너무나 닮아 있는, 전혀 다를 것이 없는 서로의 존재 그 자체가, 그 맞물림이. 하지만 되지 않는 것에는 어쩔 수 없는 것이라는 뜻도 있다. 도무지 어찌해도 어쩔 수 없게 되고야 마는 것. 제아무리 애태우고 애를 써도 그렇게 돼버리고야 마는 것. 그러나 이마저도 비겁한 포즈인 것만은 애처롭도록 분명한 것이다.

아버지.

좁은 방 안에 홀로 누울 때마다, 쌀쌀히 얼어 있던 제이의 뺨 같은 것이 떠오를 때마다 입에 붙은 습관처럼 나는 아버지를 불렀다. 아버지의 낡은 맥도날드 모자를 가슴에 얹고 리듬이 없는 곡조를 흥얼거리듯 반복해서 불렀다. 작고 얇실한 바늘처럼 마음이 뾰족해진 채로 내 아버지는 무엇을 생각하고 있을지 생각했다.

어떤 하루를 보내고 있을까. 내가 찾아가지 않을 때에도 아버지는 어느 날엔 의기소침하고, 어느 날엔 평온하고 또 어느 날엔 울적할까. 내가 찾아가지 않는 날에도 누군가 아버지에게 오늘은 괜찮아요, 하고 물어봐줄까. 내가 넣어두고 온 시디는 듣고 있을까. 늘 그랬듯 허허실실 웃는 사람처럼 어깨를 덜렁거리며 노랫말을 흥얼거릴까 아니면 이제 노래 따위는 함부로 부르지도 않게 되었을까. 아버지의 새무룩한 표정과 기운 없이 축 처진 팔다리가 눈앞에서 일그러지듯 멀어졌다.

그런 상념에 잠겨 꾸벅꾸벅 졸 때면, 늘 돌보고 살펴야 하는 동생 같았던 아버지가 한 손엔 기름통을, 한 손엔 라이터를 쥐고 셔터가 내려진 건물 앞에 서 있는 뒷모양을 꿈에서 보았다. 나는 그런 아버지를 부감하듯 멀찍이 서 있었다. 안개의 층은 너무도 두터워 더러운 렌즈를 낀 듯 시야가 흐릿했다. 언제까지고 영원히 아버지의 뒤만 바라볼 것 같은 두려움을, 나는 느꼈다. 이대로 아버지의 얼굴이 잊히기라도 할까봐, 좀처럼 기억나지 않을 듯 머리를 감싸쥔 채로 놀라 깨어나곤 했다. 그런 순간이 올 때마다 나는 이불에 얼굴을 파묻고 꼼짝하지 않았다. 지극히도 외로웠다.

# 19

약이 오라는 데로 찾아갔더니 허허벌판의 게임장이었다. 간판
은 달려 있지 않았다. 공터처럼 드넓은 크기에 나는 압도되었다.
삼각 꼴의 천장이 너무나 높아서 광활해 보였다고 해야 할까. 실
내 인테리어랄 것도 없이 시멘트 바닥에 줄 맞춰 정렬된 게임기만
얼추 수백 대는 될 것 같았다. 그 공간을 가득 채운 많은 사람들
은 더욱 놀라웠다. 이들이 모두 다 어디서 왔나. 눈이 휘둥그레질
정도였다. 나는 기계와 사람이 뒤섞인 채로 귓불을 찢을 듯 발산
되는 거대한 소음에 옴짝달싹하지 못했다. 긴장하지 않으려 자꾸
만 손을 바지춤에 문질렀다. 안쪽으로 들어가지 못하고 서성대다
가 입구를 다시 빠져나왔다. 숨을 몰아쉬며 두리번거리다가 약을
보았다. 그는 게임장에서 백여 미터는 족히 떨어진 곳에서 천천히
걸어오고 있었다.

여어.

그가 멀리서 팔을 번쩍 들었다. 같이 손을 흔드는 것도 멋쩍고
해서 나는 가만히 있었다.

웬 차렷 자세야, 벌써.

약이 말했다.

아니, 뭐.

나는 고개를 슬쩍 돌렸다.

버스가 잘 다니지 않았을 텐데 잘 찾아왔네?

약이 어깨를 툭 쳤다.

아아, 표 구하기가 쉽지는 않았어.

나는 대꾸했다. 시 외곽에서도 한참 떨어진 지역이라 운행하는 버스를 찾기 어려웠는데 안개 때문에 배차 간격마저 들쭉날쭉이었다. 그래도 다들 용케도 찾아오는 곳이지, 라고 약이 말했다.

그러니까 여기가……

물었더니,

좋은 곳이지.

약이 흘흘 웃었다.

아니 그러니까 여기서……

일을 하는 거라고.

약이 뒷짐지듯 말하곤 앞장을 섰다.

누구나 일을 해야 하는 법이지, 아무렴!

나는 그를 놓치기라도 할까 서둘러 약의 뒤를 좇았다. 약은 거침없이 쑥쑥 안으로 파고들었다. 흡사 전진하는 자의 그것과 같이 망설임이 없었다. 기계와 기계 사이, 사람과 사람 사이를 헤치고 나아갔다. 일단 게임장 안으로 들어서자 약에게 말을 붙인다거나 약이 뭐라고 말한다 해도 들을 수 없었다. 괴성처럼 울려퍼지는 막대한 소음 속에서 각각의 게임기를 하나씩 차지하고 앉은 이들의 시선은 붙박인 듯 움직이지 않았다. 파리한 얼굴로 점멸하는 화면 앞에서 빠르게 회전하는 숫자나 카드, 칩 따위에 눈동자를 굴려댔다. 앞쪽으로 향해 나아가는 몇 걸음마다 발에 무언가 채었다. 나는 넘어질 뻔하며 발아래 놓이거나 나뒹구는 그것들을 들여다보았다.

햄.

햄이었다.

무수하고 무수한, 햄들이었다.

어느 것은 볕에 바짝 말랐거나 어느 것은 먼지더미에 구르며 닳고 닳았거나 어느 것은 베어지고 잘려나갔는지 흉물스러운 반쪽짜리였다. 어느 것은 습기에 퉁퉁 불었고 또 어느 것은 납작하게 뭉개진 채였다. 엄지손톱 크기만큼 자잘한 것도 많았다. 녹슨 동전이나 닳아빠진 주사위처럼 이리저리 쏠리는 조각난 햄들을 몽롱하게 바라보고 서 있다가 약에게 멱살을 잡혔다.

여기선 그냥 놓아둬.

약이 말했다.

놓아두다니요?

햄 말이야.

햄……

어쩔 수 없어. 일일이 줍고 다닐 수도 없고. 햄이 되어버리면 그뿐, 여기선 아무도 신고해주거나 구해주지 않아.

나는 어딘지 모르게 쓸쓸해져서 고개를 위아래로 흔들었다. 안다. 햄이 되는 걸 구제할 방법은 없다. 구원이란 이 세계 어디에도 존재하지 않는 거니까. 하물며 이런 드넓은 게임장에서 햄으로 뒹군다고 해서 누구 하나 주목해줄 리는 없지…… 시간이 오래 흐르면 햄은 햄으로서 딱딱히 굳어버리고 마는 것. 이가 빠진 찻잔처럼 닳고 닳는다 해도 그저 그것.

인생 다 각자도생 아니겠어?

약은 웃었다.

다만 마지막이라면 숨이 가쁘도록 즐거이. 그거면 되는 일이지.

몇 걸음 더 걸어서 약은 나를 게임장 내부의 맨 안쪽으로 끌어다놓았다. 세 곳으로 나뉘어 들어가는 문이 나란히 있었는데, 나는 '체력단련실'이라고 쓰인 문 앞에 세워졌다. 다른 문에는 사무실과 비품실이라는 푯말이 붙어 있었다. 사무실도 알고 비품실도 알겠는데 체력단련실은 뭐지, 라는 생각으로 나는 섰다. 나 말고 둘이 더 서 있었다. 그들은 빳빳이 서서 내 쪽으로는 고개도 돌리지 않았다. 어디를 바라보는지 모를 법한 눈들을 하고서.

대기해.

약이 말했다.

여기서 대기하면 돼.

나는 알았다고 대답했다. '대기'라는 단어를 혀 속에 넣고 나는 궁굴렸다.

기다림.

때나 기회를 기다림.

무엇을?

잠시 생각하는데, 약이 사무실 문을 열고 들어갔다 나왔다.

홀을 잘 지키면 되는 거야.

말하고는 눈앞에서 껄렁거렸다. 약이 말했던 '홀맨'이라는 게 이런 건가, 가드의 개념인 건가, 하고 나는 짐작해볼 뿐이었다. 높은 층고에 아찔해지면서, 수백 대에 이르는 게임기가 내뿜는 소음과 사람들의 숨소리에 어질어질해하면서, 나는 정오가 지나서까지 한동안 가만히만 서 있었다. 무엇을 위해 대기하는 건지 알 수 없었다. 사고를 친다거나 난동을 부리는 이들은 없었다. 특별히 힘든 일은 아니지 않나 싶었다. 온종일 물류 창고에 틀어박혀 허리를 못 펼 때까지 택배 상자를 나르는 일 같은 것에 비한다면. 그러다 점심 먹으라는 소리에 약을 따라 사무실로 들어갔다. 도시락이 배달돼 있었다. 소파에 앉아서 흰밥에 퍽퍽하게 튀겨진 돈가스 몇 점을 먹고 나와 또 똑같이 섰다.

시간은 지루하게 흘렀다. 오후가 되자 다리가 저릿저릿해지는 게 장시간 서 있기만 하는 것도 꽤나 고역이라는 생각이 들었다.

다섯시 즈음에 한 명, 여섯시가 지나 또 한 명이 와서 내 옆에 나란히 섰다. 뺨이 붓거나 입술 언저리가 터져 있거나 했는데, 그들 역시 나와는 말을 섞지도 내게 눈길을 주지도 않았다. 그것이 규칙이라는 듯 서로가 없는 듯 일했다. 나와 함께 서 있던 둘은 여덟시쯤 차례로 가버렸다. 약은 이런저런 지시도 없이 느긋하게 사무실 안팎을 들락날락하는 정도였다. 게임장 밖으로 빠져나가서 백여 미터쯤 떨어진 외진 비닐하우스에 환전실이 위치해 있다고 했다. 거대한 소음 속에서 보초병처럼 미미하게 서 있는 시간에는 그래서 습관처럼 제이를 그리지 않을 수 없었다.

나는 제이에게 따로 인사도 없이 그만둬버렸다. 그러니까 무미건조했던 제이와의 데이트 이후 열흘도 지나지 않아서 맥도날드에서 나온 참이었다.

내일과 모레, 이틀만 새벽에 인수인계를 해줘.

그만둔다고 말했을 때 매니저는 표정 변화도 없이 대꾸했다. 부탁이 아닌 지시였다.

알겠습니다.

나는 맥없이 대답했다. 새삼스레 매니저의 얼굴을 바라보았다. 이렇게 생겼구나, 키 큰 말라깽이라고만 여겼는데 생각보다 눈두덩과 양볼이 통통하고 입술이 불그스름하고 어깨가 딱 벌어졌구나 싶었다.

월급은 바로 입금될 거니까 확인하고.

매니저는 졸린 듯 말끝을 흐리며 돌아섰다. 이틀간 후임에게 업무 방식을 가르쳐주고 정오가 되기 전에 매장을 나섰으므로 나는 제이를 보지 않고 떠난 셈이었다.

어리둥절해 있지 않을지, 약간은 분하게 느끼고 있진 않을지 나는 슬그머니 상상해보기도 했다. 그러나 인사가 다 무슨 소용일까. 제이의 마지막 얼굴…… 내 기억에 흉터처럼 남은 제이의 얼굴은 씩씩하게 햄이 돼버린 동생들 얘기를 한다든가, 잘 가요, 라며 손 붙들어 준다던가, 참 무르다니까 하고 핀잔을 준다던가, 발그레한 볼로 입맞춘다던가 하는 모습은 아니었다. 그런 모습들은 까맣게 잊혀버리고 퇴사 전 마감을 끝내고 불 꺼진 로커룸으로 향하던 차에 보았던 제이만이 남았다. 영업을 마친 늦은 밤. 세탁해야 하는데 참, 하는 생각으로 벗어둔 유니폼을 가지러 되돌아갔던 때였다.

어두운 그릴 구석에 조명등 하나만 켜진 게 보였다. 불을 안 끄고 나갔나, 해서 한 걸음 앞으로 걷다가 나는 멈췄다. 그곳엔 스테인리스 싱크대 위에 걸터앉은 제이가 있었다. 유니폼 블라우스가 절반쯤 흘러내린 채였다. 창백할 정도로 희디흰 낯빛과 살결의 제이. 그리고 그녀의 블라우스 속으로 얼굴을 파묻은 채 다급히 젖가슴을 빨아대던 매니저도 함께였다. 나는 제이와 눈이 마주쳤는지 아닌지 판단하지 못했다. 나를 바라보며 싱긋 미소 지었던 것 같기도 아닌 것 같기도 했다. 매장 밖으로 빠져나온 뒤 걸었던 길의 안개는 유난스레 지독해서 제대로 된 생각이란 걸 할 수가 없었다. 눈이 따가울 정도로 앞이 보이지 않는 기분이었다. 매니저랑 사귀고 있었던 걸까. 그럼 나는 뭐였던 거지, 그 밤의 입맞춤들은 다 무엇이었나…… 입이 썼다. 너무나도 목이 탔다. 나는 중간중간 편의점에 들러 생수를 두 통이나 사서 마셔가며 걸었다. 두터운 안개 속에서 푹 젖은 채로 몸을 움직였다.

무엇을 억울해하는 거야, 무엇이 괴롭다는 거야, 아무것도 아니야, 아무것도 아니다, 그 어떤 것도 시작되지 않았어, 마무리를 지어야 하는 것도 없지, 우리에겐 남은 이야기랄 게 없어, 결론은 불필요해, 아무것도 아니야, 아무것도 아니다, 아무것도……

나는 거듭 되풀이했다.

잘못하지 않았어.

헛바닥을 깨물다가도,

그래도 잘 지내란 말은 할 수 있었잖아.

옹색하게 군 것 같아서 마음이 졸았다.

잘 지내라는 말이 왜 필요하지?

발끈하다가도,

좋은 얼굴로 헤어지는 게 좋으니까. 좋은 게 좋은 거니까. 그게 어른의 방식이니까.

유치했던 것 같아서 시무룩해지고 말았다.

그러나 대체로는 고독한 마음이었다. 이렇게 돼버리고 만 것에 대해서. 서로 간에 뭐가 문제였고, 또 문제가 아니었건 간에 어느 좋았던 지점으로 다시는 되돌아갈 기회도 없이 이렇게 되어버리고 만 상황이 야속하고…… 아니 야속하다는 표현이 맞을까. 모르겠다. 나는 그냥 서툴렀고, 서툴렀던 나 자신이 원망스러웠고, 나 자신을 원망하는 내가 한심스러웠고, 그 모든 게 그냥 다 서러웠다.

## 20

눈앞에 섬광이 일고, 끼고 있던 안경이 벗겨져 날아간 건 셔터를 내리기 직전이었다. 클로즈가 새벽 두시니 아마도 그 직전이었을 것이다.

시간 다 돼갑니다, 라고 외쳐.

약이 말하곤 사무실로 들어갔다. 외치라기에 외쳤다. 야간조로 배정된 둘과 나란히 서서 시간 다 돼갑니다, 하고 손나팔을 하고 소리질렀던 것뿐인데, 그 순간 누군가 거칠게 달려들어 내 뺨을 갈겼다.

이 새끼가 재수없게!

내가 뺨을 맞은 이유는 그게 다였다. 그의 입장에서는 정당한 사유였다는 걸 알게 되는 데는 오래 걸리지 않았다.

시간이 다 돼가는 걸 누가 몰라? 이 개새끼, 이 햄 같은 새끼, 이 햄보다 못한 찢어 죽일 개새끼가 재수없게!

충분히 후려치고도 남을 만한 이유라고, 시선을 돌리진 않아도 빨간 레버를 손에 꼭 쥔 채로 앉아 있는 손님들은 저마다 마음 깊이 동조했을 거라는 걸, 지금은 알고 있다.

예닐곱 대의 따귀를 홈쳐 맞고 거센 발길질로 아랫배도 걷어차인 뒤 나는 까무러쳤다. 텅 빈 체력단련실로 질질 끌려들어가서였다. 같이 서 있던 둘도, 사무실 안에 들어가 있던 약도, 게임장 내부에 있던 기백 명에 가까운 손님도 누구 하나 관심 두지 않았다.

화난 손님을 말리지 않는 것.

그것이 룰이었다. 단순하지만 정연한 질서였다.

팔다리를 야무지게 휘두르던 손님이 애새끼가 사람 열받게 하고 있어, 라며 멀어져가는 걸 뒤늦게야 보았다. 눈이 잘 떠지지 않았다. 눈두덩이 발열하듯 뜨겁고 정신이 깜박거렸다.

브라보!

약이 들어와 발을 굴렀다.

첫날부터 당첨되기는 힘든데! 진짜야!

그는 나를 일으켜주지도 않고 혼자서 손뼉을 짝짝 쳤다. 나는 까슬까슬한 시멘트 바닥에 나동그라져 한동안 일어나지 못했다. 코피에 뒤섞인 붉은 침이 잇새로 흘렀다. 턱관절이 얼얼했다. 전신에 스크래치가 난 듯 쓰라렸다. 이 개새끼, 이 햄 같은 새끼, 이 햄보다 못한 찢어 죽일 개새끼…… 그 소리만이 귓볼에 새겨지듯 반복되었다.

전리품이다. 내가 가져야지.

약은 다 깨져버린 내 안경을 주워들더니 휘파람을 불듯 말했다.

그 가벼움에, 어째서인지 한편으론 내 마음도 홀가분해졌다.

마감하고 집에 가자.

약이 내 어깨를 툭툭 쳤다.

얼른, 얼른.

약의 재촉에 나는 온몸이 부스러지는 통증을 느끼며 몸을 일으켰다. 이것이 홀맨이라는 거구나. 홀맨의 일이었구나. 나는 깨달았다. 약이 왜 진작 말해주지 않았는지, 어떤 이유에서 이런 곳으로 나를 끌어들였는지 묻고 싶지 않았다. 알고 싶지도 않고, 원망스럽지도 않았다. 따져 물어도 바뀌는 건 없을 터였다.

다만 나는 얻어터지는 그 짧은 시간에 아버지와, 제이의 존재마저 잊었다는 사실을 상기했다. 직접적인 상해와 가해보다 더한 통증은 세상에 없는 것인지도 모른다. 인간은 이토록 불시에 달려드는 단 한 방의 타격에도 치명적으로 나자빠지는 존재인 것인지도 모른다. 된방망이를 맞는 순간에는, 그러니까 이처럼 단순한 폭력의 상태에 나를 내버려두는 시간에는 그리움이나 아픔도 쉽게 묻혀버리는구나…… 그저 이렇게 흘러가는 게 옳다고, 부질없는 신념 하나 정도 갖고 싶었던 게 아닐까 생각하며 나는 이후로 누구라도 와서 때리면 때리는 대로 맞고, 밟히고, 짓눌리고, 나가떨어졌다. 이제껏 지긋지긋하다고 느꼈던 뭔가가 말끔히 떨어져나가버린 기분에 취했다.

## 21

 

눈두덩이 시퍼렇게 부어올랐다. 허리가 뒤틀리고, 뱃가죽이 따갑고, 다리가 후들거렸다. 숨을 들이쉬고 내쉬는 모든 때에 안개가 몸속으로 찌를 듯 틈입했다가 빠져나가는 걸 느꼈다.

좀 요령 있게 맞았어야지!

약이 나를 부축해 걸으면서 투덜거렸다. 너 되게 무겁구나, 키 큰 것들은 다 무겁나, 똑바로 좀 서라, 어쩌고 하며 구시렁댔다. 내 한 몸 바로 세우기가 힘이 들어서 나는 이끌리는 대로 발을 내디뎠다. 어딘지 모를 깊숙한 밑바닥으로 몸뚱이가 꺼져들어가는 기분으로 약에게 기대어 간신히 이동했다. 그때마다 그의 윈드브레이커에서 종이를 구기는 듯 버석거리는 소리가 났다. 약의 덩치가 너무나 작고 상대적으로 내가 너무 커서 우리의 걸음걸이는 기묘하게 박자가 어긋났다.

안개 때문에 가뜩이나 어두운데 안경까지 없어서 시야는 캄캄했다. 내딛는 발밑마다 질척였다.

한참을 걷는데,

나아져.

약이 뜬금없이 말했다.

나아진다.

위로도 조언도 아니었다. 그저 돌 하나를 발로 차서 앞쪽으로 보내는 듯 무심한 어조였다.

육체는 아무것도 없어. 빈털터리 껍데기일 뿐이지. 깨지고 부서지고 피고름이 흐른다고 해서 뭐가 달라져? 뭐가 달라진 것 같아? 아니야 안 달라져…… 개뿔, 아무것도 달라지지 않아.

약이 실없이 웃으며 덧붙여왔다. 나는 대꾸할 기력도 여력도 없었다. 습기 가득한 안개를 헤치고 나아가는 내내 가물거리는 눈꺼풀을 가까스로 밀어올려야 했다. 무너지는 하체를 추슬러야 했다. 그래도 그날의 그 말만은 또렷이 새겨져 잊히지 않았다.

나아진다.

약은 그렇게 말했다.

생각해보면 그 말에는 아무런 감정도 실리지 않았던 것 같은데, 그게 한편으로는 어처구니가 없기도 했는데, 때때로 그 말만이 떠올랐다. 고민스러웠기 때문이다.

나아진다.

……나아진다?

나아진다니 무엇이?

나아진다는 것에는 좋아진다는 의미도 포함이다.

그러나 좋아진다니 무엇이?

좋아진다는 것에는 진전한다는 의미도 포함이다.

그러나 진전한다니 무엇이?

진전한다는 것에는 발전한다는 의미도 포함이다.

그러나 발전한다니 무엇이?

발전한다는 것에는 나아간다는 의미도 포함이다.

그러나 나아간다니……

어디로?

내포된 의미들을 헤아리다보면 굴레에 갇혔다. 끝도 없이 확대되는 올가미 안에 가둬진 듯 갑갑해졌다. 팔다리가 묶여 포식자를 기다리는 기분으로 멈춰 있는 동안에는, 닳고 닳은 마른나무처럼 서 있다가 누군가에게 얻어맞기를 기다리는 동안에는, 좀처럼 나아질 것도 좋아질 것도 진전할 것도 발전할 것도 나아갈 것도 없을 것이다.

그것만이 진실이다.

그것만이 진심이다.

그것만이 현재다.

그러나 나아진다고 약은 말했다. 육체는 아무것도 아니니 깨어지거나 부서지거나 피고름이 흘러도 아무것도 달라지지 않는 것. 아무렇지 않은 것. 점차로 나아지는 것. 그것 또한 진실이며 부정할 수 없다. 해명하거나 부기하지 않아도 나아진다고 말했으므로 나는 들었고, 그것 또한 진실이며 부정할 수 없다. 실제로 나아지는지, 나아졌는지는 판단 불가능하다. 나아진다는 것이 곧 회복된다는 뜻은 아니다. 우리는 미래를 기약하거나 고려할 수 없는 현재만을 산다. 단지 약이 나아진다고 말하고, 내가 듣고, 말하고 듣는 사이에 더러운 안개만이 가득히 그 말들을 품고 서늘히 머물렀을 뿐. 달리 생각할 것이나 절망할 것은 아무것도 없었다.

얼마간 침묵 속에서 안개를 헤치고 걸었다. 우리는 어느 단층주택 앞에 도착했다. 그것은 주저앉아 잠든, 고요한 동물처럼 보였다. 약이 제 주머니를 이리저리 헤집어 열쇠를 꺼내들었다. 현관문을 열고 들어가니 사다리꼴 모양의 방이었다.

약은 침대 위에 나를 소지품처럼 던져두었다. 그러곤 주머니에서 수면제 두 알을 꺼내 입에 털어넣고는 제가 먼저 널브러져 잤다. 옷을 벗거나 씻지도 않고 야상을 걸친 그대로 잠들어버렸다. 전신의 근육이 욱신거리는 걸 느끼며 그 태평한 모습을 바라보았다. 그러다 나도 모르는 새 정신을 잃고 뻗어버렸다.

## 22

추.

부르는 소리가 들려왔다. 무거운 눈꺼풀을 밀어올리며 눈을 떴다. 상체를 일으켜보려 했지만 뜻대로 되지 않았다. 무언가 거대한 압력으로 나를 짓누르는 듯 삽시간에 통증이 퍼졌다.

열한시야.

다시 약의 목소리를 들었다.

이제 일어나.

점차로 가까이 느껴졌다. 나는 천근만근인 몸을 일으켰다. 단지 일어나 침대에 걸터앉았을 뿐인데 헉하고 숨이 막혔다. 가슴이 쥐어짜듯 아프다는 게 이런 느낌인 거구나, 절감했다.

뭐 좀 먹자.

약이 말했다. 그는 막 샤워했는지 젖은 머리칼 위에 수건을 얹은 꼴로 싱크대 앞에 서 있었다. 키 작은 약에게 맞춤인 듯 다소 자그마한 부엌이었다. 나는 다리를 끌듯 움직여 식탁으로 갔다. 발바닥까지 저릿했다. 몇 발자국도 안 움직였는데 의자에 앉자마자 엉덩이가 쑤시고 목에서 쇳소리가 났다.

처먹어.

약이 낄낄거리며 그릇을 내밀었다. 밥알이 푹 퍼진 누룽지였다.
물을 많이 넣고 오래 끓인 듯 보였다. 어쩐지 낯설어서 한참을 들
여다보게 되었다. 약은 리모컨을 들어 텔레비전을 켰다. 벽걸이
TV 세 대에 동시에 전원이 들어왔다.

얼른 처먹으래도!

약이 재촉했다. 새하얗고 뜨거운 김이 솟아오르는 그릇 앞에 코
를 박고 있으려니 나는 오히려 몸이 노곤해졌다. 다시 침대로 가
서 이불을 뒤집어쓰고 눕고만 싶었다. 그래도 간신히 입술을 벌려
누룽지를 삼켰다. 뺨 안쪽이 부어서 자꾸 탁자 위에 흘렸다. 수저
를 쥔 손마저 덜덜 떨려올 정도였다. 약은 신경쓰지 않는다는 듯
굴면서도 두루마리 휴지를 던져주었다. 텔레비전에서 시선을 떼
지 않은 채였다.

뉴스에서는 끊임없이 오늘의 안개, 오늘의 사건 사고, 오늘의
햄과 같은 내용이 보도되었다. 소리는 들리지 않았다. 미세 먼지,
초미세 먼지, 아황산가스, 이산화질소, 오존 지수 및 온습도와 풍
속, 풍향 등의 기상상태 그리고 신원 미상의 햄들에 관한 정보가
화면 아래 자막으로 느릿느릿 줄지어 지나가는 걸 보았다. 각각의
햄이 발견된 위치, 크기, 빛깔, 보관 장소 등이 괄호 안에 덧붙여
적혔다.

오늘도 만만치 않군.

약이 눈을 떼지 못하며 누룽지를 먹었다.

사람들이 일을 안 하는 걸까, 못 하는 걸까?

그런 물음표 섞인 말도 섞어가며 뉴스를 보았다.

안 하는 게 죄일까, 못 하는 게 죄일까?

나는 세 대의 텔레비전에서 동시에 번쩍이는 화면 때문에 눈이 시렸다. 소리는 없이 입만 오물거리는 아나운서 세쌍둥이를 보고 있자니 골머리가 아파올 지경이었다.

일할 수 있다, 일할 수 없다, 어느 쪽이 잘못일까?

답도 없는 말들을 우물거리는 약에게

볼륨을 좀 키울까.

물었으나,

다 아는 얘기잖아?

약이 일갈했다. 새로운 것도, 새로울 것도 없다는 투였다. 잠시 생각하다가

다 아는 걸 왜 보는데?

또 물었더니,

넌 왜 사는데?

하기에 입을 다물어버렸다. 사는 게 이 모양인 걸 알면서, 앞으로도 이 모양일 걸 알면서 왜 사냐는 의미인 걸 모르지 않았지만 더 대꾸할 의욕을 잃었다. 나는 누룽지의 밥알을 오래도록 씹었

다. 따끈하고, 고소하고, 말랑거렸다.

공혈견이라고 있어.

약이 텔레비전에서 눈을 떼고 말했다.

공혈견?

입을 여니 누룽지가 입술 새로 주룩 흘렀다.

아이, 이 병신이……

약이 한숨을 쉬고는,

피 뽑히는 개 말이야.

다시 말했다.

개?

그래, 개. 공혈견 같은 인생도 있다는 거지. 다른 개들에게 피를 주기 위해서만 평생을 살아가는. 누가 제 팔에 주삿바늘을 꽂았는지도 모르고, 결국 스스로는 절대 그 주삿바늘을 뽑지도 못하고 헐거운 숨만 쉬다 죽어가는.

나는 약을 가만히 바라보았다. 그래서? 라는 의미라는 걸 그는 알았을 거였다.

뭐 그렇다고.

약이 의자를 뒤로 밀고 일어났다.

피 뽑히다 끝나버리는 인생이 있다는 얘기야, 사람도.

나는 수저를 입에 물었다가 살살 뺐었다. 입 안쪽이 단단히 터진 것 같다고 느끼며 나는 돌아선 약의 등을 바라보았다. 개수대 앞에 선 채로 약은 내게 좀더 누워도 된다고 말했다. 아니 오늘은 쉬어도 된다고 말했던가? 수도를 틀어서 정확히 들리지가 않았다. 되묻고 싶지는 않아서 나는 말없이 일어섰다. 윽, 억, 흡, 합, 소리를 내며 다시 침대로 기어들었다. 따뜻한 걸 먹어서인지 졸음은 쉽게 몰려왔다. 의식의 들판에 희뿌연 서리가 내려앉는 것만 같은 한기를 느끼며 나는 이불을 끌어당겼다. 온몸의 피가 다 빠져나가는 기분이었다.

눈을 떴을 땐 오후 세시가 다 되어가고 있었다. 시곗바늘이 움직이는 걸 멍하니 보다가 일어났다. 네시가 넘어서야 출근했다.

## 23

전날의 일당은 바로 지급되었다.

럭키 보이!

약은 일당 안에 '수당'이 들었다고 킬킬거리며 흰 봉투를 흔들어 보였다.

술 사!

약이 잔을 손에 쥐고 있는 시늉을 하며 입으로 꺾는 소리를 냈다. 나는 봉투를 받아들었다가 바지 주머니에 쑤셔넣었다.

사줘, 응? 에이, 사줘.

약이 실실거리며 눈앞에서 왔다갔다했다.

허리를 제대로 펴지 못하면서도 나는 어제와 동일한 위치에 섰다. 오기인지 고집인지 나도 몰랐다. 다만 통증이 두렵지 않았다.

수당은 꽤 세서, 나는 그것을 덜어 최대한 값이 싼 안경을 맞췄다. 그러나 두어 번 더 안경을 날려먹은 뒤로는 아예 안경을 벗었다. 잘 보이지 않거나 흐릿해도 상관없었다. 명료히 들어오는 시야 따위는 점차로 신경쓰지 않게 되었다. 안경을 쓰지 않아서 두

통이 생기는 걸 빼면, 이곳에서 주시하거나 직시하거나 제대로 봐야 할 건 아무것도 없었다.

'제대로'라니.

여기에, 나의 세계에 제대로 된 것이 있기나 한가. 나는 제대로 된 생각조차 하지 않으려 애썼다. 그것이 당연하다고 생각했다.

겪어보니 홀맨은 마구잡이로 세워졌다. 어느 날은 대여섯도 넘었지만 또 어느 날은 나 혼자뿐이기도 했다. 몸에 흠집이 나는 일이었으므로 하루 일하고 다음날 그만두는 이들이 다반사였다. 의욕이 넘쳐 들어왔다가도 욕설을 퍼붓곤 다리를 절뚝이며 나가버리는 이들이 허다했다. 자리는 자주 비워졌고, 메우기가 쉽지 않았다.

야 이 햄 같은 새끼들아아아!

피가 거꾸로 솟아 달려드는 손님들 앞에서 나는 뒹굴었다. 그들이 몸을 가누지 못할 때까지 분풀이를 해대도록. 굵은 땀방울을 흘리며 최선을 다해 나를 걷어차도록. 나는 가능한 한 많이 아파하고 크게 신음했다. 재빨리 뒹굴고 웅크렸다. 그래야 빨리 끝났다. 눈두덩이 부풀고 코피가 흐르고 무릎이 꺾이는 나를 보고야 그들은 만족스럽다는 듯 거센 숨을 몰아쉬었다. 다음날이 되면 모욕과도 같았던 어제의 불운은 잊고 다시 홀가분히 게임장을 찾아왔다.

나는 햄이다.

나는 햄이 아니지만 햄이다.

나는 햄이 아니지만 햄인 것 같고, 햄이라고 해도 무방하니 햄이다.

그렇게 생각해버렸고, 그러느라 무섭도록 분주히 하루는 가고 또 왔던 것이다. 어느 때는 헛웃음도 일었다. 매 순간 그저 가만서 있을 뿐인데, 맞고 뒹굴 뿐인데, 이것 또한 노동이자 일과라고 부를 수 있다면 우스꽝스럽도록 절망스러운 일이지 싶어서였다.

약의 말대로 나는 럭키한가.

모르겠다. 그것만이 사실이었다. 사회학 전공으로 띄엄띄엄 학부 삼 년을 보냈는데 나는 여전히 모르고 또 몰랐다. 사회가, 세계가 무엇인지 알지 못했고, 그 무지의 귀퉁이에서 늘 쪽잠을 자고 허기를 채우는 기분이었다. 인생이라는 걸 구성하는 모든 요소에서 찬란하도록 빛나는 불안과 공포를 느꼈다. 학교로 돌아갈 수 있나. 학교로 돌아가면 무엇 하나. 학교는 나에게 무엇을 주나. 졸업이라는 걸 할 수 있나. 홀로 묻는 밤이 있었지만 당연하게도, 답을 구하지는 못했다.

스물일곱의 후반부터 그래서 나는 빛 한줌 들어오지 않는 게임장에 머물렀다. 다양한 숫자와 과일과 카드의 문양이 어지러이 돌아가는 소음과 개수대 녹물처럼 무수히 쏟아져내리는 칩들의 짤랑이는 소리들을 견뎠다. 나는 하루의 대부분을, 이 높고 거대하고 광활한 공간에서 숨쉴 구멍을 찾느라 우물쭈물했다. 되도록 빨리 적응해야 한다는 걸 나는 알았다. 알고 있었다. 알지 못하기가 어려웠다. 아무 일도 벌어지지 않고 별일 없이 하루가 끝나는가 싶다가도 부지불식간에 주먹과 발길질이 날아들었으므로.

맞고 맞고 또 맞으며 하루가 가고 이틀이 갔다. 한 주를 보내면 안도했고, 또 한 주가 돌아오면 낙담했다. 안개에 뭉근히 젖어 그저 출퇴근을 반복했다. 매일 축축해져서, 어깨가 젖어들고 신발 안쪽이 눅눅해진 채로 다녔다. 이동한 것도 아니고, 몸을 옮겨놓았다, 라고 볼 수 있을 정도의 움직임이었다. 대개는 정신이 맑지 못한 상태였다. 상처 마를 날이 없었다. 아프면 아픈 대로 나으면 낫는 대로 나는 나를 상관없는 사람처럼 내버려두었다. 대다수의 타인들이 내게 그러하듯.

어째서 그랬는지는 구체적으로 해명할 수 없다. 별 이유랄 건 없었다. 어쩌면 약을 따라 이곳에 들어선 순간에 나는 이미 '다음'이 없음을 알아차렸는지도 몰랐다. 여기가 끝이다, 까지는 아니었지만 여기나 이곳의 다음을 도무지 상상할 수 없었던 까닭이었다. 그건 일전에 제이가 말했던 '본능적'인 것일 수도 있었다. '버텨요'라고 케이는 내게 말했었지. 시시때때로 정강이를 걷어차이고 뺨을 때려 맞고도 두 다리로 다시 버티어 일어서며, 나는 점차 햄인 채로 혹은 햄이 아닌 채로 무던히 살아가는 방식을 깨치고 싶었는지도 모를 일이다.

어느 날엔 인생 별거 없지, 이번 생은 이렇게 폭삭 망하도록 두자, 하고 내면이 죽은 듯 고요해지다가도 또 어느 날에는 사방에서 다그쳐드는 온갖 질투와 자기혐오에 시달렸다. 도대체 내가 지금 여기서 뭘 하고 있는지 모르겠다는 자괴감에 휩싸였다. 그때마다 순정한 절망을 느꼈으나 그마저도 만성적이라는 생각에 시달렸다. 꼭 같은 크기만큼의 회의와 우울도 즉시로 찾아들었다. 상관없겠지, 결코 상관없겠지, 내일 또 일할 수 있고 하루 출근하면 또 하루 숙식도 해결되고, 무엇보다도 햄이 되지 않을 수 있다.

햄이 되지 않는 것.

그것만이 다행스러운 현재다.

이 세계에 대항하는 단 하나의 방어태세로서 나는 노동한다.

그 사실을 나는 매일 나에게 주사注射해야 했다. 그래야 눈을 뜨는 아침마다 나 자신을 경멸하지 않을 수 있었으니까.

그럼에도 불구하고 나는 햄과 무엇이 다른가, 무엇이 다르다고 말할 수 있나, 라는 생각에 또 이르면 근육이나 세포 하나하나에서 말할 수 없는 지겨움이 솟았다. 피로가 전신을 포격해왔다. 모든 걸 그만두고 싶은 하루와 모든 걸 새로 시작하고 싶은 하루가 번갈아 찾아와 문을 두드리는 듯했다. 맞고 맞고 또 맞다가, 결국에는 햄인지 햄이 아닌지 분간할 수 없는 기분으로 환멸의 시간을 흘려보냈다.

누구도 섣불리 위로하거나 공감하지 않고, 지극한 관심을 두지 않는 곳. 철저히 외면받으며 감각이랄 게 무디어지는 찰나에 오히려 안도감을 느꼈을 때, 나는 이곳이 그냥 그대로 마음에 들어버렸다.

그러니 다시 생각한다. 이 세계에 '제대로'라는 것이 있나. '제대로'라는 말이 '마음먹은 대로'라는 의미를 갖는 거라면 나는 여기서 제대로 살고 있는 것이 되나. 나는 여기에 있기로 마음먹은 셈이니까. 혼란한 하루의 수면 밑으로 자맥질하며 두 해를 보내고, 나는 스물아홉이 되었다.

## 24


나는 매월 말이나 초 즈음에 아버지에게 다녀왔다. 보름에 한 번이던 것이 점차 한 달에 한 번쯤으로 굳어졌다. 그 하루만큼은 게임장에서 멀리 벗어났다. 먼길을 돌아서, 도시의 경계를 넘어서, 나는 이동했다. 면회 신청을 하고, 안개에 젖은 머리를 툭툭 털어내며 아버지를 기다릴 때면 마음이 어지러웠다. 복학했어요, 학교는 잘 다니고 있어요, 밥도 잘 챙겨 먹어요, 걱정하지 마세요 따위의 거짓말을 해야 할까 고민스러웠는데 정작 아버지는 내게 아무것도 묻지 않았다. 나는 아버지와 눈을 맞추려고 노력해야 했다.

아버지, 어디 봐요.

……

어디를 보시냐고요.

……

아버지의 눈은 초점 없이 공중에 박혀 있었다. 그 무엇도 궁금해하거나 질문할 것을 갖지 않은 눈이었다. 담당 의사는 아버지가 경미한 우울증을 앓고 있다고 전했다. 약을 먹으면 나른해지거나 무기력해지거나 쉽게 졸릴 수 있다는 말도 덧붙였다. 자주 찾아와 얼굴 보여주고 대화도 하세요, 라고 조언해주었다. 고개를 끄덕였지만 내가 얻을 수 있는 휴가는 단 하루뿐이었다.

아버지를 보고 돌아오면 한 달을 살고, 한 달을 살고 나면 다시 아버지를 보러 갔다. 식사는 잘 하는지, 어째서 자꾸 비쩍 마르는지 이것저것 하고 싶고 묻고 싶은 말이 많은데 소용없었다. 아버지는 좀처럼 입술을 떼려 하지 않았다. 눈앞에 앉아 있는 게 아들인지 생판 모르는 남인지 상관없어 보였다. 경미하다던 아버지의 우울은 정말로 경미한 수준인 건지 확신할 수 없었다.

나는 어느 날엔 아버지의 야윈 얼굴을 하염없이 바라보았고, 어느 날엔 기준 없이 이 얘기 저 얘기를 부산스레 떠들어댔고, 어느 날엔 아버지가 평소에 좋아하던 가요나 드라마를 틀어주었고, 또 어느 날엔…… 울었다.

나 좀 보세요, 아버지. 나 많이 아팠는데.

시퍼렇게 부풀어오른 뺨과 짓밟혀 으깨져버린 검지 손톱을 유리창 가까이 가져다댔을 때였다. 아버지는 물끄러미 내게 시선을 고정했다. 그 텅 비었던 동공에 내 모습이 담겼을 때 나는 움찔했다. 순간 가시에 찔린 듯 목구멍이 따끔거렸다.

아버지.

부르고 싶었을 뿐인데 눈물이 솟구쳤다. 서럽고, 답답하고, 누구에게인지 모르는 원망으로 나는 미열이 일었다. 아버지, 하고 가까스로 말 꺼냈을 때 그의 옴폭 팬 볼이 실룩였다.

파, 파스, 파스를 붙여야겠다.

아홉 달 만에 듣는 아버지의 목소리였다. 그게 기뻐서 나는 입을 찢어 웃었다.

네. 냄새 안 나는 걸로 사서 붙일게요.

아버지는 열없이 미소 지었다. 위아래로 고개를 끄덕거리는 아버지의 작은 머리통을 나는 오래 바라보았다. 아버지를 보러 가는 길은 언제나 마음이 불편했고, 도망치듯 되돌아오는 길은 뜻 모를 편안함을 느끼곤 했다. 더이상 어찌할 수 없지만 의무적으로 도리는 하고 있다는 자기 위안의, 그래서 그마저도 불편하고 삐걱거리는 편안함이었다. 그래도 오랜만에 아버지가 말하고 내가 대답한 뒤 다시금 굽이굽이 되짚어 돌아오던 그날의 길 위에서 나는 마음이 가뿐해지는 걸 느꼈다. 이렇게 한 마디만큼씩 아버지도 되돌아오겠지, 생각했다.

우리는 나아지겠지, 점차로 나아지겠지……

깊숙한 중심부와도 같이 느껴지는 안개의 어디쯤을 뚫고 돌아오며 연이어 생각했다. 어떤 기대와 희망에 대해 읊조리면서 나는 나도 모르게 어깨를 떨었다. 불 켜진 창문 속 안온한 정경을 훔쳐보기나 한 듯이 괜히 움찔거렸다. 성급한 것이 아니었으면 하고 지레 발끈하기도 하면서, 이제는 조금 나아져도 되지 않을까, 이것이 정말로 무리한 소망일까 씁쓸히 자조하면서 나는 두 손을 맞잡았다. 그러자 익숙한 멜로디가 입술 새로 흘러나왔다. 아버지가 늘 흥얼거리던 노랫말이었다.

외로움이 없단다
우리들의 꿈속엔
서러움도 없어라
너와 나의 눈빛엔
마음 깊은 곳에서
우리 함께 나누자
너와 나만의 꿈의 대화를……

나는 아버지가 오늘 내게 보여준 엷은 미소를 떠올렸다. 그러자니 시 같기도 꿈결 같기도 한 가사가 따뜻하고 아름다워서 마음이 아팠다. 속이 상했다. 이런 노래를 매일 부르던 아버지는 대체 어떤 마음이었을지 가늠이 되지 않았다. 어떤 기분, 어떤 심정이면 '외로움이 없단다, 우리들의 꿈속엔 서러움도 없어라, 너와 나의 눈빛엔'과 같은 걸 흥얼거렸을까. 이렇게 처연하고 처절한 바람을 담아 그가 가닿고자 했던 '우리들의 꿈속'은 어디였을까. 외로움도, 서러움도 없길 바라던 아버지의 노래를 나는 불렀다.

아버지는 매 순간 외롭고 매일 서러웠나.

외로움이 없고 서러움이 없는 곳은 꿈속일 뿐이었나.

나는 벌게지는 눈을 감출 길 없이 버스에 올랐다. 약이 코 골며 누워 있는 방에 도착해서는 침대 위로 쓰러졌다. 안개를 씻어내지도 못하고 의식이 혼곤해졌다. 다음날 정오까지 꿈도 없는 달고 긴 잠을 잤다. 그리고 부스스 깨어났을 때 나는 한 통의 전화를 받았다.

아버지의 부고였다.

## 25

모두가 햄이 됩니다.

그는 여전히 같은 말을 되풀이하는 중이었다.

아!

방안에 그가 있다는 걸 깜빡 잊고 있었다. 나는 뒷목만 긁었다. 어스레한 새벽녘, 그는 꼼짝없이 하루를 버티어 다시 내게 말을 걸고 있는 거였다.

햄으로 하루를.

그런 마음이 들었다. 햄이 되어, 햄으로서 꼬박 하루를 산 것이다. 겨우 하루인 것인지도 모르지만. 흔한 일이니 그다지 애잔하다고 할 것까지야 없었다. 그래도 저토록 한껏 붉어져서는 확성기처럼 동일한 말만을 퍼뜨려대는 모양이라니. 조금 짠했다.

햄이 되고 싶지는 않았지만 어쨌거나 햄이 되어버리고 만 것입니다.

그가 또 말했다. 어린 시절에 웅변 학원에라도 다닌 건지 그는 주눅이 들지도 않고 열심이었다.

모두가 햄이 되지 않기는 어렵습니다. 안 그렇습니까?

나는 듣고만 있었다. 딱히 대꾸할 말을 찾기가 어려웠다. 나는 이불을 걷어내고 일어났다. 뻣뻣이 굳었던 목과 어깨와 허리를 빙글빙글 돌려보았다. 어제는 손님이 허리께에 발길질을 하고 가는 바람에 헉, 하고 무릎이 꺾였다. 들여다보지 않아도 엉덩이와 골반 쪽에 그린 듯 선명한 멍이 들었을 거였다.

약은 태아 자세로 벽을 보고 웅크려 있었다. 잠든 지 얼마 되지 않은 것 같았다. 아무리 불러도 깨지 않았다.

실컷 뻗어버렸네.

나는 머리를 흔들었다. 가까이 가보니 무릎과 무릎 사이에 소주병이 두엇 끼워진 게 보였다. 몸을 숙여 그것을 빼내주었다. 소주 한 방울도 흐르지 않고 병은 바짝 말라 있었다.

야무지게 마셨구나.

깨끗이 비워진 병들을 쓰레기통에 집어넣었다.

누구라도 햄은 되어야 하죠. 사람은 많고 일자리는 부족하니까요.

나는 멍하니 서 있다가 뒤늦게 고개를 끄덕였다. 끄덕이는 정도는 해줘야 하지 않을까 싶어서.

그렇죠?

내 작은 반응에 고무됐다는 듯 그가 반색하며 말꼬리를 올렸다. 나는 머쓱했다.

이제 와서는 말입니다. 왜 햄이 아니어야 하는지 잘 모르겠어요.

그가 말했다.

그건 그래요.

나는 속으로 생각했다.

이 세계에 결말이랄 게 있다면 말입니다. 결말이 있는 이야기를 원하는 것이야말로 비현실적입니다. 이 시대에 소망은 소멸해버린 어떤 것이니까. 현실에서는 결말이라는 게 딱히 없지 않습니까? 인생의 결말은 죽음이고, 별다를 게 있다고 기대하는 건 무모한 짓입니다. 그러니 왜 햄이 아니어야 하는지 나는 알지 못하겠습니다. 죽지 않는다면 결국 살아나가는 것뿐. 햄으로 생을 이어나가는 것뿐. 그 구질구질함뿐. 안 그렇습니까?

그가 되물었다.

그 구질구질함뿐.

나도 모르는 새 그의 말을 복기했다.

인생이 구질구질해서 한 치 앞이 아득해질 때가 있었다. 그런 때가 없었다고는 말할 수 없다. 누구에게라도 찾아드는 구질구질함인지는 모르겠으나 내게도 분명 그런 때가 없지 않았다. 때때로 미처 생각지도 못한 구질구질한 상황에 맞닥뜨렸고, 이따금 예상 가능한 구질구질한 경우에 봉착했다. 어느 쪽이 더 구질구질한지 비교할 필요도 없이, 어느 쪽이든 모두 분명히 구질구질했다. 아니 어쩌면 매 순간 구질구질한 인생 그 자체였는지도.

그래도 햄이 되지 않았다면 좋았을 겁니다.

그가 또 말했는데,

야, 이 병신들아! 잠 좀 자자!

약이 갈라진 목소리로 소리쳤다. 나는 약을 향해 다가갔다. 목에 두른 붕대가 헐거워진 사이로 먹던 걸 끼워놓았는지 마른오징어 다리 하나가 비죽 솟아 있었다. 길기도 길었다. 그것 역시 빼주려고 손을 뻗었더니,

내버려둬.

어쩌려고?

아침으로 먹을 거야.

말 같지도 않은 흰소리를 했다.

소독이나 해.

내 말에 약은 일어나 입을 내밀며 화장실로 들어갔다. 절로 한숨이 쏟아졌다. 그날의 그 은빛 단도가 조금만 더 깊숙이 들어갔어도 나는 약을 들쳐업고 병원으로 달려야 했을 터였다. 사방에 장벽처럼 세워진 안개를 뚫고 내달리기란 결코 쉽지 않았을 테니 생각만으로도 진저리가 쳐졌다. 그쯤이라 다행인지 불행인지 아리송하도록 약은 아파서 울면서도 끅끅 웃었다.

아깝다!

아쉬워!

피로 칠갑을 하고서도 낄낄거렸다. 나는 약이 잃은 기회가 무엇

인지, 약이 놓친 구원이 무엇인지 알지 못했으나 그것이 자기 자신을 향한 비명에 가까운 실소, 절망에 다다른 조소라는 것만은 어렴풋이 느꼈다.

나는 싱크대로 가서 가스불을 켰다. 딱딱하게 굳은 누룽지 조각들을 냄비에 담고 물을 부어 올렸다. 약이 처음 끓여준 이후로 웬만하면 우리의 아침은 누룽지였다. 평소 자주 보던 것도 아닌데 막상 먹어보니 괜찮았다. 입 마르는 빵보다 따뜻했고, 속이 부대끼지 않아서 좋았다.

이거…… 맛이 괜찮아.

내가 말했을 때 약은 용케 조립한 장난감을 칭찬받은 아이처럼 대꾸했다.

그렇지? 이만한 게 없어.

나는 끄덕끄덕 동의했다. 뭉근히 오래 끓여 알알이 푹 퍼진 누룽지를 수저 한가득 퍼올려 입에 넣으면 배 안쪽 깊숙한 곳까지 따뜻해지는 기분이었다. 아르바이트로 노동하던 하루하루엔 언제나 급히 먹고, 대충 먹고, 무엇보다 '싼 것'을 먹었다. 값싼 음식을 찾아 먹는 일이 수고스러울 정도였다. 그러자니 물이나 불을 써서 끓이거나 데울 필요가 없는, 별 내용물도 없이 차갑고 딱딱한 인스턴트 위주였다. 김밥이니 버거니 컵밥이니 명칭이야 달랐지만 대부분은 그걸 '흙밥'이라고 불렀다.

햄.

아차 싶어 순간 뒤돌았는데, 그는 더 말하지 않고 얌전히 있었다. 약이 자꾸 병신이라고 해서 입을 닫았나, 신경이 쓰였다. 데려가도 되지 않을까 싶었다. 그가 처음은 아니었다. 서넛쯤. 지난 이 년간 여기에 머무는 동안 자고 일어나면 햄이 들어와 있을 때가 있었다. 어째선지 정확한 이유는 잘 모르겠지만. 이번처럼 친근하게 구는 햄이 있는가 하면 지우개와 같이 말 한마디 하지 않는 햄도 있었다. 촐랑대다가 바닥으로 떨어져 먼지 구덩이에 휘감긴 햄도 있었고, 데려가줘 데려가줘…… 대놓고 끝도 없이 조르다가 제 분에 못 이겨 숨이 넘어가던 햄도 있었다. 이틀 만에 사라져버린 지우개를 빼고 그중에 셋가량을 홀맨으로 채용했었는데 그들은 단 며칠도 버티지 못하고 채용 증명서만 가지고 떠나버렸다. 그래봤자 한 달 기한의 증명서를. 그럴 때마다 일단 한번 햄이 된 것들은 어쩌고, 썩어빠진 것들이 저쩌고 하며 사장은 약을 들들 볶아대고는 했다.

## 26

브이는 그나마 기적적으로 세 달을 버틴 남자애였다. 햄일 때는 조증인 듯 하도 까불거려서 머리가 아팠는데 햄이 아니게 되니 꽤 멀끔했다. 먼지 구덩이에서 건져내 잘 씻어놓은 게 언제인가 싶었다. 제 입으로 말한 스물여섯 나이가 믿기지 않을 만큼 열여덟이나 아홉가량의, 소년 같았다. 무더위 속에서 흙장난 한번 해보지 않은 것처럼 살빛이 희었다. 약과 비슷한 체구의 중키에, 눈, 코, 입이 동글동글하고 머리칼이 북슬북슬한 게 꼭 강아지 인상이었다.

첫날 출근해 점심을 먹는데 약이 나무젓가락을 빙빙 돌리다 내려놓았다.

안 되겠어.

혓바닥까지 끌끌거렸다.

할 수 있어요.

브이는 고집을 부렸다. 나는 끼어들지 않고 면발만 헤집었다.

주민증 보여줬잖아요.

스물여섯?

스물여섯이라니까요.

아니 나이도 나인데.

나이가 나이면요.

나이도 나이지만.

나이가 어때서요.

나이가 어때서가 아니라.

어때서가 아니면요.

뭐 어떻다는 건 아닌데.

나는 사발면을 내려놓았다. 듣고 있는 내가 더 답답했다. 약은 브이를 놀리는 듯 아닌 듯 히죽거리며 자꾸 말을 가지고 놀았다.

괜찮을까?

뭐가요?

정말 괜찮겠냐는 거지.

그러니까 뭐가요.

너무.

너무?

너무 애 같아서 말이야.

약이 말하자 브이가 발끈했다.

애 같다니요?

애 같아.

전혀! 전혀! 저는 전혀 애 같지 않습니다.

애 같은데.

저는 애가 아닙니다.

애가 아니라도 애 같을 수 있어.

저는 애가 아니니까 애 같을 수 없어요.

브이가 리듬감 있게 대화를 받아쳤다.

애가 아닌 애한테 애 취급은 넣어두시라고요!

한결 풀어진 얼굴로 또 촐랑댔다.

죄책감을 느끼게 하면 안 돼.

약은 어깨를 으쓱해 보이며 말했다.

손님들에게 죄책감을 느끼게 하면 안 된다고.

틀린 말은 아니었다. 체력단련실 앞에 선 홀맨은, 화가 난 손님
이 충분히 분풀이를 할 수 있도록 돕는다. 맺힌 것 없이 집으로 돌
아가서 한결 가벼워진 몸과 마음으로 이곳으로 되돌아올 수 있도
록. 목석인 듯 마네킹인 듯 아무런 특징 없는 평범한 체구와 얼굴
일수록 좋다. 마음껏 때리고 돌아선 뒤 다음날 다시 봤을 때 전혀
기억나지 않는 얼굴일수록 홀맨으로 일하기에 적당한 법이다.

넌 너무 어려 보여서 때릴 때 멈칫거리게 될 거란 말이지. 그런
건 좋지 않아.

약이 팔짱을 끼며 중얼거렸다.

이렇게 생겨먹은 걸 어떡해요.

브이가 투덜거렸다.

그럼 먼저 때려봐요.

그러고는 사발면에 젓가락을 꽂아 탁자 위에 내려놓았다.

까짓 얼굴, 짓이겨놓으면 애인지 아닌지 알 게 뭐예요?

다부진 브이의 말에 약의 광대가 도톰히 솟아올랐다. 약은 킥킥
거리며 브이의 뺨을 설렁설렁 한 대 쳤다.

왜요. 쳐요.

브이가 대들듯 얼굴을 들이밀었다. 브이의 이마를 손바닥으로
밀어내며

어우, 너 좀 부담스러운 타입이구나?

약이 질색했다. 나는 그 모습을 보고 웃다가 사발면을 옴팡 쏟
을 뻔했다.

일단 한번 쳐보라니까요?

브이가 날갯짓을 하듯 양팔을 들고 뛰어다녔다.

그래 뭐, 좋아!

약은 나무젓가락을 반으로 쪼개어 손에 쥐다가 맞다, 하고는 서
랍을 뒤져 모자와 마스크를 내어주었다. 온통 검은색이었다.

별일 없다 싶으면 써.

약이 면발을 후룩거리며 입에 넣었다.

블랙 좋지요.

브이는 모자와 마스크를 쓰고 말간 얼굴을 가렸다. 손님들은 아
랑곳하지 않고 다가와 브이를 때렸다. 브이는 움찔거리며 피하려

들거나 아프다고 호소하지도 않았다. 의외로 겁이 없고 맷집이 세서 나는 놀랐다.

이쯤 맞는 건 일도 아니에요.

브이는 옆구리를 부여잡으면서도 이내 툭툭 털고 일어났다. 피가래를 뱉으면서도 샐샐거렸다.

괜찮은데?

약이 잽 날리는 시늉을 하며 킬킬댔다.

어, 괜찮네.

나는 속으로 생각했다. 마감을 하고, 짙은 안개를 뚫고, 브이는 우리와 함께 집으로 돌아왔다.

# 27

약이 다른 방의 문을 열어주었는데 브이는 들어가지 않았다. 쓱 둘러보더니 베개와 이불만 가져와서는 바닥에서 뭉개고 잠들었다.

야야, 왜 여기서 자.

말렸는데도,

말 시키지 마요.

하더니 곯아떨어져버렸다.

대면 자는 인간이로군.

약이 토끼 눈을 했다.

바닥에 머리만 대면 잠이 드는 부류가 있대. 대단하지 않아?

약이 밤마다 눈이 붉어진 채로 언제나 그런 말을 떠들어대곤 했기 때문에, 우리는 한동안 브이를 내려다보았다.

신기하네.

어, 그러네.

수면제를 찾아 주머니를 뒤적거리는 약을 보다가 나는 침대로 기어들어가서 누웠다. 자다 깨서 화장실에 갈 땐 곤혹스러웠다.

브이의 옆구리나 허벅지 같은 델 잠결에 빈번히 밟아버리게 되어
서 그랬다.

요실금 있어요?

그럴 때마다 브이는 졸음을 삼키며 짜증을 냈다.

그러니까 저 방 가서 자면 되잖아.

아침에 일어나 내가 말하면,

싫어요.

소리를 잘도 했다.

사람은 하나인데 침대는 두 개라서 좀 그래요.

좀 그렇다니?

그냥 좀 그래요.

뭐가 좀 그래야.

그냥…… 그냥 좀 그렇다고요.

칭얼거리듯 투정 부리듯 브이는 누룽지를 먹으며 말을 이었다.
그런 말들이 기억난다. 브이는 툭하면 '좀 그렇다'고 표현했다. 사
람은 하나인데 침대는 두 개라 무서워요, 소리를 하지 않고 좀 그
래요, 라고 말했다. 짜장면은 좋아하지만 짬뽕은 싫어요, 라고 하
지 않고 좀 그래요, 라고 말했다.

학교는 좀 그래요.

돈이란 게 좀 그렇죠.

햄은…… 좀 그렇잖아요?

나는 브이의 좀 그래요, 뒤에 숨겨진 다른 동사들을 생각해보는 버릇이 생겼다. 학교는 별로예요, 돈이란 건 짜증나요, 햄은…… 좀 껄끄럽죠, 등의 말들을 내 마음대로 맞춰보며 아랫입술을 윗니로 눌러 잘근거렸다. 답안지가 생략된 문제집을 받아든 기분이었다.

아침마다 셋이 머리를 맞대고 누룽지를 퍼먹는 동안에 아마도 나는 그랬다. 약을 형처럼 브이를 동생처럼 '그냥 좀 그렇게' 여기며 한동안은 이대로 같이 지내도 나쁘지 않겠다, 그런 생각을 한번쯤은 했던 것도 같다. 어차피 혼자여도 혼자가 아니어도 나쁠 게 없다면 혼자가 아닌 쪽이 낫지 않은가 해서. 브이는 제 신변이나 사정 얘기를 술술 늘어놓는 편은 아니어서 짐작만 할 따름이었다. 휴학이나 군 입대 신청도 하지 않고 자퇴서만 던진 채 학교를 나와버린 것 같았다.

일자리를 구하러 다녔는데 죽을 노릇이더라고요.

브이는 말했다.

구직은 안 되고, 어쩌다 돼도 일 못한다고 금세 쫓겨나고, 시간은 자꾸 흐르는데 아 어쩌지, 어쩌지 소리만 하다보니까 햄이 돼버렸지 뭐예요.

저로서도 깜짝 놀랐다며 브이는 얼굴을 일그러뜨렸다.

깜짝 놀란 거 좋아하네.

약이 비웃었다.

정말이에요. 햄이 된 건 처음이니까, 놀랐다고요. 어떻게 놀라지 않을 수가 있겠어요?

브이는 억울해하며 말했다.

놀라는 게 당연하다고요. 햄이 되어보지 않았다면 말을 마시라고요.

입을 삐죽였다. 조용히 있기에 그렇군, 하고 동조하는 줄 알았는데 약은 어머 병신, 하고 대꾸했다. 나는 텔레비전으로 시선을 옮겼다.

하루도 거르지 않고 일을 하며 살아야 한다니 정말이지 좀 그래요.

브이의 말에 다시 고개를 돌렸다. 그가 미간을 바짝 모으고 코와 입을 구기는 걸 보았다. 그런 날들이었다. 약이 욕하고, 내가 한숨 쉬고, 브이가 입가에 소독약을 바르고 손목이나 등허리에 파스를 붙이며 누룽지를 끓여먹던 나날을 기억하고 있다. 생긴 것과 다르게 쉽게 나가떨어지지 않는다고 생각했는데 어렸을 때 유도와 권투를 오래 배웠다며 브이는 촐싹거렸다. 기합을 넣거나 잽날리는 시늉을 하다 내 어깨며 가슴을 치기 일쑤였다. 분명히, 그런 날들을 보냈던 것이다. 그러나 좀 그렇지 않아요? 라는 말을 마지막으로 브이는 떠나버렸다.

## 28

브이가 일한 지 석 달쯤 되던 날 밤이었다. 셔터를 내리기 직전이었으니 새벽 두시 언저리였을 거였다. 사내 대여섯이 들어와 자리를 잡는 줄 알았더니 기계며 의자, 집기들을 때려 부수기 시작했다. 각목으로, 방망이로, 파이프로, 닥치는 대로 부쉈다. 모두 평범한 점퍼 차림이었다. 고성을 지르거나 위협을 하지는 않았다. 매너리즘에라도 빠진 듯 지루한 모션이었다. 몇몇 남아 있던 손님들은 제 페이스를 잃고 느릿느릿 빠져나갔다. 지겨운, 무언가 함몰되거나 혹은 어딘가 텅 비어버린 얼굴들이었다. 미처 챙기지 못한 다양한 빛깔의 칩들이 바닥 여기저기 먼지와 함께 굴렀다.

나는 그들이 천천히 앞쪽으로 다가오는 걸 바라보면서도 정신이 멍한 상태였다. 이마가 깨져서 부은 눈두덩 위로 땀과 피가 흐르고 있던 까닭이었다. 선득하게 퍼지는 공기 속에서 비릿한 핏물이 목구멍 안으로 넘어가는 것만을 느꼈다. 그러다 곧 게임장 안으로 안개가 스멀스멀 흘러드는 모양에 신경을 집중했다. 문이 닫히지 않아서 안개는 빠른 속도로 습기를 몰아 들어오고 있었다.

뭐야, 이 병신들은……

사무실에서 나온 약은 전혀 동요하지 않았다.

추, 제습기 올려.

냉기가 발목을 타고 올라왔다. 나는 천장에 매달려 돌아가던 환풍기들을 그대로 두고 동시에 제습기를 더 강한 세기로 돌렸다. 안개가 적당히 빠지려면 시간이 다소 걸릴 듯했다.

그들이 손에 쥔 것들을 시멘트 바닥에 질질 끌며 다가왔다. 약은 귀를 후비듯 심드렁한 표정으로 그들 앞에 나섰다.

드라마 찍고들 앉았네.

약이 중얼거렸다.

변상해, 이 새끼들아!

약이 소리지르자 그들 중의 누군가 과장된 몸짓으로 허리를 숙였다.

아이고, 실례인 줄 알면서도 이렇게 찾아왔습니다.

까무잡잡했으나 꽤나 말쑥한 얼굴을 들어 보이며 그가 말했다. 짙은 눈썹이 꿈틀거렸다.

사람 하나만 내주시면 곱게 돌아갈 겁니다.

그가 웃었다.

사람이라니?

약이 물었다.

햄이 아니니까 사람이겠죠.

눈썹이 싱글거리며 턱짓으로 브이를 가리켰다. 브이는 굳은 표정으로 눈썹을 노려보았다. 나는 둘 사이에 오가는 제스처의 의미를 알아차리지 못해 구경꾼의 자세로만 서 있었다.

너한테 내줄 사람 같은 건 여기에 없는데.

약이 고개를 가로로 저으며 말했다. 둘러봐라, 여기 어디에 사람 비스름한 거나 있는지, 그런 투로 들렸다. 찢어진 이마 언저리가 뜨겁게 달아올랐다.

있을 겁니다. 받으면 바로 가지고 돌아가겠습니다.

눈썹이 미소를 거두지 않고 대꾸했다. 나는 혼란스러웠다. 눈썹의 시선은 분명 브이에게 꽂혀 있었다. 눈썹은 사람을 내달라고, 받으면 '가지고' 돌아가겠다고 말하고 있었다.

가지고 돌아간다?

무슨 뜻인지 쉽게 파악되지는 않았다. 나는 그저 지켜보았다. 브이가 울듯이 긴장한 태세로 눈썹을 쏘듯 바라보고 있었으니까. 부풀어오른 눈두덩이 따끔거려서 나는 자꾸만 얼굴을 일그러뜨려야 했다.

이런 거…… 좀 그렇지 않아요?

잠시의 침묵 뒤에 브이가 말했다.

가자.

눈썹이 여전히 환한 얼굴로 싱글거렸다.

같이 가야지.

브이는 대꾸 없이 주먹 쥔 손을 부들거렸다.

가기로 했잖아? 우리 매너 있게 하자.

눈썹이 갱지 한 장을 브이의 발밑에 던졌다. 매너라니. 어딘지 모르게 연극적이라고 생각했다. 브이는 한 걸음 두 걸음 떼어 눈썹에게로 이동했다. 지금 뭐하는 거냐고 브이를 붙들고 싶었는데 시야 때문에 팔이 허공을 휘젓게 되었다. 브이를 단단히 잡은 건 눈썹이었다.

실례가 많았습니다.

눈썹이 약과 눈을 맞추곤 돌아섰다.

실례 같은 소리 하네!

그러나 약은 눈썹을 뒤따르던 사내 몇을 괴력으로 한꺼번에 들이받았다.

변상하라고 이 개새끼들아!

약은 닥치는 대로 달라붙어 발광했다. 그 기세에 그들은 기함하듯 주춤거렸다. 한동안 소란이 일었다. 나는 약이 이성을 잃고, 그러나 흥에 겨워 뒤엉키는 모습을 망연히 바라보았다. 약은 배를 후려 차이고 나가떨어졌다가도 스프링 같은 회복력으로 다시 달라붙었다. 그사이 브이가 눈썹에게 붙들렸던 팔을 뿌리치고 내달리다가 각목에 맞아 무릎이 꺾였다. 브이는 머리채가 잡혀서 밖으로 끌려나갔다.

나는 움직일 기력도 없이 난장판 속에 누워버렸다. 약은 브이의 발밑에 떨어졌던 종이를 주워들고 널브러져서 씩씩거렸다.

뭣 같은 새끼를 받아줬더니 꼬라지 봐라, 돈 몇 푼에 제 몸뚱이를 알뜰하게도 팔아먹었네, 내가 다시는 햄을 데려오나 봐라, 봐라 시발, 이걸 보란 말이다 시발 추, 이 빌어먹을 햄만도 못한 새끼야!

약이 소리쳤다. 나는 사지를 벌리고 숨죽였다. 좀 그렇지 않아요? 라던 브이의 말을 오래 곱씹으며 꼼짝 못했다. 마지막으로 내뱉은 그의 반문이 어떤 의미인지 맞춰봐야 했다.

나쁩니다.

너무합니다.

창피합니다.

무슨 짓입니까.

이러지 마세요.

……

브이는 떠났다. 가서 다시 오지 않았으므로 답을 알 길은 없었다.

시발이지 뭐야?

브이가 그만두고 어느 날, 그게 무슨 뜻이었을까 하고 내가 중얼거렸더니 약은 눈을 둥그렇게 뜨고 말했다. 아무런 고민이나 고려도 없이 즉각적이었다. 시발이지 뭐냐고. 좀 그렇지 않느냐고 브이가 말할 땐 모두 시발, 여태껏 그 의미 이상도 이하도 아니지 않았느냐고.

아……

나는 잠깐 머뭇거렸다.

그랬던가. 그런 의미였나.

약은 젓가락으로 컵라면의 면발을 헤집고 국물을 후룩거렸다.

시, 시, 시발, 시, 시, 시발시발, 이건 사, 사, 사발면……

하고 노래했다.

그런 뒤로 더이상은 햄을 데려가지 않겠다며 고집부리고 있는
거였다.

# 29

있잖아.

화장실에서 나온 약에게 말했다.

닥쳐.

약은 손을 휘휘 내저었다. 그러고는 뜨거운 김이 오르는 누룽지를 숟가락으로 퍼먹었다. 더 듣지 않아도 내가 무슨 말을 할지 알겠다는 듯, 아무 말도 더는 듣지 않겠다는 듯.

그게 아니라.

나는 변명하듯 말을 이었다.

그게 아니라 뭐.

약은 귀찮은 표정이었다. 누룽지 한 숟갈을 입에 넣을 때마다 목의 붕대 사이에 끼워졌던 긴 오징어 다리를 반찬처럼 빨아먹었다. 나는 괜히 발끈했다.

리액션이 중요하다며?

그랬지.

그게 대화를 가능하게 한다며?

그랬지.

약의 시큰둥한 대꾸가 마음에 들지 않았다.

왜 심통이 났는데.

약은 그릇을 들어 누룽지 국물을 훌훌 마셨다. 얘기가 되지 않을 듯해서 나는 입을 다물었다. 오늘은 아닌 것 같다고, 나는 고개를 저었다. 눈짓을 하니 그는 알아들었다는 듯 헛기침했다.

저는 괜찮으니 어서 드세요.

썰렁한 공기를 비집고 햄이 제법 의젓하게 말해왔다. 나는 한 김 식어버린 누룽지를 천천히 떠먹었다. 약은 그런 나를 바라보다가 남은 오징어 다리로 이를 쑤셨다.

다정도 병이지.

약이 씹어뱉듯 빈정거렸다.

어찌됐거나 내일까지 떠나지 않고 머물러 있다면 데려가지 못할 이유는 없다고 나는 생각했다. 데려가는 게 큰일이랄 건 못 된다. 대수로울 일도, 대단한 일도 아니니까. 누군가로서는 햄이 되고 싶지 않았으나 햄이 되어버리는 경우가 있는가 하면 누군가로서는 햄이 되고 싶지 않았으나 햄이 되어버린 누군가를 햄이 되지 않게 해줄 수 있는 경우가 있기도 하다. 햄이 되지 않게 해주었을 때 그것을 견디지 못한다면 그뿐. 떠나버린다면 그저 그뿐. 언제나 그랬듯 약 또한 말없이 내버려둘 거였다. 지금은 있으나 마나지만 결국엔 없으나 마나일 테니까. 누구라도, 약에게는.

나는 종종 브이의 마지막 모습을 생각했다. 미안함을 느끼지 않으려, 죄책감을 갖지 않으려 나는 노력해야 했다. 어디까지 비겁해져야 하는 걸까 싶다가도 우리는 모두 아무것이 아니니까, 여기에 없으면 그만인 사이니까, 결국 내가 할 수 있는 건 아무것도 없었던 거라고 스스로를 변호하지 않으면 안 됐다.

그날 약은 떠나는 눈썹에게서 봉투를 두둑이 받아 챙겼다.

이것 또한 브이의 몫이지.

약이 말했다.

시발.

나는 간간이 홀로 중얼거리게 되었다.

## 30

약에 대해 이야기하기는 쉽지 않다.

약과 지난 이 년을 함께 보냈으나 약을 생각하면 언제나 아리송해진다. 약이 누구야, 라든가 약은 어때, 라고 누군가 물어온다면 어떻게 대답해야 하는지 이따금 생각해볼 때가 있다. 약을 가까이에 두고 보면서도 약은 어떤 인간인지 도대체 알 길이 없다고만 느껴지니까.

약은 보통이 아니다.

약은 좀처럼 평범하지 않다.

평이한 인간이 아니라는 건 좋은 건가 아닌가, 범상치 않은 인간이라는 건 좋은 건가 아닌가, 나는 늘 헷갈렸다. 인간이 꼭 좋은 타입이어야 하는 건지는…… 그것도 잘은 모르겠다.

약은 나보다 다섯 살 위의 형이다. 때로는 열 살 위의 형 같다가도 또 때로는 열 살 아래의 동생처럼 굴었다. 어느 때는 예상을 한참 비껴가는 행동으로 식겁하게 만들었고, 또 어느 때는 속이 빤히 들여다보이는 순진무구의 얼굴을 하고는 짐작 가능한 방향으로 움직여주었다. 약을 알고 지내면서도 나는 약이 누구인지 모르겠다는 판단만을 했다.

게임장 내에서 사무실을 들락거리는 약과 아침마다 집에서 마주앉아 누룽지를 퍼먹는 약은 같은가 다른가. 홀맨을 모으고 그들의 보수와 잠자리를 살펴주는 약과 홀맨으로서 감당해야 마땅한 폭력과 상처를 방관하는 약은 같은가 다른가. 세상이 이렇게 좆같은 거라고 왜 말해주지 않았어! 라고 소리치는 약과 나아진다, 라고 말하는 약은 같은가 다른가. 무엇이 같고 무엇이 다른가. 무엇은 어째서 같고 무엇은 어째서 또 다른가.

아버지의 장례를 마치고 돌아온 내게 약은 폭죽을 터트리듯 말했다.

고아가 좋아!

축하한다며 발랄하게 어깨춤도 췄다.

나는 멍하니 약을 바라보았다. 약의 장난스러운 눈짓과 발재간을, 들썩거리는 머리통과 어깨를 무감하게 바라보다가 나도 모르게 픽, 웃어버리고 말았다. 어처구니가 없어서였다.

다 죽어버리면 세상 편해!

약은 깨방정을 떨며 내 옆구리를 찔러댔다. 그래서 나는 웃었다. 웃지 않았다 해도 별달리 보일 수 있는 반응은 없었다. 약은 그랬다. 타인의 불행을 목격하면 기꺼워했고, 그것과 다르지 않게 재현되는 자신의 불행 앞에서도 대수롭지 않다는 듯 배를 잡고 키

득거렸다.

그러니 약은 누구이고 무엇인가.

그러므로 약은 누구이고 무엇이며 어떤 인간인가.

약 따위는 하지 않았지만 언제나 약에 취한 듯 굴어서 '약'으로
불렸다.

## 31

지난해 어느 여름날이었다. 가진 돈을 모조리 잃은 손님 하나가 게임장 건물 뒤편에 세워둔 오토바이를 무참할 정도로 긁어놓고 달아났다. 사장의 소중하고 아리따운 바이크—할리데이비슨 아이언 883이었다.

오, 할리!

주에 한두 번쯤 들르는 사장은 자신의 애마를 세워둘 때마다 흐뭇이 내뱉고는 했다. 독실한 기독교 신자였던 사장에게 할리는 '오, 주여!'와 동급이었다. 그가 자신의 아내보다도 더 애정을 쏟는 대상이 아닐까 싶었다. 사는 낙이랄 게 있다면 유일무이할 정도로, 그는 할리를 가꾸고 치장하는 커스텀에만 혈안이 돼 있었다.

그런 할리의 앞바퀴가 칼로 찢겼던 것이다. 독일제 백미러와 에어 클리너, 안개등, 방향 지시등, LED 헤드라이트 들이 다 조각났다. 일본의 장인에게서 공수해 온 최고급 소가죽 안장과 다크 피니시 처리되었던 강력한 스크리밍 이글 트윈 캠 110 엔진의 페인팅 커버는 벗겨져 사라지고 없었다. 블랙 무광으로 코팅된 몸체는 섬세히도 긁혔다. 사장의 표현에 따르면, '차마 말 못할, 남자의 고통을 불러오는 비극적인' 스크래치였다.

꼭 그 할리 아이언 883이 아니더라도 사장에겐 여러 대의 다른 할리들이 또 있었지만 그는 뒤꿈치에 불씨라도 붙은 듯 얼굴이 벌게져서 방방 뛰었다.

씨, 씨, 씨씨티비! 티비 켜어!

약은 땅을 짚어가며 숨이 넘어가게 웃어댔다. 사장이 광분해 날 뛰는데도 정신을 차리지 못했다. 나는 서둘러 셔터를 내리고 달려갔다.

왜 이래, 정말.

어깨와 팔을 붙들고 흔들어도 약은 배를 잡고 웃었다.

야, 야, 저걸 봐라, 추, 저 꼴을 봐!

뭐가 그리 우스운지 나는 몰랐다. 알고 싶지도 않았다.

십원짜리나 백원짜리는 아닐 거야, 오백원짜리가 아니라면 저렇게 학의 문양처럼 정교하게 긁어놓을 수는 없다고.

약은 희떱게 몸을 뒤채며 바닥에 굴렀다. 웃다 웃다 지쳤는지 엎드려 발을 굴렀다. 사장도 이성을 잃었기는 마찬가지였다. 나는 점점 더 심란해졌다.

이 새끼가 처 돌았나!

약은 기어이 사장으로 하여금 할리의 시동을 걸고 제 코앞으로 찢겨나간 앞바퀴를 치켜들게 만들었다. 달도 안 보이는 안개 자욱한 그 밤에, 할리가 내뿜는 엄청난 배기음만이 공중을 메웠다. 바닥을 뒹구는 약을 들어올리려다가 내 등짝이 패어나갔는데도 약은 침까지 흘리며 버둥거렸다.

약은 끝내 망가진 할리를 내팽개치고 달려든 사장에게 멱살이 잡혔다. 따귀 예닐곱 대를 홈쳐 맞고서야 졸도하듯 잠들었다. 그날 나는 기절한 약을 질질 떠메어 집으로 돌아왔다. 길이 끝도 없이 늘어나는 듯했다. 척추가 바스러지는 통증을 느꼈다. 약을 침대에 던져놓고 티셔츠를 벗었다. 슬쩍이라고 생각했는데 제법 넓은 부위의 등짝이 찢어져 핏물이 배어난 채였다. 습기마저 잔뜩 달라붙어 지나치게 쓰라렸다.

그러니까 왜 덤벼, 병신아.

약은 입을 쩝쩝 다시며 잠꼬대인지 모를 말을 눈감고 지껄였다.

그러니까 왜 웃어, 병신아.

라고 대꾸할 힘도 없어서 나는 입을 다물었다. 정신 빠진 약한테 대거리를 하느니 이 방을 나가 축축한 안개의 감옥 속에 갇히는 게 나았다.

약은 또 말해왔다.

누나를 그렇게 애지중지 올라탔어봐라.

입안이 온통 터지고 부은 듯 약의 발음이 뭉개졌다. 엎드려 베고 누운 베갯잇에 약의 침이 흘러나와 뭉근히 젖어드는 걸 보았다.

오, 할리. 기도해대는 꼴이라니. 병신 같고 웃겨. 웃기지도 않게 너무 웃기다고.

약이 웃, 웃, 웃, 소리를 내며 팔다리를 꿈틀거리더니

할리 아니야,

라고 말했다.

뭐라고?

잠에 취한 듯 두어 번을 더 반복하기에 되물었다.

할리 아니라고.

아니면 뭔데.

누나 이름은 혜리라고, 혜리.

옹알이하듯 중얼거린 뒤 약은 정말로 뻗어버렸다. 사장이 약의 매형이라는 걸 그때에야 알았다. 언제나 멋대로 굴고 자주 사고를 치는 약이 어째서 잘리지도 않고 진득하니 머물러 일하는지 가끔은 궁금했는데 답은 허탈하게 풀렸다.

나는 늘어진 약의 사지를 추슬러 침대 위로 들어올렸다. 어깨까지 이불을 끌어와 덮어주었다.

누나를 올라타라니 그게 말이냐, 막걸리냐……

돌아서는데 등허리에 전기가 흐르는 듯 따가워서 절로 곡소리가 났다. 나는 전기뱀장어처럼 꾸물거리며 침대로 가서 돌아누웠다.

상처. 나는 그것에 대해 생각했다. 약에게도 상처라는 게 있다면, 아니 상처 없는 인간이 있을까. 상처받고 상처를 준다. 상처입고 상처 입힌다. 우리는 모두가 상처에 무방비하다. 인간은 매

순간 아프고 절실히 고독하다. 그런 생각을 하며 눈을 감았다. 세계가 캄캄해도 도무지 가려지지 않는 것들이 누구에게나 있다고 여기며. 사지를 짓눌러오는 졸음을 느꼈다.

그날 이후로 나는 두 달 가까이 엎드려서만 자야 했다. 상처가 아물었는데도 쓰라리다고 느끼는 때가 잦았다. 그럴 때마다 아이처럼 순정하게 웃던 약의 얼굴이 떠올랐다. 진심으로, 마음을 다해 즐거워하고 우스워하던 약의 눈과 코와 입이 머릿속에서 재생되면 나 역시 실없이 웃어버리게 되었다. 그러고 싶지 않은데 웃게 되었던 것이다. 그러니까 그건 잊히지 않는 것. 잊을 만하면 솟아나고 잊으려야 잊히지 않는 것. 뿌리가 제거되지 않은 모종처럼 뒤돌아 다시 보면 싹이 돋아 있는 것. 그 싹을 단호히 뽑아내지 못하는 기분으로, 그저 줄기를 뻗고 키가 크도록 놓아두는 마음으로, '알 게 뭐야' 하는 심정으로 나는 그 장면을 간직했다.

그런 게 아닐까 나는 생각한다. 서로가 차마 결별할 수 없는 과거를 공유하게 되면, 어울려 지내는 인간과 인간 사이에는 어떤 접점 같은 게 생겨난다. 어디로 어떻게 이동해도 나와 상대의 지점에 이르고야 마는, 어쨌거나 꼭 그것을 지나쳐 가야만 하는 접합 지점 같은 것.

## 32

약은 때때로 제 이야기를 했다. 그게 그의 이야기라는 걸 알게
된 건 시간이 조금 지나서였다. 처음엔 흘러간 유행가를 더듬듯
군데군데 노랫말이 생각나지 않는다는 투로 아 그거 뭐였지, 나
열두 살 때가 처음이었어, 그 새끼한테 당했지, 하고 말했다. 당연
히, 양껏 마시고 취했을 때였다.

최악의 새끼야.

풍선껌을 입으로 불어 터뜨리듯 가벼운 말투였다.

뉴스에 아파트나 빌라 건설과 관련된 화면이 나오면, 어 저런
데였다는데, 나 백일 때 말이야, 중얼거렸다. 딱히 들으라는 투는
아니었다.

아니야, 이백 일이나 삼백 일쯤인데 너무 못 먹어서 그렇게 보
였던 걸 수도 있지 않나, 주먹만했다고 했거든. 그냥 식상한 표현
이었을지도 모르지만.

배를 잡고 깔깔 넘어가다가도 시발, 열두 살인데 말해 뭐해, 얼
마나 아팠다고! 하며 소리를 질러댔고, 소주에 취해 비틀거리면서

도 어라 요것 봐라. 너도 나한테 넣을래, 넣고 싶니, 넣어봐 새끼
야…… 하며 아무 나무 앞에서나 머리를 들이박았다.

무심결에, 무언가 뇌리에 혹은 가슴 언저리에 굳건히 박혀서 뽑
히지 않는다는 얼굴로 혼몽하게 주문이나 주술처럼 내뱉는 말들
이었다. 나는 그가 흘리는 말들을 주워들고 블록처럼 정렬하거나
쌓아올리며 앞뒤 맥락을 잡아야 했다.

약은 어느 외딴 별장 같은 빌라촌 건설 현장에서 발견되었다.
도배며 바닥 내장재 공사가 마무리되지 않아서 적요하고 을씨년
스럽던 밤이었다. 건축주는 마이너스 옵션으로 지어진 완공 직후
의 현장을 가장 먼저 둘러보고 싶어서 홀로 차를 몰고 서울에서
세 시간 가까이 내달린 참이었다. 그는 떨리는 마음으로 차에서
내렸다. 심장 어느 부근이 찌르르해지는 걸 느끼며 그는 거침없이
걸었다. 흰 입김이 공중에서 흩어지고 부서졌다. 갖은 방법을 써
서 빚을 끌어모았기 때문에 그는 누구라도 보이면 와락 껴안고 눈
물이라도 흘릴 것만 같았다. 그러나 단지 그뿐이었다. 허망하고도
감격스러운 복잡한 기분에 휩싸였을 따름이었다. 정말로 누군가
눈앞에 나타나길 원했다고는 할 수 없었다. 종이 박스에 담긴 웬
갓난애가 로열 평형의 거실 한복판에 눕혀져 있기를 바란 건 더
욱 아니었다.

그는 깜짝 놀랐다. 아기는 우체국 마크가 찍힌 대형 박스에 담
겨 있었다. 푸르스름한 줄무늬 이불에 푹신히 싸여 감춰진 채로.

울음을 터뜨리지도 않고 조용히 잠들어 있는 아기를 그는 천천히 뜯어보았다. 약간 눌린 듯 보이는 눈, 코, 입에 얄브스름한 머리칼이 이마 위에서 꼬불거렸다. 백일은 지났나, 알 길이 없었다. 아기가 담긴 상자도, 아기를 감싼 이불도 꼼꼼히 살펴보았지만 소용없었다. 이름이나 생년월일이라도 적혀 있을 법한데 아무것도 적혀 있지 않았다. 미안합니다, 라든가 잘 부탁합니다, 와 같은 쪽지나 카드 따위도. 누군가 지켜보고 있지는 않을까, 두리번거렸지만 인기척은 느껴지지 않았다. 그는 잠시 고민하다가 천천히 아기를 들어올렸다. 그리고 아기의 얼굴에 바싹 코를 갖다대고는 말했다.

집에 가자.

그는 종이 박스에 다시 아기를 담아 들고 무거운 걸음으로 방향을 틀었다. 차로 돌아오는 내내 주변을 살폈지만 아무도 보이지 않았다. 괜찮을지 고민스러운 한편으로 가슴이 뛰었다. 보조석에 박스를 두고 안전벨트를 감아둔 뒤 조심스레 시동을 걸었다. 그때 아기가 눈을 슬쩍 떴다가는 울지도 않고 다시 졸음에 휘감겨 깊아떨어지는 걸 보았다. 그는 휴게소에 들르지도 않고 또 세 시간을 내리 운전해 서울로 돌아왔다. 잠들어 있던 다섯 살 딸아이 곁에 아기를 눕혔고, 그대로 다시 현관문을 열고 나가 분유며 젖병을 사왔으며, 다음날 보모를 한 명 더 두었고, 얼마 후엔 아기를 양자로 들였다. 사랑으로 보살폈다고는 말할 수 없지만 부족하지 않게 먹이고 입혔다. 밤이면 불도 켜지 않은 방의 문에 기대어 서서 뼈가 자라고 살이 오르는 아기의 얼굴과 몸을 물끄러미 바라보는 일이 잦았다. 아기는 생각보다 느리게 자랐다. 그는 초조했다. 아기가 열두 살을 넘겼을 때, 그는 꼭지가 돌도록 술을 마시고 돌아왔다. 취해서도 아기의 방으로 곧장 찾아 들어갔다. 머뭇대지 않고 아기의 바지를 벗겼다.

약은 자라면서 마이너스 옵션 건축 현장과 별반 다르지 않게 인생을 살았다. 뼈대만 있고 살이 붙지 않는 삶. 전기 배선만 튀어나와 있고 조명은 달리지 않는 삶. 단정하지도 빛나지도 않은 삶. 정돈되지도 아름답지도 화려하지도 않은 삶. 도배지나 바닥재가 발리지 않는 그의 하루하루는 볼품없고 서늘히 추웠다. 춥기만 했다.

## 33

나는 이따금 브이를 추억했다. 좀 그래요, 라는 브이의 말은 약이 말해준 대로 정말 그냥 '시발'의 의미였나. 그렇다면 그 시발은 탄식의 어조였나, 반문의 어조였나. 사는 게 참, 좀 그래요, 라는 말은 그러면 사는 게 참, 시발이에요라는 뜻이었나. 사는 게 참, 좀 그래요, 라는 말은 그게 그러니까 사는 게 참, 시발 아닌가요? 라는 뜻이었나. 나는 좀 그래요, 라는 말을 잘근거리던 브이를 생각하곤 했다. 추억이라고 말할 만한 성질의 것은 아닐지도 몰랐다. 어쨌거나 브이는 꽤나 자주 떠올라 내 안의 무언가를 건드리다 점멸漸滅해버렸다.

접점 같은 거지, 지나쳐 가야만 하는 접합 지점 같은 것.

나는 머리를 털어버리려 애썼다. 그러나 브이의 말들이 도무지 잊히지 않고 남았다.

일본에서 말이에요.

브이는 말했었다.

아니 중국인가? 태국? 아무튼 어떤 나라에선가 지은 지 삼 년

정도 된 건물을 허물었대요. 왜냐고요?

브이는 한숨도 쉬며 말을 이었다.

어 왜인지는 모르는데. 들어봐요, 아무튼 허물었는데 꼬리가 못에 박힌 도마뱀이 있었대요. 그런데 살아 있었다나요. 꼬리가 못에 박힌 채로요. 가만 지켜보니까 다른 도마뱀들이 먹이를 가져다주고 있더래요. 죽은 곤충이나 지렁이 따위였겠죠. 신기하지 않아요? 인간은요, 인간은 누가 먹이를 가져다주냔 말이에요, 아무도, 아무도요.

브이의 눈빛이 처량하게 반짝였었다. 그런 말, 눈빛, 또 말, 또 그런 눈빛……

약은 지워지지 않고 선명히 도드라진 내 등의 흉터 따위에는 신경도 쓰지 않았다. 어느 날 샤워하고 나오니 내 등짝을 가리키며,

여, 멋진데!

휘파람 불며 빙글거린 게 다였다. 약은 아무런 생각이 없어 보였다. 나로서도 아무려나 괜찮았다. 약을 알고 지내도 약이 누구인지 도무지 모를 기분이었지만, 약은 내 인생에서 누락돼 있던 어떤 말초적이고도 단순한 쾌락 같은 걸 지극히 구체적으로 증명해 보여주는 사람이었다. 나날이 늘어가는 좌절감에 허덕이는 이십대 후반에 도저한 그 어느 것도 얻지 못한다 해도 약의 곁에 붙어 있을 마음이 들었던 건 그런 이유가 아닐까 나는 생각했다.

그러나 말하자면 '아닐까' 그거야말로 나의 비루한 사고방식 자

체였다. 이게 아닐까 그게 아닐까 아니면 저게 아닐까…… 아닐까, 로 끝도 없이 이어지는 생각들 때문에 더 무거운 피로가 누적되는 일상인 게 아닐까…… 곱씹어보다가도 또 이놈의 '아닐까'가 지겹고 한탄스러워서 한숨이 나왔다.

비겁하게 느껴져서 그랬을 것이다.

아니라는 완벽한 부정도 아니고, 아닌 게 아니라는 사실의 확인도, 아닐 수 없다는 긍정의 강조도 아니다. '아닐까'라는 건 그저 짐작을 가장한 물음뿐. 아니라고 하든 그렇다고 하든 별수없이 아…… 하고 꼬리를 흐려버리면 그뿐인 자신 없는 질문. 언제라도 빠져나가기 편하도록 몸 사리는 도피적 태세.

아버지의 마지막 앞에서도 나는 그랬다.

연락을 받고 달려갔을 때 나는 어째서 아버지가 그런 얼굴을 하고 있는지 알 수 없었다. 고통도 평온도 느껴지지 않는 무無의 표정으로, 남거나 남겨진 건 아무것도 없다는 모양으로, 아버지는 전신이 허예져 누워 있었다. 아니야, 이건 아니야, 하는 읊조림만이 내가 내뱉을 수 있는 절망의 전부였다.

우리는 나아지겠지, 점차로 나아지겠지……

나는 어떻게 그렇듯 근거 없이 무참한 희망을 품었을까. 그의 옅은 미소와 아래위로 흔들리던 작디작은 머리통, 옴폭 패어 들어간 야윈 뺨들을 보고도 나는 왜 이름을 불린 아이처럼 서둘러 이따위 마름모꼴의 방을 찾아 되돌아왔을까. 그러니 이 모든 불행은 나 때문인 것이 아닐까. 졸음을 이기지 못하고 다리를 헛디뎌 계단에서 굴렀다는 어처구니없는 사인死因 따위는 말고, 다만 내가 아버지를 잘 보살피지 못해서, 아버지를 좀더 보듬지 못해서, 자주 찾아가지 못해서, 이런 결말에 이른 건 아닐까. 이 모든 결말의 태동은 지극히도 부정한 씨앗인 내게서 시작된 게 아닐까. 그저 짐작만을 반복하는 내내 나는 끔찍한 자괴와 주린 허기를 느꼈다. 그러나 스스로 답을 구하지 못하는 질문은, 확신은 없이 하는 수 없다는 듯 멈춰버리고 마는 질문은, 결국엔 비겁한 것이다. 비겁하지 않다고 말할 수는 없는 것이다.

아버지의 장례는 교도소 근처의 화장터에서 간단하게 치러졌다. 다소 비좁은 그곳에서 나는 매캐하고도 따스한, 혼란스러운 감각을 느꼈다. 어지러울 정도로 눈자위가 핑 돌았다. 아버지는 금세 내 품에 들어왔다. 재 한 덩이가 담긴 보자기 자루를 가슴에 받아들고 나는 망연자실했다. 이처럼 뜨끈한 한줌의 재로 돌아가버린 아버지가 가엾기도 원망스럽기도 했다. 황톳빛의, 아담한 크기의 원통 유골함을 고르고 나는 잠시 기다렸다.

그리고 아버지가 내게 남긴 오래된 통장들을 생각했다. 모두 같은 은행의 것으로, 입출금통장은 쓰이는 면이 부족해 거듭 재발급을 받아서 여남은 개나 되었다. 그중에 적금이 있었다. 월급에서 생활비를 빼고 일정 금액을 다달이 이체시켜놓은 듯했다. 매달 1일에 삼십만원씩 입금된 통장의 면면을 넘겨보다가 나는 끝내 울음을 삼켰다. 통장엔 같은 단어가 끝도 없이 줄줄이 찍혀 있었다.

서해야아버지 300,000

어느 달은 진하고 어느 달은 흐릿한 글씨로. 그러나 서해야아버지, 만은 동일했다. 서해야 아버지야, 서해야 야 이놈아 아버지가 저금하고 있다 너 주려고…… 아버지는 그렇게 쓰고 싶었겠지, 글자 수가 제한되어 다 쓰지 못했겠지…… 아버지의 모습이 그려졌다. 얼마 되지도 않는 시간제 월급에서 매달 삼십만원씩을 덜어 아들의 이름을 적고 뿌듯이 담아두었을 아버지가 한심스러워서, 은행 기계 앞에서 글자 크기를 최대로 키워놓고 시옷, 어, 히읗, 애, 이응, 야…… 한 자 한 자 화면을 손으로 눌러 찍었을 아버지의 모습이 원망스러워서 통장을 찢어발기고 싶었다. 내게 남겨져야 했던 건 아버지이지 너덜너덜한 통장 따위는 아니었으니까.

그러나 통장을 본 순간에, 서해야아버지라는 글자를 읽고 나서야, 나는 아버지가 어째서 내게 아무 말도 하지 않았는가를 알았다. 월급을 지급받지 못하고 있다고, 걱정이라고, 어떻게 했으면 좋겠냐고 왜 말하지 않았는지 비로소 알게 되었다. 아버지는 자신이 아버지이기 때문에 내가 그의 아들이기 때문에 아무 말 하지 않았던 것이다. 아버지의 이름으로, 그것이 아버지답지 못하다고 생각했던 거겠지. 단지 그뿐. 서해야아버지라는 건 그런 의미였을 거였다. 그 여섯 글자엔 내가 감히 상상할 수 없는 크기의, 깊이의, 아버지의 마음이 있었다. 나는 그것을 절감했다.

습한 안개 속에서 다시금 품에 안아 든 작은 도기 항아리는 미
끄러웠다. 표면에 알알이 수분이 맺혀 물방울이 흘러내렸다. 나는
장갑 낀 손에 단단히 힘을 주었다.

혼자다.

혼자가 되었다.

그 사실만이 나를 울게 만들었다.

# 34

우리는 어째서 웃는가.

때로는 그런 답도 없는 생각 속에서 허우적댔다. 하루종일 공사
장 같은 게임장의 소음에 파묻혀 일하면서도 그랬다.

언젠가 한번은 손님에게 뺨을 두 대 정도 맞고 나서야 얼얼한
데, 하고 느꼈다. 의식의 저편에서 보기보다 물주먹이군…… 하
고 여기는 나를 발견했다. 그리고 또 한 대를 더 얻어맞았을 때에
야 정신이 돌아왔다.

이런 햄 같은 새끼가!

매뉴얼 같은 소리를 들으며 입 안쪽과 입술이 터진 걸 알았다.
몇 대를 더 맞고는 광대 언저리가 찢어졌다.

왜 사니 이 새끼야, 이 말려 죽일 새끼!

폭언과 함께 주먹질이 한두 대 더 이어진 뒤 쓰러졌던 것 같았
다. 손님이 뻐근하다는 듯 제 손을 쥐었다 폈다. 그가 허청허청 뒷
걸음질을 치는 모습을 바닥에 널브러진 채 가물거리며 바라보았
던 듯했다.

눈을 뜬 건 새벽 네시가 다 되어서였다.

물.

말했는데 한참이 지나서야.

자.

라는 소리가 들려왔다.

그러자 더 큰 갈증이 밀려들었다.

물……

하고 다시 말하자마자 얼굴로 물이 페트병째 줄줄 쏟아졌다.

다 처먹어라!

약이 잠에 취해 비틀거리며 제 침대로 돌아가는 걸 보았다. 나는 흠씬 젖어서 비척비척 일어났다. 화장실로 들어가 뜨거운 물을 틀고 샤워했다. 그런 뒤 냉장고 문을 열고 차가운 생수를 꺼내 들이켠 뒤에야 좀 살 만하다고 느꼈다.

덜 맞았어. 더 맞아야 돼지는 건데!

이불을 뒤집어쓰고 약이 소리 질렀다. 나는 핏, 웃었다.

그러게, 돼질걸…… 돼져버릴걸!

나는 말했다.

돼지기는 쉽냐?

약이 이불을 확 젖히며 일어나 목을 늘여 빼곤 물었다. 진심으로 궁금한 눈빛이었다. 나는 어깨를 으쓱해 보였다. 답을 알 리 없었으니까.

쉬우면 내가 먼저야. 너는 빠져.

약이 심드렁해졌다는 듯 다시 눕고, 곧 조용해졌다. 나는 젖은 이불과 시트를 걷어내고 모포 한 장을 가져와 넓게 펼쳐 몸을 둘둘 말았다. 전신이 찌뿌듯한 느낌으로 누워서 눈을 감았다.

뒈지기는 쉽나…… 쉽지 않지……

그런 생각이 잠결인 듯 꿈결인 듯 동시에 밀려왔다. 하루에도 몇 번이고 누군가는 투신하지 않나. 산으로, 강으로, 이 땅의 밑바닥 어딘가로. 세계랄 게 있다면 그 끝을 향해 캄캄히 제 몸을 던진다. 던져버린다. 누군가는 잘도 뒈진다고 약은 뉴스를 보며 늘 재롱을 떤다. 먼저 뒈져버린 이들을 향해 잔뜩 약올라 한다. 그러나 뒈지기는 쉬운가. 내 한 몸 뒤틀어 어두운 생의 반대편을 향해 포환처럼 집어던지기가 쉬운가. 쉽지 않다. 쉽지 않은 것은 결단코 쉽지 않은 것. 그것만은 분명하다.

다시 선잠을 자고 일어나니 약은 국자를 들어 찬찬히 냄비 속을 휘젓는 중이었다. 나는 제대로 입을 벌리기도 힘들었다. 뺨인지 눈두덩인지 분간할 수 없을 정도로 통통 부어올라서였다. 얼굴근육의 배열 자체가 어그러진 느낌이었다.

근데 뭘 생각하고 있었다고?

약이 가스불을 끈 뒤 누룽지 한 그릇을 담아 내어주며 물었다. 나는 무슨 말인지 선뜻 알아듣지 못했다.

이상하다 싶더라니.

뭐가?

너 말이야, 추.

그러니까 뭐가.

나는 힘겹게 입을 벌렸다.

멍때린 걸 몰라?

글쎄.

맞는 동안 계속 넋이 빠져 있는 채였어. 그 꼴이 어찌나 쪼다 같던지!

신음하듯 약은 웃었다.

열 대쯤 맞고 까무러친 것 같은데.

그랬나.

그나마 안개라도 옅었으니 망정이지 안 그랬음 풀숲에 버려두고 왔을 거야.

햄처럼 말이지.

우쭐거리는 약에게 대꾸하면서도 나는 입가가 쓰라렸다. 내가 저를 둘러메고 온 것만도 수십 번인데 생색은, 하고 나도 모르게 삐죽거리게 되었다.

말해봐, 분명히 뭘 생각하고 있었다고 했는데.

약이 고개를 외로 틀더니 다시 물었다.

글쎄.

글쎄라니.

아니 글쎄 기억이.

생각해봐.

약이 답답한 듯 미간을 찌푸렸다.

생각해본다고 생각이 꼭 난다는 보장은……

나는 뜨거운 누룽지를 후후 불어 마시다가 아, 하고 생각이 났다. 별건 아니었다고 덧붙였다.

별게 아닌데 그렇게 정신을 못 차렸다고?

약이 숟가락을 입에 넣고 우물거렸다.

말해보라니까.

됐어.

왜애!

약이 자꾸만 다그쳐 물었다. 나는 귀찮아져서 하는 수 없이 대답했다. 정말이지 별게 아니었다.

그게 그러니까.

어.

우리는 어째서 웃는가에 대해서.

웃는가?

응.

약은 잠깐 고민했다.

웃는가?

응.

재차 묻고는, 식탁 아래에서 다리를 달달 떨어댔다.

어 그러니까 네 말은, 우리는 어째서 웃는가, 어 그런 걸로 명을 때리다가 냅다 처맞고 까부라졌다는 거지? 어 그런 말이지 지금?

약이 끅끅거렸다. 쥐고 있던 숟가락이 부들거릴 정도로 웃어서 누룽지가 그릇으로 떨어졌다.

야, 추.

왜.

너 정말 병신이네.

괜히 말했다. 싫었으나 소용없었다.

이렇게 진정성이 있는 상병신인지 내가 미처 몰랐네!

약이 숨넘어가도록 웃었다. 아이러니하게도 그건 그것대로 또 내게 적당한 위안을 주었다.

## 35

우리는 어째서 웃는가.

그런 물음의 답을 찾을 수는 없었다. 약의 표현대로 멍때렸다고 밖에는 설명할 수 없었다. 해답을 구하는 생각 자체가 되지 않을지 몰랐다. 다만 그런 의구심에 함몰될 때마다 나는 알았다. 모르지 않았다. 이 세계에는 묻지 않는 질문들, 저마다 속으로 삼키는 의문들이 있다는 걸. 누구라도 진실을 알지 못하기 때문이다. 결국에는 해답을 갖고 있지 않기 때문에, 풀어서 밝힐 수 없기에 우리는 살아간다.

좀처럼 해갈되지 않는, 갈급한 생의 장면들을 나는 갖고 있다. 어린아이의 안위 따위는 안중에도 없이 어째서 엄마는 사라지고 말았는가, 아버지는 어떻게 그리도 허무히 죽어버렸는가, 삼촌은, 할머니는…… 나는 아무것도 알 수 없고 무엇에도 답할 수 없다. 사라지거나 죽어버린 이들의 마지막 얼굴은 웃고 있지 않았고 다만 정적이었으며, 생의 곳곳에서 마주친 불운과 불행들이야말로 내게는 정적인 동물 그 이상도 이하도 아니었다. 내게 역동적이었던 건 단지 그 죽음과 불운과 불행을 뚫고 꾸준히도 달려가는 삶의, 야속하고도 가혹한 시간뿐이었다.

그러니 매일같이 소용없는 말을 하고 의미 없는 대화를 나눈다. 무엇이 문제인가. 문제될 건 아무것도 없다. 이야기는 대체로 흘러가는 것들이며 일상적이고 안온하다고 믿지만 모든 것은 제대로 의식하지 못한 새에 쓸려내려가버린다. 밑바닥에는 공허만이 있다.

지나가버리고 마는 것들.

지난할 정도로 소모적인 것들.

아무것도 하지 않는 것이 아니라 아무것도 할 수 없는 것이다.

햄이 아니지만 햄인 것 같다고 느끼는 이곳에서는 무얼 하고 있다 해도 결국에는 아무것도 아니다. 햄이 되지 않으려고 일하지만 햄처럼 일할 수밖에 없는 이곳에서는 움직이거나 생각하고 있다고 해도 결국에는, 아무것도 아닌 것이다.

우리는 모두가 아무것도 아니다.

햄이나 된 것과 같은 모양새와 다르지 않다.

매일 모두가 더불어 나누는 이 시간과 상황들, 어제와 오늘과 내일이 거짓된 역사라는 생각에서 자유롭지 못하다. 그러니 여기에 없도록 하자, 그런 마음만이 든다.

여기에 없도록 하자.

우리는 어째서 웃는지와 같이 쓸모없고 쓸데없는 걸 궁금해하다가 종국에는 여기에 없었으면 하는 마음만이, 들고야 마는 것이다.

유서도 없이 죽어버렸지 뭐야!

어느 날의 약은 말했다. 꼭지가 바짝 돌도록 소주에 취한 채였다. 간장이나 매실도 아닌 소주에 한껏 절여진 장아찌나 된 모양으로, 한 통의 비상식량이나 되는 듯 약은 제 몸을 꽉 웅크리고 있었다. 누군가 약의 정수리에 검지를 걸고 통조림을 따듯 죽 끌어올리기만 하면 될 정도로 단단히 몽쳐져 있다는 인상을 주었다. 나는 밴드와 반창고를 식탁 위에 늘어놓고 면봉에 연고를 덜어 바르던 중이었다.

유서도 없이 말이야. 그런 게 정말 웃긴 거야. 희극적이지.

약은 또 말했다. 나는 턱과 목덜미에 밴드를 뜯어 붙였다. 약의 말이 길어지거나 기분이 고조되려는 걸 경계하면서도 잔을 하나 가져와 같이 조용히 마셨다.

누나가 끝끝내 나를 웃겨주고 가고 싶었던 거라면 말이야, 그래 그것은 성공이었다는 말이야. 죽는 마당에 말 한마디 남기지 않다니. 야박스럽기도 하지.

잠자코 앉아 약의 말을 들었다. 약은 스스로 생을 등져버린 이의 뒤에 남겨져 느끼는 뜻 모를 패배감에 휩싸여 있는 듯했다. 열에 달뜬 죄의식과 더는 무엇으로도 훼손될 수 없는 그리움을 껴안고 뒹구는 듯. 나 역시 나의 아버지를 생각했다. 아버지가 제대로 된 마지막 인사도 없이 떠나버렸어도 나는 왜 살고 왜 웃는가, 하고.

나도 견뎠는데 어째서, 어째서 그렇지…… 그러니까 추, 살아 있다는 건 그저 운이 좋아서가 아냐, 지독히도 용기가 없어서일 뿐이지.

살아 있다는 사실이 죄라도 되는 듯 약은 고개를 위아래로 끄덕끄덕 주억거렸다. 한 잔 두 잔 찬찬히 마시더니 어느 순간 소주 잔을 총알처럼 입에 채워넣었다. 붙잡을 새도 없이 옹송그린 어깨 그 자세 그대로 뒤로 넘어갔는데 캉, 소리가 났다. 머리가 깨지기라도 했나 싶어 소스라쳤으나 약은 아랑곳없이 저 홀로 쿨쿨 잠들어버렸다. 나는 약의 굽은 어깨를 쥐고 반짝 들어 침대에 옮겨놓았다. 그러고는 어지간히 쓸쓸해져버리고 말았다.

유서가 있고 없고는 어떤 의미를 지니나. 유서도 없이 죽어버린 누나는 약에게 어떤 흔적으로 남았나. 어떤 병病을 남겼나. 모든 게 다 가버려도 도무지 어찌해도 흘러가거나 쏠려가거나 밀려나가지 않는 건 누구에게나 있나. 없어지거나 지나간 뒤에도 자국이나 자취는 남나. 나 홀로 남겨두고 떠나간 이들을 미워하고 사랑하며 우리는 누구나 이렇게 모두가 속으로 썩어들어갈 수밖에 없나……

약이 토사물처럼 뱉어놓은 말들을 주섬주섬 쓸어모으며 나는 인생이란, 상처를 서둘러 봉합해버리며 하루하루 덧대어가는 것인지도 모른다고 생각했다. 그런 하루들을 누더기처럼 기워서 걸쳐 입으며 우리는 그저 살아간다고, 낡고 또 낡아간다고. 웃고, 울고, 말하고, 먹고, 자고, 다시 일어나 노동하는 하루하루에, 그리고 그렇게 진행되는 모든 과정에서 해석할 수 없는 증오가 솟는다고. 우리 몸에 새겨지는 모든 상처는 그렇기에 증오다. 증오가 아니라면 그토록 섬세한 결로 각인되어 도드라지지는 않을 것이다.

누군가는 죽고, 누군가는 웃는 이유는 그것이다.

누군가는 유서도 없이 죽어버리고, 누군가는 유서도 없이 죽어버린 누나나 아버지를 바늘에 꿰어넣고 기워버린 뒤 그 옷을 입고 살아간다. 살아버린다, 라고도 말할 수 있을까. 사는 게 아니라 살아버린다고. 그리고 누군가는 햄이 되는 이유 또한 그것이지 않을까.

우리는 끝끝내 살아버려야 하니까.

## 36

햄은 여러 날 동안 뚝심 좋게 머물렀다.

지금은 햄이지만 햄이 아니었을 때를 종종 생각합니다.

그는 또 말했다.

햄이 아닐 때가 제게도 있었으니 말입니다. 생각하지 않을 수가 없는 것입니다. 햄이 되었다 해도 시간은 멈추지 않고 계속 흐르고 있기 때문에 생각이라는 걸 하지 않기가 어렵습니다. 어렵고말고요. 육체는 정지해 있는데 사고는 돌아가므로 나는 어디든 무엇이든 생각하고 온종일 그 생각 속을 휘젓고 다닙니다. 생각의 회로를 끊어버리기가 쉽지 않습니다.

시끄러워!

그의 말을 듣다가 약이 텔레비전 리모컨을 집어던졌다.

그래서 이렇게 피로한 걸까요?

그는 개의치 않는다는 듯 물었다.

햄이 되어 아무것도 하지 않는다고 편해 보일지 모르지만 전혀 그렇지 않다는 겁니다.

약은 양 손바닥으로 귀를 막고 방안을 헤집으며 돌아다녔다. 나는 그의 말에 갑자기 할말이 없어져서 아…… 하고 말아버렸다. 그가 말한 '육체'라는 단어에 신경이 잠시 머물렀던 탓이었다.

햄이 되면 몸은 편하겠지 했는데 말이죠. 햄으로서 움직이지 않고 제자리에 붙박여만 있는데도, 생각을 하지 않으려 해도 꼭 생각이라는 걸 하게 되고 그 생각이라는 건 다른 게 아니라 햄이 아니었을 때의 일들이라는 것입니다. 햄인데 햄이 아니었던 상태에 끊임없이, 밑도 끝도 없이 빠져드는 이 나태한 고단함을 이해하시겠어요?

햄은 자꾸만 물어왔다.

이해라. 글쎄요.

나는 얼버무렸다. 그가 내게 구하는 것이 동의인지 의견인지 구분할 수 없었다. 아니면 동정일까. 그런 마음도 들었는데 확실하지 않았다. 그의 화법은 대체로 고루해서 집중하기가 쉽지 않았다. 때로는 라디오를 틀어놓았다고 여기며 귀를 열고 들었다.

햄이 아니었을 때 나는 말입니다, 라고 사실은 말할 생각이었습니다. 그런데 또 그런 생각이 드는 게 아니겠습니까? 햄이 아니었을 때의 나에 대해 굳이 이야기할 필요가 있는가, 나는 왜 내가 햄이 아니었을 때에 관해 이야기하려고 하는가, 나는 지금 햄이다, '사실적'이라고 할 만한 게 있다면 명백히 그것뿐이다. 지금 내가 햄인데 햄이 아니었던 예전의 나에 대해 떠들어댄다는 게 또 무슨 의미가 있는가, 하는 자괴감이 몰려왔습니다.

그는 쉬지 않고 말했다. 듣는 내가 갈증이 일 정도였다.

하지만 햄이 된 지금의 나에 대해서라면 사실 또 마땅히 할말이란 없다는 것입니다. 햄은 그 자체로 햄일 뿐 아무것도 아니라서 나에게는 아무런 일도 일어나지 않습니다. 아무 일이 벌어지지 않으면 아무런 얘깃거리도 만들어지지 않죠. 타인에게 건넬 말이 아무것도 없다는 건 존재 그 자체로 조금 난처해지는 일입니다.

그의 말들은 어쩐지 명랑하면서도 서글프게 들렸다. 그는 며칠을 더 꼼짝 않고 머물렀다. 그런데 말입니다, 라는 진지한 어투로 떠들어대다가도 잘 침묵하고 잘 기다렸다.

얼굴 마를 날이 없네요.

늦은 밤 퇴근하고 돌아오면 그는 나를 기다린 것처럼 간간이 그런 말도 건넸다. 안타까이 손짓하듯 다정한 어투였다. 아물지 않은 상처에 물이 닿아서 영 쉽게 낫지도 않고 따가워하며 수건을 두드릴 때에도 그랬다.

바빴나봐요.

하기에,

네?

되물으면,

사는 게 다 그렇습니다.

라며 곧잘 맥락 없이 대화를 정리해버리기도 했다.

그렇기야 그렇죠.

나도 말했다. 사는 게 다 그렇다고, 나 역시 생각했다. 그의 말마따나 햄이 되거나 되지 않아도 피로하고 고단한 건 마찬가지다. 나의 경우 얼굴 마를 날이 없고 상처나지 않는 날이 없다. 매 순간 거대한 상처 속에서 내내 곪아 있는 기분이다. 고름덩어리처럼 얼마간 부풀어오르다가 훅 찢어져 흘러버리거나 숨죽어 쭈그러져버리면 그만이다. 햄이 된다 해도 다를 바가 없으려나, 그렇다면 햄이 된다 한들 달라질 것도 없을 텐데 나는 어째서…… 그런 걸 곰곰 생각하다가는 말아버렸다.

그를 데려가자고, 약에게 다시 말했다. 권유도 부탁도 아니지만, 사실은 그럴 필요도 없을지 모르지만, 어쨌거나 언제까지고 햄으로 놓아둘 수는 없는 일이었으니까.

못산다.

약이 혀를 끌끌 차며 말했다.

햄이 어디 한둘이냐.

우리집에 있는 건 하나지.

마리아네.

뭐라고?

마음대로 해. 이 세상 모든 가여운 햄들을 다 품어주라고.

약은 구시렁댔다. 다음날 나는 햄을 외투 주머니에 넣고 출근했

다. 적어도 사십대 이상은 되지 않았을까 짐작했는데 틀렸다. 그
는 뜻밖에도 나와 동갑이었다.

## 37

출근하자마자 약이 채용 증명서를 떼어주었다. 우리는 체력단
련실 앞에 같이 섰다. 스물아홉인데 왜 그렇게 문어체적인 말투를
쓰느냐고 물어보려다가 그만두었다.

에이 군이라고 불러주세요.

그는 주름진 바짓단을 툭툭 털며 말했다.

이런 곳이었군요. 그간에 이런저런 상상을 해보았습니다만. 생
각보다 훨씬 크고 또 시끄럽네요.

좀 시끄럽죠.

많이 시끄럽습니다.

에이 군이 목소리를 키웠다.

이 많은 사람들이 다 어디서 왔을까요. 이 많은 사람들은 또 어
디론가 돌아가겠죠. 그러니까, 이 많은 사람들이 용케도 햄이 되
지 않은 채로 어디선가 여기로 와서 적당히 시간을 흘려보내고는
또 어디론가 가버린다는 거겠죠?

에이 군은 자꾸 물었다. 이 많은 사람들이 다 어디서 왔는지, 그

래서 나부터도 생각해보게 되었다. 이 많은 사람들이 또 어딘가로 돌아가는지, 그런 건 생각해보고 싶지 않았다. 그의 말대로라면 용케도 햄이 되지 않은 채로 여기로 왔다가 다시 또 용케도 햄이 되지 않은 채로 어디론가 가야 할 텐데, 가버려야 할 텐데, 말처럼 쉽지만은 않았다. 먼지더미와 함께 발밑에 나뒹구는 무수한 햄들이 이미 그것을 말해주었다.

여기는 어디인가.

그런 까닭에 잠자코 자문해야 했다.

여기는 어디고 동시에 무엇인가.

누군가에게 여기는 쉼터이고 도피처이며 생의 나락이다.

누군가에게 여기는 일터이고 도피처이며 생의 나락이다.

나는 불길과도 같이 타오르는 지옥의 단면을 바라보았다. 바라보지 않을 수 없었다.

적응이 될 거예요.

나는 침묵 끝에 말했다.

어서 적응해야겠죠.

그가 답하는데,

존대는 넣어둬, 병신들아!

약이 한껏 비웃고 지나갔다. 우리는 서로 민망해져서 잠시 가만히 있었다.

그럼…… 반말할까요.

에이 군이 먼저 말했다.

그럴까요.

나도 동의했다.

그래.

그래.

말을 트고는 이내 어색함을 느꼈다. 절로 헛기침이 나왔다. 에이 군은 아무래도 상관없다는 듯 눈을 둥그레 떠 보였다. 나도 시선을 거두며 고개를 끄덕였다. 말없이 앞만 쳐다보며 서 있었다. 그사이 약은 사무실을 뻔질나게 드나들며 일, 일, 일, 일을 하세요 여러분, 노동만이 희망입니다아…… 라며 흥얼거렸다.

에이 군은 내 예상과는 조금 달랐다. 햄이었을 때는 꽤 흐린 데 없이 발랄한 타입이라고 생각했는데, 막상 마주하니 그렇지도 않았다. 마구 어둡지는 않았지만 어쩐지 활기랄까 활력이랄까 하는 것이 있다고 하기는 어려웠다. 어딘지 모르게 약과 비슷이 수다스러웠다. 약이 아닌 걸 알면서도 나는 그의 옆에서 습관적으로 긴장했다.

일을 한다는 건 말이죠.

반말할까요, 해놓고도 에이 군은 금세 존대로 돌아가곤 했다. 딱히 신경 쓰이지는 않았다. 나로서도 존대하는 편이 나았다.

일을 한다는 건 그렇습니다. 어디에서 무엇이 되는 거죠. 어디에서 무엇이 되지 않고 일을 한다고 말할 수는 없습니다. 내가 나로서 무언가 하는 것은 일이 아니죠. 그것은 생활이지 노동의 영역은 아닙니다. 노동은 내가 아닌 다른 무엇이 되어 움직이고, 그러한 수고로써 대가를 받는 것입니다. 내가 온전히 나이지 않고, 나일 수 없고, 나여서는 안 되기 때문에, 그러니 일을 한다는 건 고달프다는 것입니다.

나는 이따금씩 에이 군이 부려놓는 그런 단호한 말들에 마음이 쓰였다.

'고달프다'와 같은 말.

고달프다, 고달프다…… 똑같은 걸 연이어 곱씹어보노라면 고단하다, 피로하다, 지치다, 힘들다, 와 같은 엇비슷한 의미의 말들이 연이어 떠올랐다. 그리고 각자 다 다르게 발음되는 그 모든 말들이 끝내는 다 '외롭다'라는 뜻만을 선혈처럼 품고 있는 것 같아서 그 단출함에 콧등이 시큰거렸다. 어떻게 표현해도, 에둘러 돌아가도, 결국에는 다 한 가지의 의미로 전해지는 말들의 단출함. 그 단출한 외로움. '고단하다'와 '슬프다'가 뒤엉킨 듯 느껴지는 '고달프다'는 말은 그의 입 밖으로 자주 흘러나왔다. 나는 그의 곁에서 때때로 불길한 한기를 느꼈다.

수당을 받으면 술을 사겠습니다.

첫날에 에이 군은 웃지도 않고 그렇게 말했는데 술 얻어먹을 기회가 닿지 않았다. 사흘 내리 서 있는 동안 그에게는 아무 일도 일어나지 않았다. 나도 별반 다르지 않았다. 맞는 '뽄새'가 마음에 든다며 자주 찾는 단골 하나가 와서 샌드백처럼 내 가슴을 두어 대 치고 갔을 뿐이었다.

비극적이군.

약이 고개를 저으며 말했다.

이래서 언제 수당을 받을 건데.

기껏 데려왔더니 제값을 못한다는 투로, 약은 칭얼거렸다.

가불?

미리 당겨줄까?

땡겨서 술부터 사주면 안 돼?

어차피 맞을 거잖아?

내가 때려줘?

사무실을 바지런히 들락날락거리며 에이 군을 찔러대기에 파리를 내쫓듯 옆구리를 발로 차주었다.

아파……

중얼거리면서도 단념을 못하고 약은 홀 안에서 맴돌았다.

손님들을 비웃듯이 쳐다봐봐. 눈을 좀 샐쭉하니 치켜뜨고, 건방지게 보이도록 비뚜름히 서보든가. 열 받아서 한 대 치러 달려들 수도 있잖아?

에이 군은 난처한 표정을 지었다. 약은 제자리걸음하며 눈을 굴렸다. 나는 그런 에이 군과 약을 번갈아 바라보았다. 시간은 무미건조하게 잘도 갔다.

## 38

우리는 무료함을 이기려고 떠들었다.

학부를 졸업하고 대학원에 갔는데 말입니다.

에이 군이 말했다.

아, 햄이 되지 않았을 때 대학원생이었다는 얘깁니다.

대학원생.

내가 대꾸했다.

네, 미쳤죠.

제법 호탕하게 말하기에,

나는 아직 학부 졸업도 못했는데요.

하고 자조했는데,

미친 짓이었습니다.

라며 그가 급히 정색했다.

졸업의 유무는 중요하지 않습니다. 학교 안도 밖도 모두 지옥입
니다. 사회란 게 그런 건데, 어려서 뭘 몰랐죠. 아무 생각이 없었
던 겁니다. 산다는 것에 별걱정도 하지 않고 자랐는데, 맞습니다,

별걱정을 하지 않고 자랐다는 건 달리 말하면 별 기대도 없이 성장했다는 것과도 같아서 정말이지 무난한 유년을 보냈습니다. 무탈한 인생이란 건 그렇죠. 특별히 모나지도 않았지만 그렇다고 뭐 특출난 것도 아니어서 더하거나 빼고 보면 어차피 제로. 지극히 평범한 삶 말입니다.

그가 말했다.

평범하기도 어려운데.

내가 말 받으니,

그것 또한 맞습니다.

그는 맞장구를 쳤다.

옳은 말입니다. 평범하기가 어쩌면 가장 어렵습니다. 어렵고말고요. 우선 평범하기 위해서는 최소한의, 그러나 알맞고도 적당한 삶의 비용이 필요하니까요. 그 비용이 없고서는 평범하게 산다는 건 어불성설이죠. 학비와 생활비와…… 사실이 그렇죠. 그런저런 비용에 대한 걱정이 딱히 없었으므로 어느 면에서는 손쉽게 대학원에 진학할 마음을 먹었을 겁니다. 태평한 성격 탓이었을지도 모릅니다. 뛰어나다고는 할 수 없지만 그럭저럭 공부에 대한 흥미를 지녔고, 나름대로 성실한 타입이었고, 성공을 바랐다기보다는 내가 충분히 할 수 있는 어떤 가능의 영역에 공부가 있다고 결론지었던 것 같습니다. 취업이라거나 무직 이퀄 햄이라는 공식 따위에 대해 깊이 생각해보지 않았죠. 때마다 적절히 아르바이트를 해서

용돈벌이 하며 과정을 마친 뒤 평생 공부를 하면서 살아가도 나쁘지 않겠다, 그런 마음이었을 겁니다.

타인의 처지를 짐작하듯 에이 군은 자기 얘기를 했다. 어느 때는 순순히, 그러나 대부분은 고통스러운 얼굴이었다.

그런데 학교 안도 지옥이라는 걸 몰랐던 거죠, 어리석게도. 선후배 동기들과의 머리싸움에서 지고 있다는 끝도 없는 불안은 혼자 극복해나간다고 해도, 교수로부터 시시각각 하달되는 소외와 모욕감은 난감할 따름이었죠. 아르바이트를 할 새도 없이 실험 준비와 자료 정리와 프로젝트 구성원으로 머릿수만 채우려 이리저리 끌려다니고요. 내 것이 아닌 남의 것을 먼저 연구하고 보고서를 써야 했으니 모멸감도 컸습니다.

온갖 게임기의 지독한 소음으로부터 차단되어 있는 듯 그의 목소리는 유난히도 고고히 들렸다. 나는 조용히 그의 말을 들었다. 듣다가 학부 시절 알고 지냈던 조교의 얼굴이 선연히 떠올랐다. 나보다 세 학번 위의 여자 선배였는데 오랜 휴학 끝에 돌아오니 학과 사무실에서 조교로 틀어박혀 종일 진땀을 흘리고 있었다. 코드라도 뽑아두지 않으면 쉴 틈 없이 울려대는 전화벨, 불쑥불쑥 들이닥치는 지도 교수와 어수룩이 기웃거리는 편입생들 때문에 선배는 언제나 제정신이 아닌 듯 보였다. 그나마 오랜만에 가까운 학번을 만났다며 선배는 나를 반가워했다. 나는 가끔씩 선배가 수업에 가느라 잠시 자리를 비울 때마다 전화를 받아 메모

해두는 일을 부탁받았다. 주로 본관이나 단과대 교무처에서 걸려오는 통화였다. 단순한 알림과 고지와 확인이 반복되는, 그런 무료한 전화를 열 통쯤 받고 나면, 선배가 수업을 끝내고 허둥지둥 돌아왔다. 나는 연신 미안해하는 선배의 얼굴을 물끄러미 바라보곤 했다. 선배가 자판기에서 뽑아준 차가운 커피 한 캔을 손에 쥐고서였다.

말꼬리를 흐리며 우물쭈물하던 어느 날의 선배가 기억난다. 혹시 주말에 시간이 좀 나느냐고 내게 물었다. 달아오른 뺨의 난감한 얼굴로. 데이트 신청일까 해서 놀랐는데 아니었다. 돌아오는 토요일에 지도 교수 연구실을 옮겨야 하는데 짐 나르는 걸 도와줄 수 있느냐는 거였다. 나도 일당을 받는 건 아니라서, 미안하지만 맛있는 밥을 사주는 걸로는 안 될까, 하고 선배는 말했다. 어쩐지 안쓰러워서 그러자고 했는데 막상 이삿날 오전에 연구실로 가보니 나 말고 둘, 선배 포함 넷뿐이었다. 지도 교수는 얼굴도 비추지 않았다. 전문 인력을 불러도 하루에 다 옮길까 말까 한 어마어마한 책더미 속에서 우리는 분투했다. 그마저도 급한 일이 생겼다고 점심 먹고 한 명이 가고, 두어 시간쯤 뒤에 쭈뼛대며 다른 한 명이 또 가버렸다. 나는 묵묵히 몸을 움직이며 울 듯 말 듯 내내 일그러진 선배의 얼굴을 훔쳐보았다. 저녁이 다 되어가는 늦은 오후쯤이었나, 불안정하게 쌓여 있던 사단 책장과 허름한 우드 박스 들이 선배의 머리 위로 쏟아졌다. 순식간이었다. 선배는 전신에 타박상을 입었고, 발목이 꺾여 금이 갔다. 아무런 보상도 받지 못했다고 들었다. 보상이라니, 하며 일주일 만에 얼굴을 본 선배는 도리어 내게 반문했다. 정말 그런 걸 기대하느냐는 듯.

에이 군의 말대로라면, 그때의 선배 역시 학교 안도 지옥이라는 걸 미처 몰랐던 걸까. 지금쯤 어디서 무얼 하고 있을까. 요즘도 그렇게 매일 안쓰럽도록 바짝 달아오른 얼굴일까. 결코 이게 다는 아니라는 듯 결단코 여기가 끝은 아니라는 듯 고집스러운 태세일까.

무슨 생각을 해요.

그가 내 팔을 툭 쳤다.

아무도, 아니 아무것도요.

그는 고개를 끄덕이다가는,

외동인가요?

뜬금없이 물었다.

네. 혼자.

대답하니,

형제가 있습니다.

라고 그가 중얼거렸다. 하지 않을 수 없다는 양 괴로운 얼굴이었다.

이제 와 생각하면 말입니다. 나는 그저 그애 앞에 있고 싶었을 뿐이었나봅니다.

앞이요?

네. 앞. 내가 형이었으니까요. 형이니까 당연히 앞에 있어야 한

다는 단순한 욕심이었는지 오기였는지 치기였는지…… 이제 와
선 다 부질없지만.

그는 동생에 대해 말했다. 어딘가 채워지지 않는 조급한 이의
눈빛으로. 무언가 붙잡아지지 않는 다급한 이의 표정으로.

그애는 완벽한 아이였어요. 어느 누가 봐도 질투가 날 정도로
요. 수재여서 머리가 좋고 공부를 잘했는데, 열심히도 했기 때문
에 박사 과정을 마칠 즈음까지도 언제나 모범적이었죠. 독창적이
면서도 논리적인 논문을 써냈고, 교수의 상찬도 많이 받았고요.
오래도록 같이 먹고 자고 성장했지만 혈육임에도 내게는 좀처럼
받아들이기 어려운 존재였습니다. 나는 늘 그애보다 뒤처졌고, 같
은 이과생이면서도 감성에 휘둘리는 때가 많아서 발표문 한 편도
구색을 갖춰 써내질 못했어요.

에이 군의 얘기를 들으며 나는 고개를 주억거리거나 말없이 눈
앞을 오가는 손님들을 바라보았다.

메탄올을 마셨어요.

그가 말을 이었다. 나는 나도 모르게 방향을 틀어 그에게 시선
을 고정했다. 그의 말대로라면 그랬다. 동생은 박사학위 논문 심
사를 하루 남기고 메탄올을 마셨다고, 병원으로 급히 옮겨 위를
세척했다고.

그는 입을 다물었다.

메탄올……

뭐라고 대꾸해야 할지 몰라서 나는 한동안 가만히 정면을 응시했다. 메탄올이라면, 약이 매일 틀어대는 뉴스에서 보고 들었던 적이 있었다.

화면에서는 부모 몇이 나와서 항의하듯 호소하듯 말했다.

애가 뭘 만지고 다루는지 설명을 해줘야죠. 이렇게 위험한 걸 고지도 없이, 어떻게 사람을 데려다놓고 일부터 시킵니까!

탁자 위엔 화학 공장에서 이름 모를 약품을 다루다 시신경이 손상됐다는 그들의 자녀들이 있었다. 햄이 된 모양새로 얌전히 놓인 채였다. 주의 사항을 듣지도 못했고, 보호 장비도 받지 못했다. 알루미늄이 절삭될 때의 열을 식히려 쉴새없이 자동 분사되는 액체가 그냥 알코올이라는 말만 듣고 하루 열두 시간씩을 일했다고 했다.

'초승달'만큼만 보여요.

햄이 말했다.

사람도, 세상도, 모두 초승달 정도로만 보인다니까요. 가늘고, 얄브스름하게…… 나도 모르게 고개가 갸우뚱 비뚤게 틀어져버려요. 그런다고 더 잘 보이지도 않지만.

다른 햄들도 말을 보탰다. 저마다 목소리를 높였다. 보도는 짤막이 끝났다.

이후로 그들이 어찌 되었는지, 보상이나 치료는 받았는지에 대해서는 뉴스에서 다시 보지 못했다. 간간이 안개가 걷혀 비뚜름하게나마 달이 떠오를 때마다 나는 사람도 세상도 초승달 정도로만 보인다던 햄들을 생각했다.

## 39

    안개를 헤치고 걷는 길은 어떻게 해도 익숙해지지 않았다. 안개의 습기가 콧속을 비집고 들어와서 자꾸 재채기가 났다. 유난히 시야가 흐릿했다. 우리는 걷다가 멈추다가 다시 걸었다. 더듬거리며, 절름거리며 걷는 기분이었다. 에이 군은 속도를 내지 못했다.

    얼른 가죠.

    나는 그의 등에 손을 대고 슬며시 앞으로 밀었다.

    잘 보이지 않네요.

    그가 말했다.

    발밑을 조심해요.

    네.

    안개가 심합니다.

    이렇게 짙은 건 오랜만인 것 같아요.

    우리도 사무실에서 비집고 잘 걸 그랬죠.

    그것도 나쁘지 않았을 것 같고요.

    대화하며 걸음을 옮겼다. 안개는 옅어질 기미가 보이지 않았다.

걷다가, 아, 하는 생각이 들었다.

오늘 며칠이죠.

물으니,

오늘이……

그가 어물거렸다. 날짜를 셈해보게 되었다.

그러고 보니 기온이 꽤 떨어졌어요.

내 말에,

이제 더 심해지겠군요.

하고 그가 대답했다. 우리는 보폭을 맞춰 걸었다. 속도를 내고 싶었는데 안개 속에서 빠르게 걷기란 쉽지 않았다. 그래도 멈추지 않고 이동해야만 했다.

조심해요.

내가 말했다.

무엇을요.

무엇은요, 발밑을요.

그의 말투를 따라 하다가 나는 웃어버렸다. 웃었는데 아까의 그 메탄올 생각이 났다. 어째서인지는 몰랐다. 잠시 입을 다물었다가 밭은 숨을 내쉬는 그의 어깨를 두드렸다. 어서 가요, 했는데 그가 허리를 구부리고 멈춰 섰다.

굳이 그러지 않아도 됐을 것 같은데.

제 발끝을 쳐다보다가 번뜩 들어올린 그의 얼굴은 구슬퍼 보였다.

그렇죠, 추군, 그렇지 않습니까?

동생의 이야기를 마저 하는 듯해서

글쎄요……

하고 입술을 맞물었다.

위를 잘 씻어내고 어찌어찌 숨을 붙잡아두긴 했는데, 보지 못하게 됐어요. 그 어떤 것도요. 눈이…… 그러니까 눈이 말입니다. 멀었더라고요. 메탄올을 마시면 시력을 잃는다는 걸 그애가 몰랐을까요.

그가 중얼거렸다.

알았겠죠. 알고 마셨겠죠.

대답을 구하지 않고, 그는 말했다. 그의 숨이 밀도 높은 안개에 갇혀 버둥거리는 느낌이었다. 나는 목이 탔다. 어서 집으로 갔으면, 싶었다. 이후로 알아들을 수 없는 작은 목소리로 에이 군은 계속해서 웅얼거리고, 나는 자꾸만 갈증이 일었고 그리고, 약이 보고 싶었다. 사무실에서 같이 잘걸, 잔뜩 취했다고 괜히 혼자 두고 퇴근해버렸나 고민이 되었다. 사주면 안 돼, 같이 먹으면 안 될까, 술, 술, 술 말이야…… 하고 졸라대던 약을 떠올리다가 이내 머리를 흔들어 털어버렸다. 경험상 약이 술 마시고 싶다고 말하면 오히려 별 탈이 없었다. 메탄올 따위는 알지도 못할 거야, 그런 생각을 반복하며 두 다리를 재게 놀렸다.

그애가 어떤 마음으로 그랬는지, 그랬던 그애가 어떤 기분이었는지 정확히는 알 수 없습니다. 그것을 마셔가면서까지 보고 싶지 않은 무언가가 이 세계에 있다고 짐작할 수는 있겠지만 알 수는 없습니다. 무언가 어림잡아 헤아릴 수는 있겠지만 '안다'고 함부로 말할 수는 없죠. 안다고 말하는 데는 책임이 뒤따르니까요.

에이 군은 잠잠히 말했다.

혹시 아십니까?

그가 내게로 몸을 틀며 물었다.

나는 너를 알아, 라고 말할 때는 내가 '모르는' 너에 대해 책임질 준비를 해야 합니다. 인간과 인간 사이에 어떤 윤리랄 게 있다면 그것은 책임지는 행위죠. 너에 대해 모르는 게 있을 수 있다는 것, 알지 못하는 무엇이 있다는 사실을 인정하는 것은 그래서 대단하고…… 그 대단함을 보통은 '존중'이라고 표현합니다. 나는 너를 존중해, 라는 건 나는 너에 대해 내가 알지 못하는 부분이 있다는 걸 알고 있어, 그러니 더 말해봐, 더 들려줘, 라는 뜻을 담고 있는 게 아니겠습니까. 인간이 인간에게 예의를 다한다는 건 결국 상대를 향한 존중이 바탕 되어야 하는 것입니다.

동생이 '일부러' 메탄올을 마셨다는 것에 그는 끔찍해하는 것일까. 제 눈이 멀어버릴 걸 충분히 알았으면서도 그렇게 행동했고, 그것을 에이 군 자신이 미처 말리지 못했다는 사실에 대해서. 나는 고민했다.

아닙니다. 그게 아니에요.

서툰 걸음을 떼어놓으며 그러나 그는 부정했다.

그애를 '안다'고 생각했어요. 내가 말입니다. 생전 안 그러던 애가 사흘에 한 번꼴로는, 그러니까 아주 자주 죽고 싶다, 죽어버려야지, 죽어버리면 다 그만일 테니까, 없어져버리면 그뿐이야, 라고 말했는데 너무 입버릇처럼 그런 말을 하길래 내색하지는 않았지만 나는 코웃음을 치면서 속으로 그랬던 거죠. 너는 공부밖에 모르는 좀생이야, 그럴 재간이 없는 애야, 절대로 그럴 용기 같은 건 없어…… 라고요. 그럴 수 있는 애가 못 된다고, 너는 그런 애가 아니라고, 남들에겐 완벽해 보이는 천재일지 모르지만 나는 너의 가족이고 너의 형이고 집에서 너는 고작해야 응석받이 철부지 막내일 뿐이라고. 그러니 내가 너를 아주 잘 아는데 너는 결단코 죽어버린다는 말을 실행에 옮길 리 없어, 왜냐하면 나는 너를 정말 잘 아니까. 웃기지마 너는 그러지 않을 거야, 라고 말입니다.

그는 숨을 몰아쉬며 잠시 기침했다.

안다고 생각해서는 안 됐습니다. 그러면 안 되는 거였어요. 내가 모르는 그애의 어느 한구석을, 있는 그대로 존중했어야 했어요. 인간이라면 누구나 제 의지대로 행동해버릴 수 있다는 걸 인정해야 했어요. 그랬다면 좀더 그러니까 좀더…… 아닙니다. 다 부질없어요. 이 모든 게 다 햄이 되기 전의 일입니다.

그가 말을 흐렸다.

가까스로 집에 도착했을 땐 머리칼이며 어깨며 신발이며 모두 안개에 젖어 있었다. 우리는 서둘러 씻어야 했다. 미세 먼지가 잔뜩 뒤섞인 잿빛 연무였다. 더운물로 샤워하지 않으면 잠들기가 어려울 거였다.

먼저 씻을래요?

물었으나, 에이 군은 고개를 가로저었다. 식탁에 앉은 그의 어깨가 축 늘어져 보였다. 생수 한 병을 단번에 들이켠 뒤 나는 무거운 몸을 이끌고 빠르게 씻었다. 이후로는 마른 수건을 머리에 얹은 그가 너털너털 움직여 욕실로 들어갔다. 긴 시간 샤워부스에서 물 쏟아지는 소리가 들렸다. 그가 발그레해진 얼굴로 나왔을 때 나는 졸음에 겨워 널브러진 채였다. 나는 나의 침대에, 그는 약의 침대에 누웠다. 불을 끄고 나서야 나는 비로소 푹신한 베개에 깨질 것 같은 머리통을 깊숙이 파묻을 수 있었다. 그러나 집에 다다랐을 때, 그 이후로 나는 타인과 타인의 관계 속에서도 '친하다'라는 말이 가장 무서워졌습니다, 라고 에이 군이 말했던 게 다시금 떠올라 한참을 이불 속에서 뒤척여야 했다.

그러니까 말입니다. 가족이나 친구, 지인 간에 '친하다'는 표현은 서로 다정하며 친밀하다, 그 이상도 이하도 아닙니다. 그 이상도 이하도 아닌데 친하다는 생각이 들면 안다, 라고 여기게 됩니다. '잘' 안다, 라고 쉽게 생각해버리면 더 위험합니다. 그것만이 가장 위태롭고 또 공포에 가까운 것입니다. 인간에게 무지랄 게 있다면 바로 누군가와 친한 것을 두고 그 누군가를 안다고 여기는 상태를 뜻할 겁니다. 친한 것은 친한 것이지 안다고 할 수는 없는 것입니다. 절대로요. 누구도요.

그는 그렇게 말했던 것이다.

## 40

새벽녘이었다. 나는 목마름에 깨어 일어났다. 에이 군은 여전히 잠들지 못한 채였다. 천장을 향해 바로 누운 자세로 눈을 부릅뜨고 있었다.

왜 그러고 있어요……

눈을 뜨고 자는 버릇이 있나 해서 바투 다가섰다.

잠이 안 오네요.

그는 낮은 음성으로 말했다.

피곤할 텐데. 조금이라도 자둬야 합니다.

나는 냉장고에서 생수를 꺼내 뚜껑을 땄다.

그래야죠.

답한 뒤로도 그는 막대자석처럼 올곧게 누워 있었다.

불면증이에요?

나는 물었다. 그는 눈을 끔뻑이더니 뒤늦은 답을 해왔다.

잘 모르겠습니다. 어느 날은 자는데 어느 날은 못 자고, 들쭉날쭉한 편입니다. 다들 그렇지 않나요. 별건 아닙니다.

나는 물을 마시며 한동안 그를 바라보았다. 딴은 그랬다. 어느 날은 자고 어느 날은 못 자고, 사는 게 그랬다. 나 역시 매일 밤마다 단잠을 잔다고 하기는 어려웠다. 다들 그렇다고 한다면 그것은 진실로 위안일까, 나의 불면과 너의 불면이 다르지 않다는 건 서로가 안도해야 하는 일일까, 모두가 잠 못 들고 괴로이 깨어 있는 밤들은 얼마나 무수하고 무구할까, 궁금했다. 나는 생수병을 다시 냉장고에 밀어넣고 뒤돌아 물었다.

그래서 동생은요. 이제 괜찮은가요.

그가 멍하니 눈알을 굴렸다.

글쎄요, 이제는 괜찮다고 말할 수 있을지.

그는 손바닥을 들어 마른 얼굴을 비볐다. 두 눈에 손바닥을 지그시 대고 누르기도 했다.

병원 옥상에서 뛰어내렸으니까요. 이제는…… 괜찮아졌을까요.

그는 이내 침묵했다. 나는 말없이 침대로 돌아와 찬찬히 누웠다. 따라 하려고 한 건 아닌데 나 또한 손바닥을 들어 두 눈에 대고 가만히 있게 되었다. 눈이 건조했고, 아팠고, 양쪽 눈알 언저리 어디쯤이 뜨끈히 욱신거려왔다. 충분히 알고 있었다. 타인의 죽음을 목도하기란, 가족의 죽음을 겪어내기란, 그 잔영에서 벗어나기란 너무나 쉽지 않다는 걸.

에이 군이 몸을 뒤척이며 벽 쪽으로 돌아눕는 소리가 들렸다. 나는 조심스레 일어나 가방을 뒤적였다. 작은 알약 한 박스를 꺼냈다. 정확히 말하면 수면 유도제나 보조제 같은 종류로, 의사의 처방 없이 약국에서 살 수 있는 거였다. 너무 오래 잠들지 못하면 먹으려고 상비약처럼 가지고 있었는데, 마흔여덟 정짜리 한 팩을 사두고는 매번 피로에 곯아떨어지느라 잊어버리고 있던 참이었다. 아스피린은 많이 줄었는데 수면제는 한 알도 먹지 않은 새것이라서 나는 굳이 뜯지 않고 그것을 그의 머리맡에 놓았다.

많이 힘들면 한 알만 먹고 자요. 도움이 될지도 모릅니다.

냉장고를 열고 생수 한 병도 꺼내와 그 옆에 같이 두었다.

반씩 쪼개서 먹어도 되고요.

그는 돌아보지 않았다. 나는 그대로 두고 침대로 다시 돌아와 이불을 뒤집어쓰고 누웠다. 얼마쯤 시간이 지났을까. 선잠을 자고 눈을 떴을 땐 창밖으로 시멘트 덩어리 같은 새까만 안개만이 몰려와 있었다. 유리창에 잔뜩 달라붙은 습랭한 기운에 팔다리가 저릿했다. 그는 일어나지 않고 모로 누운 채였다.

다음날, 그다음날에도 에이 군과 함께 출근했다. 별다른 일은 없었다. 우리는 하염없이 버티어 선 채로 하루하루를 보냈다. 때리면 맞고, 맞으면 신음했다. 통증과 지루함은 동시에 왔다. 아픈데 지루하고, 지루한데 아팠다. 몸이 괴로운 것도 끝내는 따분해졌고, 그 따분함에도 싫증을 느끼는 때가 잦았다.

# 41

　안개로 가득한 잿빛 날씨가 이어졌다. 흐린 날은 어제도 오늘도 이어져 내일로 간다. 내일도 여전히 사방은 안개로 가득하고, 그침이 없으며, 날이 흐릴 거였다. 나는 어쩌면 인생에서 중요한 것이란 고작해야 날씨에 의해 좌우되는 인간의 심약한 서정성에 있는 게 아닐까 생각했다. 결국 의식의 밑바닥에 정제된 찌꺼기처럼 남아 있는 건 쓸쓸함이다. 인생에서 누락된 무언가를 까맣게 잊고 지내다가 어느 날의 안개처럼 갑작스레 몰려와 눈앞을 흐리게 만드는 것.

　안개는 점차로 빽빽한 덩굴이나 길 잃은 짐승의 숨소리처럼 사방을 옥죄어왔다. 게임장을 찾는 손님들은 턱없이 그 수가 줄어들었다. 사장도 발걸음하지 않았다. 약은 나와 에이 군을 제외한 직원들을 임시로 내보내고는 셔터를 내린 뒤 제 돈으로 술을 사먹었다. 우리는 밥을 해먹으며 느리게 집과 게임장을 오갔다.

　그리고 장마가 시작되었다.

　장마는 여러 날 계속해서 소낙비가 죽죽 쏟아지는 그 장마는 아니다. 지독히도 거센 운무망망雲霧茫茫. 본격적인 여름으로 접어들기 전에 한동안 구름과 안개로 온 사방이 뒤덮여 제 발에 신긴 신발조차 보이지 않는 아득한 시간이 계속되는 기간을 장마로 불렀다. 장마가 아닌 걸 여전히 장마라고 부르면서 사람들은 한줌의 빛도 새어들지 않는 장마를 지났다. 짧으면 보름, 길게는 그 이상도 되었다.

이번 장마는 이 주가량 지속될 예정입니다. 기온은 평년과 같으며……

약은 볼륨을 최소로 줄인 텔레비전 앞에서 리모컨을 쥐고 집중했다. 다를 것도, 특별할 것도 없는 소식들에서 언제나 눈을 떼지 못했다. 화면 아래쪽에 지나가는 자막을 한 줄 한 줄 공들여 눈여겨보았다.

장마가 이 주간 지속된다는군.

다 같이 본 뉴스인데도 약이 브리핑하듯 말했다.

휴가다.

약은 싱글벙글했다.

시끄러운 건 지긋지긋해. 조용히 좀 살아보자.

그러며 누룽지 퍼먹던 숟가락을 천장으로 냅다 던져 올려서 사방 천지에 밥알이 날렸다.

야 이 웬수야!

소리를 질렀는데도, 약은 휘파람을 불며 낄낄거리는 걸 멈추지 않았다. 약의 웃음소리 너머로 발버둥치는 누군가의 팔다리를 보았다.

햄을 자른 것뿐이야, 그게 어떻게 죄가 되나!

얼굴이 모자이크 처리된 누군가가 TV 화면에서 항변중이었다. 나는 하단에 적히는 자막을 눈으로 읽었다.

햄이야, 햄일 뿐이라고!

그는 같은 말을 반복했다.

햄이야, 햄일 뿐이라고!

자막은 바뀌지 않았다. 동일한 문장만이 표기되었다. 햄일 뿐이지, 나는 생각했다.

햄은 햄일 뿐.

햄이 되면 그뿐.

햄으로 살아가면 그뿐.

햄으로 죽으면 그뿐.

지겨운 허무에 휩싸이는데 에이 군의 목소리가 들려왔다.

이상하게 힘이 빠지네요.

제 머리카락에 달라붙은 밥알을 떼어내며 어깨를 주물렀다.

너무 습해서 그런 걸까요.

내가 말했다.

점점 더 습해지겠죠.

그가 말했다.

여기에 없도록 하자  221

병신들.

약이 눈을 가늘게 뜨고는 노려보았다.

화면은 계속해서 햄을 비추고 있었다. 매일같이 수거해 매립하는, 대수로울 것 없는 광경이었다. 다양한 크기와 빛깔의 햄들이 자루 안의 쌀알처럼 우수수 어딘가로 떨어져내렸다.

그래도 햄으로 죽고 싶진 않은데.

나는 무심히 입 벌렸다.

묘비명도 없이 말이죠.

에이 군도 건조한 목소리로 말 보탰다.

그게 다 무슨 소용이야?

약은 코웃음을 쳤다.

도처가 무덤인데!

## 42

길었던, 어느 해의 장마를 기억한다. 기억하고 있다. 결코 잊히지 않는 그때를. 이동 수단이 정지되고, 사람들은 꼼짝 않고 집에 들어앉아 저장 식품만을 깨물어 먹었다. 당시에 나는 열 살이었고, 할머니와 살았다. 자세한 이유를 알지는 못한다. 할머니가 말 끝마다 죽일 년, 살릴 년 흥분하던 기억이 어렴풋이 나는 걸 보면 엄마 때문이 아닐까 짐작하고 있다. 어린애를 떼어놓고 떠나버렸을 정도면 엄마는 아버지에게 쉽게 붙잡힐 마음 따위는 없었을 것이다.

장마가 일주일쯤 지속됐던 어느 날이었다. 아침에 일어나니 할머니는 숨을 쉬지 않았다. 여느 날과 다름없이 반듯이 누운 모습이었다.

할머니······

흔들었는데, 한껏 벌어진 메마른 입에선 아무 소리도 새어나오지 않았다. 지쳐버린 듯한 할머니의 얼굴을 오래 바라보았다. 주름 사이사이 창백해져버린 채였다. 손발이 푸르스름하고 차가워

손대기도 어려웠다. 땅끝에나 닿은 듯 그 서늘한 온도에 나는 놀랐다. 입을 다물어주려고 했는데 쉽지 않았다. 힘을 잘못 주면 부스러질 것만 같았다. 나는 소리를 질렀다.

돌아가셨네.

비쭉 들여다본 옆집 아줌마가 입술을 맞물었다. 손전등 불빛에 의지해 벽을 더듬어 찾아온 터였다.

그래도 복이야. 복 받으셨어.

그런 말도 했다. 도무지 이해할 수 없는 말이었다. 나는 무릎에 얼굴을 파묻고 할머니 곁에 앉아 있을 뿐이었다. 할 수 있는 일이 없었다. 나는 어렸고, 무엇을 해야 할지 몰랐다.

삼촌도 없는데 혼자서 어떻게 하라고!

간간이 소리치고 원망도 하며 그러나 대체로는 무서워서 울었다. 장마가 너무 길어지는 바람에 장례 절차는 기약 없이 미뤄졌다.

이 죽일 안개…… 어쩌고 하며 옆집 아줌마는 서툰 걸음을 디뎌 걸어왔다. 내 끼니라도 챙긴다며 닭고기나 과일이 밀봉된 통조림을 비닐봉투에 담아 들고서였다. 그것도 며칠, 어느 날 문턱에서 넘어져 발목이 부러진 뒤로는 다시 오지 못했다. 아줌마의 남편이 딱 한 번 들여다봐주었다.

조금만 참아라, 곧 끝난다고 하니까.

그가 말했다. 문밖에서 형체 없이 들려오는 굵은 목소리에 나는 무서웠지만, 곧 끝난다는 그의 말에 얼마쯤 안도했던 것도 같다.

그 기나긴 장마 속에서 나는 숨쉬지 않는 할머니와 단둘이 시간을 보냈다. 며칠을 울고 나니 눈물도 더는 흐르지 않았다. 의지와 상관없이 어깨가 떨려오던 흐느낌은 점점 잦아들었다. 동공과도 같이 어두운 할머니의 벌어진 입속을 가만 들여다보다가 잠이 들었다. 다시 깨어서는 초를 켜고 선풍기를 돌리며 미적미적 움직거렸다. 습기 때문에 곰팡이라도 생길까봐 찬물에 담근 수건으로 할머니의 몸을 자주 닦았다. 마른 수건도 가져와 번갈아 두드렸다.

그리고 지난해 떠난 삼촌의 얘기를 했다. 죽어버린 할머니 앞에서야 할 수 있는 얘기, 살아서는 꺼낼 수 없던 얘기였다.

대충 살랬어.

나는 말했다. 삼촌이 방문을 걸어 잠그기 전에, 방으로 들어가기 전에 내게 무엇을 말했는지, 무슨 말을 들려주었는지에 대해.

대충 살아라.

한낮의 볕을 등지고 높은 마루턱에 걸터앉아 삼촌은 그렇게 말했다. 사는 건 별게 없다고, 아등바등 살아도 아무것도 없다고. 그러고는 기운 없이 고개를 떨어뜨렸다. 삼촌은 깡마른 체구에 낯빛이 늘 파리했다. 그날따라 유난히 얼굴이 새까매 보였다. 피곤할 때 한쪽만 집히곤 하던 쌍꺼풀이 오른쪽에 꽤나 짙었던 걸 기억하고 있다. 나는 외삼촌의 뺨과 목으로 이어지는 몇 개의 점들도 눈으로 세어보았다.

삼촌, 여기에 점이 많네?

엎드려서 문제집을 풀고 있었기 때문에 상체를 세워 올려다보느라 금세 힘이 빠졌다.

떼어가. 너 다 줄게.

삼촌이 흐물흐물 말했다.

싫어.

왜.

그냥.

내 말에 삼촌은 웃었다.

밥 먹어야지, 삼촌.

나는 다시 삼촌을 바라보았다.

먹고 있잖아.

내 머리칼을 손으로 흐트러뜨리며, 소주 한 모금씩을 꾸준히 입에 털어넣으며 삼촌은 어딘지도 모를 곳을 흐릿한 눈동자로 응시했다.

이게 내 밥이지.

금붕어처럼 뻐끔뻐끔 소주를 마셨다.

할머니가 삼촌 술 먹으면 안 된다고 했는데.

남자답게 비밀로 좀 해줘.

그럼 밥이랑 같이 먹어.

안 돼. 맛이 없거든.

말려도 듣지 않았다.

술은 맛있어?

물었더니,

세상에서 제일 맛있지.

삼촌이 양볼을 움푹 패며 대꾸했다. 소주병이 입에 닿았을 때 잠깐을 빼면 그의 입술이 금세 메말라 희끄무레해지는 걸 보았다.

그거 먹고 밥도 먹어, 삼촌.

나는 연필을 들어 부엌을 가리켰다. 점심이 차려져 있다는 의미였다. 그랬던 기억을 갖고 있다. 삼촌의 밥을 할머니가 차려놓았다고, 어서 가서 먹고 방에 들어가서 쉬라고. 삼촌은 밤새 책 보고 글 짓느라 힘드니까 낮에는 실컷 자도록 방해하지 말라고 할머니는 항상 말했으므로 나는 자꾸만 밥 먹어, 얼른 쉬어, 소리만 해댔다.

삼촌을 방해하면 안 돼.

불쌍한 네 애비를 잘 챙겨라.

할머니는 늘 똑같은 잔소리를 반복했다. 나를 향한 것은 아니었다. 그것은 분명히 그랬다. 언제나 자신의 가여운 두 아들을 향해 있었다. 전해지지 않는 애달픔과 도무지 가닿지 않는 애틋함이 뒤섞인 걸 느끼면서도, 어린아이가 은연중에 알아차리는 허전하고 서운한 마음은 멀찍이 밀쳐두어야 했다.

많이 먹었어.

그러나 그 말을 끝으로 삼촌은 주섬주섬 일어났다. 삼촌이 앉아 있던 마룻바닥은 금세 온기를 잃고 시서늘해졌다. 담요를 끌어와 덮던 그 선득한 오후에 나는 아마도 문제집 몇 장을 더 풀다 잠이 들었을 거였다. 삼촌이 방에 들어가는 뒷모습은 떠올릴 수 있지만 그가 언제 방문을 걸어 잠갔는지는 알지 못한다. 잠결에 삼촌이 방문을 걸어 잠그는 소리가 딱, 하고 나의 귓불을 때렸는지도 모를 일이나 내가 그를 다시 본 건 그로부터 사나흘은 더 지나서였다.

할머니는 망치를 꺼내왔다. 두세 번 내리쳐 걸쇠를 부수었다. 할머니가 이를 악물고 있는 힘을 다해 삼촌의 딱딱해진 몸을 문밖으로 끌어냈을 때, 마당에 아버지가 서 있었다.

어, 어머니. 나, 나 와, 왔는데.

아버지는 꽉 쥔 손을 허벅지에 붙이곤 차렷 자세로 달달 떨고 있었다. 기껏해야 옷가지 몇 벌쯤 들었을 닳아빠진 가방이 발등 위로 떨어져 속옷이 비어져나온 것도 모르는 모양이었다. 이제 와 생각하면 어렸던 나는 그 순간에, 어쩌면 비극이란 것의 우스꽝스러움에 대해 진작 알아버렸는지도 모를 일이다. 죽음은 멀리 있지 않고 가까이 있었다. 생의 끝이 지나치게 단조롭고 초라해서 의식이 노랗게 흐려질 정도였다.

# 43

살면서, 이십대 시절 내내 노동하고 살며 이따금 나는 삼촌의 마지막 말이 마음속 어디에선가 되살아나는 걸 느꼈다. 기억은 언제나 뭉개지고 비틀린다는 걸 알지만 그것만은 분명했다. 의심할 수 없었다. 결코 구부러지거나 덧씌워지지 않고 사실적으로 그것은 명백히 나에게 들러붙어 떨어지지 않았다.

대충 살아. 추, 대충 살아라.

그 말이 지문처럼 내 머릿속에서 둥글게 똬리를 틀었다는 걸 자각해야 했다. 일을 하고, 일해서 돈을 벌고, 돈을 벌어 삶이라는 형태를 유지해 나가며 '대충'이라는 단어를 기도문인 듯 자주 곱씹게 되었으니까.

대충 살아요, 삼촌?

묻는 내게 삼촌은 확신을 가지고 답했다.

그래, 대충.

대충 사는 게 뭔데?

말 그대로 대충이지. 대강대강.

경적이 울리듯 삼촌의 목소리가 들려왔다.

대강?

그래, 대강대강.

대강 사는 게 뭔데?

말 그대로 대강이지. 적당히.

연필의 뒤 꼭지를 이빨로 씹으며 입을 잔뜩 내밀고 나는 거듭해 물었을 것이다.

적당히?

그래, 적당히. 단순히.

단순히?

그래, 단순히. 얼렁뚱땅.

얼렁뚱땅?

그래, 얼렁뚱땅. 슬쩍.

슬쩍?

그래, 스리슬쩍.

그런 대화였다. 공이 오가지만 멈추지는 않고 어느 쪽도 점수를 올리지 못하는 밍밍한 게임처럼.

지나가게 두는 거야, 내버려두는 거야, 최선을 다하지도 말고, 있는 힘을 다하거나 열심히도 하지 말고, 너의 육체와 정신을 소진시키지 말고, 생이 너를 지나쳐가서 무기력하게 자진 소멸하도록 그저 놓아둬버리는 거야, 봐라, 추…… 이처럼 낮게 포진해 있는 안개를. 우린 아무것도 할 수 없어……

삼촌은 말했다. 사방 가득한 안개 속에서는 무엇을 하려 해도 하지 못하고, 무언가 하기란 애초에 불가능하며 결국에 우리는 '무엇' 앞에 '무력'을 먼저 맞닥뜨릴 것이라고. 아무것도 할 수 없음을 인지하고 인정하는 것만이 생을 대하는 최선의 태세라고. 그런 그의 말들이, 그러니 근근이 일해 하루를 버티던 내게 눈앞에서 빠르게 지나가는 열차처럼 달려오곤 했던 것이다.

대충 살래, 할머니.

나는 차게 식은 할머니의 손가락들을 쥐고 일러바치듯 말했었다.

삼촌이 나보고 대충 살라고 했어.

말하면서도, 그 의미의 진정이랄까 하는 것을 헤아리지는 못했다. 그럴 수는 없었다. 삼촌이 어떤 의도로 또 어떠한 생각에서 내게 그런 말을 농담처럼 진담인 듯 부려놓았는지 이해하기란 어려웠다. 그런 나이였다. 타인이 갖고 있는 속 안의 것을 쉽게 가늠하지 못하는 나이, 아리송하다고 느끼면서도 정체 모를 두려움에 선뜻 되묻지 못하는 나이.

대충 살아갈 수 있는 걸까, 열심히 살고 싶어지면 어쩌지…… 사는 방식을, 그 속도를, 그 의지를 마음대로 조절하며 살아나가는 걸까, 모두들.

다만 그때는 그런 의구심을 토해내며 짙고 짙은 안개 속에서 숨이 멎은 할머니와 지냈는지도 모르겠다. 어쩌면 나도 의식하지 못하는 사이에 나의 숨 또한 자진 소멸해주기를 간절히 바라면서.
장마가 끝나기 전에 안개를 조심히 몰아내며 구급대가 와주었던
가, 아니면 장마가 끝난 직후였던가. 할머니는 병원으로 옮겨졌
다. 나는 할머니의 발밑에 쪼그리고 앉아서 다시금 울면서 이동했
다. 할머니는 딱히 자다가 심장이 멈춘 게 아니었는지도 모른다.
오지 않는 잠을 기다리며 말똥거리던 그 밤에 매일 그리워하던 둘
째 아들의 환영을 보았는지도 모를 일이다. 나는 할머니의 벌어진
입을 어느 순간에 힘주어 잘 닫아주었나. 양초는 충분했나, 아니
면 부족해 며칠을 어둠 속에 있었나. 중간에 아버지가 다리를 절
며 방으로 들어왔었나. 괘, 괘, 괜찮아, 말하곤 나를 껴안아주었었
나, 아니면 할머니를 껴안고 잠들었던 나를 벽에다 밀쳐버리고 제
어미의 가슴팍에 얼굴을 묻은 채로 통곡했었나. 기억은 왜곡되고
변형된다. 회상과 상상 속에서 자꾸만 굴절된다. 내가 지닌 나의
기억을 나조차 신뢰할 수 없다.
　안다고 생각해서는 안 됐습니다. 그러면 안 되는 거였어요.
라고 말하던 에이 군에게서 그래서 나는 일말의 동질감을 느꼈다.
누군가를, 상대를, 결코 안다고 자신해서는 안 된다는 말. 안다고
믿었으나 그 믿음이 제 목을 죄어왔다는 걸 에이 군은 고백한다.
나 역시 절감한다. 우리는 누구도 서로를 알 수 없다. 제대로 명징
하게 상대를 알기란 어렵다. 안다는 건 단순히 '안면을 익혀 알고
지내다'의 의미만 갖는 건 아닐 것이다. 대화를 나누고 감정을 교

류하는 친밀감, 이라는 뜻이 '안다'라는 말에 들어 있을 테다. 하지만 사람과 사람 사이에는 순수한 앎의 상태란 불가능하다. 마음은 시시각각 바뀌고 사고는 빈번히 변화한다. 누가 누구를 안다고 확신하는 건 자만이고 폭력이다.

그토록 오랜 기간 같이 머리를 맞대고 밥을 먹었어도 할머니는 삼촌이 제 방문을 걸어 잠근 이유를 알 수 없다. 누구도 그것을 알지 못했을 것이다. 알았어도 뒤미처 확신할 수 없었을 뿐일지도. 아버지 또한 엄마가 떠나버린 이유를 모른 채로 찾아다녔을 수 있다. 도망해버린 이가 가해와 피해 어느 쪽에 서 있는지도 알 수 없는 일. 모든 벌어진 일들의 연쇄는 다만 짐작으로만 그칠 따름이다. 적확한 이해는 없이 정확한 오해만이 있다. 성실히 축적돼나가는 서로의 오해 탓에 마음은 언제나 무겁고 삶은 고되다.

어째서 갑자기 이렇게들 죽어버리는지도 나는 알지 못한다. 할머니는 나조차 몰랐다. 나를 알았다면 그렇게 죽어버릴 수는 없는 거예요, 라고 대항하는 마음으로 나는 살아왔으니까. 어린 손자보다 다 큰 아들을 더 사랑해서 그토록 허무히 죽어버렸다면 나쁜 거예요, 라고 미워하는 마음으로 나는 버텨왔는지도 모르니까. 어느 날엔 하루하루를 지탱하는 어떤 동력이랄까 하는 것이 너무나 바닥나서 나도 자다가 일순간 죽어버렸으면 하는 밑바닥의 심정으로 지내왔다. 삼촌의 말대로라면 우리는 대충 살아버려야 하니까. 대강대강, 얼렁뚱땅, 스리슬쩍 생이 나를 그저 지나쳐버리도록 놓아둬버려야 하는 거니까. 그게 맞는 거니까.

그러나 나는 여기에 있다.

# 44


제발 멍때리지 마.

약이 말했다. 무엇이든 다 시답지 않다는 표정으로.

죄송합니다.

주의를 받았다고 여겼는지 소파에 앉아 있던 에이 군이 자세를 바로 고쳐 앉았다.

존대 좀 집어치워.

약이 머리칼을 흩뜨리며 한숨을 쉬었다.

죄송합니다.

에이 군이 또 대꾸하고,

병신.

약이 괴로운 얼굴로 고개를 저었다.

그러나 나는 여기에 있다. 매일같이 소주병을 끼고 뒹굴며 자기 몸을 조각내버리려 안달복달하는 약과 함께.

에이 군의 옆에서, 그가 뱉어놓은 말들에 대해 나는 몇 날을 더 고민했다.

나는 약과 친한가.

나는 약을 아는가.

답은 언제나 '글쎄' 이것 하나였다. 에이 군의 말대로 약과 친하지만 약을 모른다고 생각해버리면 되는지, 아니면 약에 대해 잘 알지는 못하지만 약과 알고 지낸다, 쯤으로 결론을 내리면 되는지 아리송했다. 약을 존중하기 위해서는 내가 알지 못하는 약의 어떤 부분들을 인정하고 그를 내버려두어야 한다. 내가 기억하는, 잊지 않는, 다시 만났을 때 망설여졌던 이유인 그 장면마저도 다른 것과 전혀 다르지 않게 그저 놓아두어야 한다. 그러나 이러다 약이 어디 높은 곳에서 제 몸을 떨어뜨려버리면, 그도 아니라면 장난감처럼 손에 쥐고 다니는 은빛 단도로 언젠가는 능숙히 제 목을 뚫어버리면, 다시는 약이 내뱉는 '병신' 소리를 못 듣게 되어버리면, 그래버리면 어떻게 되는 건지 생각을 거듭할수록 머리가 아팠다.

나는 약과 친한가.

나는 약을 아는가.

아픈 걸 넘어 기어이 골이 빠개질 것 같은 순간마다 나는 아스피린을 먹었다. 그리고 그저 홀맨, 그것이 여기서의 나의 이름이고 그 이름을 붙여준 게 약이라는 생각을 잊지 않는다. 잊지 않고 산다. 그저 살아간다. 그렇게만 결론을 냈다.

쓸데없이 멍때리는 시간이 길어지는 건 장마 때문이야.

나는 쓰레기를 모아 버리듯 잡념들을 모아 멀리 치워버리려 애썼다.

나와 약과 에이 군은 간이침대 몇을 펼쳐놓고 사무실에서 숙식을 해결했다. 시리얼이나 사발면, 통조림 같은 것으로 끼니를 때웠다. 적당히 씻고 적당히 잤다. 문조차 거의 열지 않고 지냈기 때문에 갇혀 있다고도 볼 수 있었지만 한편으론 분주했다. 깨진 형광등이나 떨어져나간 타일, 터져버린 수도꼭지 같은 사무실의 이런저런 것들을 보수하고, 메말라 쪼그라들거나 부서진 햄 조각들을 쓸어내는 데만도 시간이 꽤 걸렸다. 나는 굳어버린 햄 부스러기들을 쓰레기봉투 속으로 후두두 떨어뜨려 버렸다. 텅 비어버려 소음도 환멸도 없는 이곳이 대체로는 평화로웠으나 대개는 지리멸렬했다.

약은 온종일 텔레비전 뉴스를 틀어놓았다. 같은 꼭지의 뉴스가 시간대별로 반복되어도, 약은 처음 보는 것처럼 신경을 집중했다. 나도 곁에서 무심히 보았다. 화면 맨 아래 자막으로 지나가는 '오늘의 햄' 같은 건 뜬금없이 소리 높여 읽기도 했는데, 어린애 흉내를 내는 그의 발음과 발성이 우스워서 나도 에이 군도 웃어버렸다.

무슨 짓이야!

낄낄거리다가 제이의 이름을 들었다. 잘못 들었나 했지만 아니었다. 약이 죽 읽어가는 '오늘의 햄'의 명단에서였다. 이름도 나이도 주소도 제이가 분명했다. 발견 장소는 제이가 살던 빌라의 화단이었다. 나는 몇 번이고 되풀이해 지나가는 제이의 이름을 똑똑히 보았다.

어째서…… 남동생들은 모두 어디에 있지……

고민하다가 나는 머리를 흔들었다. 신원이 확인되었다는 건 다행한 일이지만 '오늘의 햄'으로 보도되었다는 건 가족이나 친인척과 연락이 닿지 않고 있다는 의미였다. 나는 며칠간 제이의 생각으로부터 벗어나지 못했다. 제이라면 그럴 리가 없는데, 햄이 될 리는 결코 없는데 싶어서 자꾸만 골몰하게 되었다.

관할 경찰서에 전화를 걸어볼까 고민하다가도,

아니 내가 무슨 자격으로?

금세 의기소침해졌다. 제이는 반가워하기보다 수치스러워할지도 몰랐다.

뉴스가 나간 뒤 누구라도 연락이 닿았을까, 아직 아니라면 어쩌지……

혼란스러우면서도, 나는 끝내 아무런 행동도 취하지 못했다.

어째서 이렇게 생겨먹었나.

스스로에게 진절머리가 났다.

## 45

한 일이 있다면, 맥도날드에 가본 것이었다. 그곳에 제이가 있는 것도 아닌데, 없다는 걸 알면서도 나는 갔다. 버스와 지하철을 바꿔 타고 가는 길에 간간이 표식과도 같은 걸 보았다. 검은 아스팔트 바닥에 찍힌 하얀 도장이나 새빨간 페인트로 벽에 휘갈겨 쓰인 낙서들이었다. 안개가 짙은 곳에서는 보이지 않았다가도 조금 옅어진다 싶으면 이동중에도 여지없이 눈에 띄었다.

I am not a ham.

정갈하게 찍힌 로드 스탬프도, 거칠게 적힌 글자도 모두 동일한 무게의 감정을 싣고 있는 듯했다. 나는 곳곳에 위치한 그것들을 맥없이 눈으로 좇았다.

아이 엠 낫 어 햄.

나는 햄이 아니다.

따라 읽어보기도 했지만 속으로만 그쳤다. 입 밖으로 소리를 내는 것에도 기운이 들어서 나는 침묵했다. 제이는 웃었었다. 이런 건 써봤자, 하고 말했었나. 기억엔 그랬다. 함께 집으로 돌아가던 안개 자욱한 그 밤에 습기 찬 더러운 담벼락을 손바닥으로 쓸면서 제이는 피식거렸다. 그러면서 이런 건 써봤자 아무 소용도 없는 거예요, 라고 중얼거렸다.

볼 때마다 환멸스러워.

제이의 목소리가 아주 먼 곳에서 들려오는 듯해서 나는 잠시 잠깐 멍하니 귀를 매만졌다. 환멸이라니. 당시에는 제이가 내뱉은 그 말이 어쩐지 이질적으로 느껴졌다. 성실한 노동으로 하루를 채워나가던 때였고, 햄이 아니라는 선언 혹은 경고와도 같은 글귀들은 이 세계를 향한 어떤 대항의 태세로서 당연하다고 여기던 시기였다.

햄이 아니다.

나는 햄이 아니다.

당연하지 않은가. 우리는 모두 햄이 아니다. 우리는 절대로 햄이어서는 안 된다. 그런 마음. 그런 태도. 그것만이 중요한 삶의 자세. 그러니 포효와도 같이 인간이라는 동물의 울부짖음과도 같이 햄이 아니라고 말하는 건 아니 말할 줄 안다는 건 너무나 당연하다고 생각했었다. 말해야 한다고, 말하는 게 필요하다고도. 그런데 환멸이라니.

환멸스럽다는 제이의 말에 나는 고개를 갸웃거렸었다. 그 말을 나는 이후로도 오래도록 마음에 담아두었었다. 제이의 말 속엔 무언가 깨어졌다는 의미가 담겨 있었을 거였다. 꿈이나 기대 또는 환상 같은 것. 말하자면 미래 같은 것. 미래는 아직 오지 않았으나 어쩌면 영영 오지 않을지도 모른다는 고통스러운 짐작. 나는 제이가 느끼는 괴롭고도 속절없는 마음을 헤아리려 애쓰면서 그녀와 보폭을 맞추어 걸었다. 그러다 어느 편의점 앞에 멈추어 서서는 유리창에 내걸린 TV에서 나오는 재니스 조플린의 다큐멘터리 영상 따위를 꽤 오랜 시간 집중해서 보았지. 그랬던 기억을 가지고 있다. *내 마음을 또 줄 테니까 받아요…… 이미 당신 거라는 걸 안다면 기분이 좀 나아질까요……* 라고 흘러나오는 노랫말에 가슴이 두근거리던. 내 심장 소리가 너무 크게 들려서 숨이 턱턱 막혀오던.

그만둔 지 이 년이 훌쩍 넘어 돌아가본 맥도날드는 그대로였다. 매달 수시로 바뀌는 신제품 출시나 할인 행사 포스터만 아니라면 변함없이 똑같았다. 시간이 멈췄다고 생각될 정도로. 여전히 손님들로 북적였다. 크루들도 바쁘게 응대하며 움직이고 있었다. 간간이 매니저가 오가는 모습이 눈에 들어왔다. 나는 모자를 푹 눌러썼다. 그리고 어렵게 받아낸 휴가의 오후를 오롯이 맥도날드 앞에서 서성였다. 매장 안에 쓰레기통이 분명 놓여 있는데도 밖으로 나와서야 바닥에 쓰레기를 떨어뜨리고 가는 손님 몇을 맥없이 바라보았다. 그들이 내버린 음료 컵을 발로 밟거나 문대며 시간을 보냈다.

아버지가 불질렀던 도로 맞은편의 건물은 오래전에 완공된 듯했다. 새로이 지어진 그 건물은 이전보다 더 크고 높고 웅장하고 세련돼 보였다. 더는, 고작해야 인간의 그 어떤 거대한 분노나 일순간 끊어진 이성의 힘으로도 붕괴되지 않겠다는 듯 단단한 인상을 주었다. 건물 전체에 입점해 있는 건 아쿠아리움이었다. 사람들의 발길이 끊이지 않았다. 가족이나 연인, 친구들로 보이는 무리들이 쉴 틈 없이 웃고 재잘거리며 입구를 오갔다. 손에는 온갖 주전부리며 기념품 봉투 들이 들려 있었다.

보세요. 아버지.

나는 탄식했다.

아버지가 한 행동은 정말이지 무력한 것이었어요.

원망도 일었다. 아버지는 무엇을 향해 불을 붙였나. 무엇을 위해 불을 질렀나. 겨우 이렇게 될 것을, 이렇게 되어버리고 말 것을. 아버지는 결국 아버지의 정신과 육체에 방화했을 따름인 것을.

나는 푸른빛의 대형 수족관을 상상했다. 상상하지 않을 수가 없었다. 한곳에 고인 채로 그러나 썩지도 않고 다만 푸르고도 무겁게 출렁이는 거대한 수조, 그 안에서 끊임없이 숨쉬고 헤엄치고 먹고 배설하는 종種들을. 통유리를 사이에 두고 바라보는 수족관의 물고기들과 맥도날드의 점원들은 서로가 전혀 다르지 않아 보일 것만 같았다.

해가 지고, 안개가 더욱 짙어질 때까지 나는 건물 모서리에 기대어 서 있었다. 안개 때문에 으슬으슬해져오는 한기를 다스리려 애썼다. 왜 그렇게 고집스레 맥도날드 앞에서 시간을 보냈는지는 나로서도 모르겠다. 그저 매장의 불이 모조리 꺼지고, 마지막으로 매니저가 퇴근해 멀어지는 걸 보았다. 그러자 내가 지나온 인생의 어느 한 시기가 점멸되어버리는 기분이 들었고, 어떤 죄의식이나 자기모멸감도 이 순간의 치욕을 대신할 수는 없으리라는 생각마저 밀려왔다.

아버지도, 제이도 곁에 없다.

이제 와 돌아갈 수 없는 시절 속에만 그림같이 그들이 있다.

아버지를 위해서, 제이를 위해서도 나는 아무것도 하지 못했다는 자각이 들었다. 이렇듯 무거운 내 무기력의 중량이 허망했다. 그제야 코끝이 시큰해졌다. 솟구치는 화를 참지 못하고 나는 울었다. 신발 밑창으로 툭툭 굴려대던 유리병 하나를 손으로 집어올렸다. 그리고 던졌다. 어둡고 컴컴한 그곳으로, 내가 가할 수 있는 최대한의 힘으로.

그러나 부서진 것은 내가 던진 작은 유리병이었을 뿐, 맥도날드 매장의 통유리는 실금 하나 가지 않았다. 유리병의 파편이 뺨으로 튀어 눈 밑이 찢어진 채로 나는 한동안 서 있었다. 가슴에 차오르는 숨이 더웠다.

햄.

아이 엠 낫 어 햄.

담벼락 아래 휘갈겨놓은 낙서 나부랭이나 된 듯 나는 붙박여 움직이지 못했다.

# 46

아무 일 없고, 아무 일도 벌어지지 않는다고 생각한 기나긴 장마의 끝자락에서 아무 일은 일어났다.

이렇게 안개가 심한데 대체 어디를 갔지.

종종거리며 게임장 구석구석을 뒤졌는데 에이 군이 어디에도 없었다.

어디에 간 거야.

나는 걱정했는데,

어디에 갔겠지.

약은 또 심드렁했다.

떠났다는 거야?

놀라서 물으니,

모르지, 그거야.

약은 어깨를 으쓱해 보이곤 소파에 누워 빈둥거렸다. 좀체 대화가 되지 않았다. 저녁을 먹을 때도, 잠을 잘 때도 에이 군은 돌아오지 않았다. 안개 때문에 나가서 찾는 일은 수월하지 않았다. 돌아오기만을 기다려야 할 뿐 방법이 없었다.

내일이면 장마도 끝이라는데 이런 궂은 날에 인사도 없이 떠나
버렸다는 건가, 떠났다면 어디로, 어떻게……

나는 조금 서운했다.

동생이 그렇게 떠난 뒤 나는 과정을 다 마치지 않고 학교를 나
왔습니다. 아무런 보람이나 기쁨도 느낄 수 없었으니까요. 학생으
로서 가졌던 어떤 열정과 자부도 깨끗이 사라졌습니다. 학교를 나
오고 나서야, 내게는 시간을 허비했다는 자괴와 청춘을 낭비했다
는 허무와 이제 어디로 가야 할지 모르겠는 무기력만이 남았다고
느꼈어요. 그리고 이 모든 게 상실감이라는 걸 알았죠. 학생이 아
니라면 일을 해야 하는 거였더군요. 일하지 않으면 햄이 되고요.
그런 기본적인 상식도 나는 없었나봅니다. 참으로 무지하게 살아
왔다는 걸 깨달았어요. 열심히는 살았는데 잘살지는 못했다고 여
기게 됐습니다. 순순히요. 닥치는 대로 몸을 던져 일해왔지만 밖
은, 사회는, 녹록지도 만만치도 않았습니다. 서툴렀던 탓일까요.
결국엔 햄이 되고 말았고, 이렇게 여기에 있게 됐지만요.

에이 군이 떠들어대던 그런 말들을 복기하며 나는 누워서 오래
뒤척였다. 턱끝까지 끌어당겨 덮은 담요는 좀처럼 따뜻해지지 않
았다.

**이렇게 여기에 있다**.

그런 말들도 곱씹어보았다.

이후로는 잃어버린 것에 대해 자주 생각합니다. 내가 잃어버린 것, 놓쳐버린 것, 붙들지 못한 것에 대해, 그러면 가슴 아파졌고…… 아닙니다. 다 부질없죠.

에이 군은 '부질없다'는 표현을 말끝마다 마침표처럼 붙여넣었으므로,

부질없지 않아요.

듣다못해 가끔은 그런 추임새를 넣기도 했다. 그건 순전히 그렇게 말하는 에이 군의 얼굴이 너무나 가감 없이 쓸쓸해 보였기 때문이었다. 그러면 에이 군은 그런 고단한 얼굴로 밋밋하게 웃었다.

아닙니다, 부질없어요.

그런가요.

그렇습니다.

정말 그럴까요.

그렇죠. 부질없고, 쓸데없고, 쓸모없습니다.

그렇군요.

그렇습니다. 청춘인데 청춘이 아니고, 젊은데 젊지 않고, 햄이 아닌데 햄입니다. 그런 상태입니다. 그런 기분이에요. 우리는 많은 걸 잃어버렸고, 놓쳤고, 붙들지 못했고, 그래서 가슴 아파졌고…… 괜한 말이지요. 다 부질없습니다.

도돌이표 같은 말들을 읊조리는 에이 군 앞에서 나는 어떤 표정을 지어 보였을지 모르겠다. 나조차도 모르는 나의 얼 먹은 표정

이 그를 다시금 더 쓸쓸하게 했는지도 모를 일이지, 그런 생각이 들었다. 나는 한기를 느끼며 담요를 이마까지 당겨 덮었다. 에이 군은 어디로 갔을까. 왜 돌아오지 않을까. 나 때문일까. 내가 고개를 주억거리면서도 그런가요, 그럴까요, 와 같은 무의미한 대꾸만을 해주어서일까. 에이 군이 가고 없는 자리에 누워 나는 괜히 그랬던 게 쓸쓸해졌다. 대화다운 대화를 같이 나눠주지 못했던 것 같아서. 우리에게 대화다운 대화가 생겨날 리 없다고 자조하면서도 마음이 쓰이는 건 어쩔 수가 없었다. 나는 혹시나 하는 마음으로 불을 켜두고 잤다. 깊이 잠들지는 못했다.

# 47

다음날 아침, 나는 약이 내지르는 고함 소리에 눈을 떴다. 비명인 듯 아닌 듯 약의 고성이 들려왔다. 사무실 밖으로 번뜩 나서니 게임장 입구의 셔터가 반쯤 올라간 게 보였다. 안개는 많이 흩어진 듯 새어 들어오지 않았다. 바깥은 꽤 밝았지만 아직 해가 완전히 뜨진 않은 것 같았다. 나는 감출 수 없는 불안함을 느끼며 한 발 두 발 앞으로 빠르게 걸었다. 발에 꿰어 신은 슬리퍼가 벗겨질 듯했다. 가까이 갈수록 성난 소리는 더 크게 들려왔다.

추! 이걸 봐, 너도 눈깔이 있으면 이걸 봐라!

약은 배를 쥐고 바닥을 뒹굴며 거의 우는 듯 끅끅거리고 있었다.

이걸 좀 보래도!

약의 손가락이 가리키는 곳으로 시선을 옮겼다. 거기에 에이 군이 있었다. 검은 시멘트 바닥에 한없이 낮게 엎드린 자세로. 그의 머리는 깨져 이마와 콧잔등이 피로 범벅된 채였다. 나는 어떤 절망과도 같은 그러나 그것만으로는 도저히 더 설명할 수 없는 감정에 휩싸였다. 가까이 다가갈수록 그랬다. 숨이 턱턱 막혔다. 눈물도 울음도 나지 않고 그저 누가 나의 목을 조르기라도 하는 듯 숨이 가빠왔다. 축축하고 미끄덩한 그의 어깨를 천천히 잡아 돌리는데 손이 덜덜 떨렸다. 그는 눈을 뜨고 있었다. 그의 눈을 바라보는 시간이 영원의 감옥처럼 느껴졌다. 미처 감기지 않은 그의 눈은 어딘가 또렷이 응시하는 듯 보였다.

무언가 있다고 믿는 눈.

아직 도착하지 못한 어느 곳에 분명히 무언가 있다고 아는 눈.

온갖 일이, 여기 아닌 저기 너머에서 벌어진다고 생각하는 눈.

먼 곳을 향해 있는 눈.

그 눈에서 공포가 읽혔다. 나는 그것을 오롯이 감지해야 했다. 이토록 무참한 살해가 어디 있나. 이처럼 굶주린 자기 살인이 어디 있나. 나는 갑갑했다. 숨이 잘 쉬어지지 않았다.

성공했군.

약은 여전히 가래 끓는 소리를 냈다.

병신이 성공했어!

너무 바짝 붙어서 뒹구느라 머리칼이며 어깨며 티셔츠가 핏빛으로 물드는데도 약은 아랑곳하지 않고 키들거렸다. 에이 군의 등 위로 올라타서 눕는답시고 짚고 일어나려다가 또 배를 잡고 뒹굴었다. 초점이 맞지 않는 눈으로, 약마저도 도대체 어디를 보고 있는지 모를 눈을 하고서 제 팔다리를 허둥거렸다. 선로 위에 바로 누워 기차를 기다리려는 아이처럼, 눈앞에 레일이라도 펼쳐진 듯

굴어대는 약을 뜯어말리다가 나부터 기진맥진해지고 말았다. 정
도 이상의 자극으로 날뛰고 있는 저 드센 기운을 감당해낼 수가
없었다.

존경한다, 정말이지 존경해!

약은 고래고래 악을 썼다. 약의 새까만 눈이 긴장과 흥분으로
반질거리는 걸 보았다. 나는 두려워졌다. 내가 잊지 않고 있던 그
장면 속에서의 약도 저처럼 웃는 듯 우는 듯 기괴하고 모호한 얼
굴이었다.

뿌리를 내리듯 안개가 고요히 번져나가던 그 밤. 아르바이트를
끝내고 다시 학교로 올라온 탓에 제법 늦은 시간이었다. 오전 공
강중에 들렀다가 모르고 두고 온 전공 책이 있어서 서둘러 학회실
에 다다랐던 때였다. 다음날 강의에 쪽지시험이 예고돼 있었기 때
문에 마음이 급했다.

손잡이를 비틀어 문을 열고 불을 켜려는데,

시발, 안녕!

누군가 경쾌히 인사했다. 사람이 있을 거라는 예상을 하지 못했
기에 나는 놀라서 조금 뒷걸음질쳤다. 잠시 망설이다가 벽을 더듬
어 형광등의 스위치를 켰다. 순식간에 밝아졌고, 내게 인사한 누
군가가 차가운 바닥에 누워 다리를 들고 덜렁거리는 모습을 보았
다. 그게 약이라는 걸 알아차리기까지는 오래 걸리지 않았다. 우
연히 마주칠 때마다 눈이 멀 듯 쏘아보는 그의 눈빛이나 한껏 앞

으로 굽은 어깨 따위를 은연중에 기억하고 있었으니까. 약은 고개를 슬쩍 들어 나를 보며 킬킬거리다가.

시발이라고!

안녕이라고!

입에 물고 있던 소주병을 가슴에 품어 안으며 소리를 질렀다. 키들거리는 제스처와 달리 약의 얼굴은 눈물에 번져 있었다. 울어서 눈두덩이 벌게지고, 울어서 뺨이 상기되고, 울어서, 입술이 비죽비죽 타들어가는 얼굴이었다. 울음이 잔뜩 고인 눈을 하고 그러나 약은 바닥에 등을 바싹 붙인 채로 누워 웃고 있었다.

제가 책을 두고 가서……

나는 머뭇거리며 소파 구석으로 향했다. 책을 찾느라 팔을 뻗어 더듬으려는데, 그때에 약이 몸을 휙 일으켜 나를 잡아챘다. 내 손이 그의 바지춤 안으로 쑥 빨려들어갔다.

넣어줘.

약이 말했다. 나는 당황했다. 손을 빼내려 했지만 그의 힘이 너무나 완강해서 얼마쯤 실랑이하다 오히려 그의 몸 위로 나자빠져 뒹굴고 말았다.

이게 무슨 미친 짓이야!

나는 반사적으로 일어나 그의 배 언저리를 발로 찼다.

넣어줘……

그는 바닥에 구른 모양새 그대로 맥없이 멈춰서 웅얼거렸다. 도

무지 아무것도 담기지 않았던 텅 빈 그의 눈에 눈물이 차올라 그
렁그렁 고이는 걸 보았다. 나는 곤혹스러움과 두려움이 뒤섞인 복
잡한 기분에 휘감긴 채로 그에게서 도망쳤다. 그가 신음처럼 울음
과 함께 뱉어내던 말이 누나였다는 건 나중에 알게 된 사실이었
다. 지금의 약에게서 오래전의 모습이 겹쳐 보이는 건 어째서일
까. 그때의 그는 분명 울고 있었는데, 웃고 있는 지금과 결코 다르
지 않은 듯 느껴졌다.

# 48

사장은 할리데이비슨을 몰고 왔다. 검은 양복을 멀끔히 차려입고서였다. 시신을 수습하고, 경찰에 인도하고, 조사에 순순히 협조했으며, 에이 군의 부모와 대면했다.

부부는 그다지 나이들어 보이지 않았다. 머리칼이 잘 손질돼 있었고, 수수하지만 맞춰 입기라도 한 듯 단정한 옷차림이었다. 그들의 잿빛 정장이 안개에 슬쩍 젖어들어 얼룩덜룩해 보였다. 나는 하얗게 질린 부부의 얼굴을 바라보았다. 무언가 할말을 감춰놓은 듯 보이기도, 할말 같은 건 전혀 남아 있지 않은 듯 보이기도 했다. 표정이나 속내를 읽을 수 없는 죽은 낯빛이었다. 아내는 초조히 맞잡은 두 손을 풀지 않았다. 남편은 그런 아내의 어깨를 여러 번 손으로 잡았다 놓았다. 그들은 체념하는 어조로 부검을 원치 않는다고 말했다.

이게 이 아이의 선택이라면 존중해야겠죠.

대체로 그런 뜻을 밝혔다.

스스로 선택했다고 보시는 겁니까.

경찰이 물었다.

그렇습니다.

그들은 차마 입술이 떨어지지 않는다는 듯 괴로운 얼굴로 고개를 끄덕였다. 경찰도 머리를 주억거렸다. 추락사와 실족사를 두고 고민하다가 단순 자살로 수사를 종결해버렸다.

신세를 졌습니다.

에이 군의 어머니는 가까스로 말했다. 목소리가 너무 작아서 잘 들리지 않을 정도였다. 그들은 함께 고개를 조금 숙였다. 누구에게로 향하는지 모를 인사라고 느꼈으나,

유감입니다.

사장은 사회적 가면이라도 쓴 듯 굳은 표정으로 아버지의 손을 잡았다 놓았다. 나는 약이 안면 근육을 씰룩이며 낄낄대려는 걸 목덜미를 세게 잡아 말렸다. 약은 몸을 틀며 입술을 깨물었다. 담요로 몸이 감싸인 에이 군은 흰 천으로 덮인 채 병원 구급차에 실렸다. 주저앉거나 눈물짓지도 않고, 에이 군의 부모는 해쓱한 얼굴로 차에 올라탔다. 경찰차도 구급차의 뒤를 따라 출발했다.

아 씨, 왜 그래!

그들이 멀어지자 약이 끅끅거리며 내 정강이를 발로 찼다.

좋은 일이잖아, 얼마나 행복해!

약은 양어깨를 움찔거리며 희희낙락 홀을 싸돌아다녔다.

나는 에이 군의 어머니가 한 말을 오래 곱씹었다. 신세를 졌습

니다, 라니. 으레 내뱉는 인사였겠으나 아들의 죽음이 겨우 누군가에게 폐를 끼치는 일이라고 생각한 것이라면 씁쓸하지 않을 수 없었다. 그러나 시간이 흐를수록 어머니의 그 말처럼 슬픈 뉘앙스도 없지 않나 하는 마음이 다시 들었다. '신세'라는 말은 일신상의 어떤 처지와 형편을 가리킨다. 주로 불행한 일과 관련된다. 신세를 졌다는 건 그렇다면 불행한 일이 일어났어요, 라는 의미와도 같을까. 이 모든 불행에 시작과 끝이 있다면 무엇이었던 걸까. 나는 타오르듯 숨이 뜨겁고 갑갑하고 울적했다.

이게 무슨 꼴이야!

유감이라고 하더니 사장은 세상만사가 다 귀찮다는 얼굴로 돌변했다.

그러니까 일단 햄이 된 것들은!

약을 앉혀놓고 그는 닦달했다. 구색을 갖추듯 햄 같은 걸 자꾸 데려와 세워놓지는 말라고 얼렀다.

생각 좀 하고 살자, 응?

사장이 소리질렀다.

잔소리하지 마요.

약은 새끼손가락으로 귀를 후비며 대꾸했다.

여기 하루에도 수십 개씩 나뒹구는 햄들이나 좀 곱게 치워보고 말하시든지!

약이 어깨를 옴츠리고 웃어댔다. 아니 얼마나 고맙냐고 햄이 돼버릴 것들이 제 발로 찾아와 돈 쓰고 시간 써주는데, 쓸모없고 쓸데없는 찬란한 제 인생들을 깔끔히 내버려주느라 저 용을 써대는데 조상님께 감사라도 해야 하지 않느냐고, 약은 고래고래 악을 썼다.

그런데 뭐, 햄 같은 걸 세워놓지는 말라니……

약은 웃음을 멈추지 않았다.

왜? 너는 햄이 아니야?

그의 웃음소리가 사무실을 채우고, 텅 빈 게임장 안에 울려퍼졌다.

너는 햄이 아니냔 말이야.

실뭉치 같은 게 있다면 마구 헝클어지기라도 한 듯 그 소리는 복잡하고도 쓸쓸하게 들렸다.

미친 새끼.

사장은 의자 하나를 발로 캉, 차버리곤 신경질적으로 사무실을 빠져나갔다.

# 49

영업은 곧 개시되었다. 장마가 끝나고 안개가 부쩍 옅어진 때였다. 오후에는 간간이 빛도 비치는 나날에 손님들이 다시 몰려들었다. 그들은 젖어든 머리카락과 어깻죽지를 탁탁 털어 말린 뒤 안으로 들어왔다. 각자 한 자리씩을 차지하고는 게임에 몰두했다. 누구는 잭팟을 터뜨렸고 누구는 빈손이 되었다. 귀를 찢을 것 같은 거센 소음이 다시 휘돌았다. 아무 일도 없었다는 듯 나는 다시 체력단련실 앞에 서서 대기했다. 누구는 나를 때렸고 누구는 나를 때리지 않았다. 나는 맞거나 맞지 않았다. 맞는 것과 맞지 않는 것에 딱히 큰 차이는 없었다.

한동안은 에이 군을 생각했다. 열중쉬어 자세로 서 있을 때도, 낯모르는 손님의 발길질에 정강이가 차여 뒹굴면서도 생각하지 않을 수 없었다. 당연한 일이었겠으나 나는 에이 군을 몰랐다. 햄으로, 햄이 아닌 채로 얼마간 함께 지냈을 뿐이다. 고작해야 한 달이 조금 넘는 짧은 시간에 에이 군을 알았다고 말하기도 뭣하지만, 그래도 이런 결말을 예상하지는 못했으므로 나는 에이 군을 몰랐다고 말해야 할 것이다.

나는 에이 군의 바지춤에서 끄집어낸 걸 다시 내 주머니에 넣고 만지작거리는 버릇이 생겼다. 칸마다 모조리 뜯어내 비워져버린 알약 한 박스. 그건 안개가 극심하던 어느 날 밤, 내가 잠 못 드는 에이 군에게 건넨 수면유도제였다. 수면제와는 다르다 해도 수면제와 다를 바 없는 효과를 내는 약이었다. 에이 군은 칸칸이 뒤덮은 은박을 정확히 마흔여덟 번 찢어내고 마흔여덟 알의 수면유도제를 손에 쥐었을 거였다. 그리고 그것을 단숨에 뱃속으로 털어넣고, 혼미한 정신으로 빗물받이통을 밟아 게임장 지붕 위로 올라갔던 거겠지. 나는 상상이 잘 되지 않았다. 어떤 어렴풋한 상태로 그가 움직였을지, 어떤 속도로 그가 바닥으로 떨어졌을지. 눈꺼풀이 떨려왔다.

마흔여덟 개의 알약 전부를 목구멍에 성급히 쑤셔넣으라고 그에게 주었던 게 아니었다. 선택이나 받은 자처럼 나는 궁금했다. 에이 군은 무슨 생각으로 여기에 왔을까. 어떤 마음으로 햄이 되고 또 어떤 마음으로 여기에 다다랐을까. 내가 약을 따라 이곳으로 흘러들어왔을 때 여기가 끝이라고 느꼈던 것처럼, '이후'나 '다음'은 없다는 걸 알아차렸던 것처럼 에이 군도 그랬을까. 그랬던 걸까. 그것이 다만 절망스러워, 내가 건넨 수면유도제를 어떤 사인처럼 받아들인 건 아니었을까.

생각하다보면 나는 또다시 뒤이어 '아닐까'의 사슬에 갇혔다.

갇혀버리고야 말았다. 햄이 아니게 되었어도 햄이었을 때와 별반 다르지 않아서, 그의 말대로라면 청춘인데 청춘이 아니고 젊은데 젊지 않고 햄이 아닌데 햄이어서, 그런 상태이고 그런 기분이어서, 그는 그것에 급작스레 신경질이 난 건 아니었을까. 나와 약 같은 치들의 곁에서 먹고 자고 일하며 햄이었을 때보다 아니 햄이 아니었던 이전의 시기보다 나날이 더 큰 좌절감을 맛보았던 건 아니었을까. 그리하여 마음이나 기운 같은 게 일순간 갑자기 확 꺾여버려서, 무언가 아주 단념해버리는 태세로 알약 마흔여덟 개를 홀가분하게 삼켜버린 뒤 스스로 제 몸을 바닥의 바닥으로 고꾸라뜨려버린 게 아니었을까…… 그래서 궁금하고, 화가 나다가, 끝내는 절망스러웠다. 바로 지금이야! 라고 신호인 듯 에이 군의 머릿속에서 파란불이 켜졌다면 그건 어느 순간이었을지. 그를 죽음으로 몰아간 것이 정말로 나인 것이나 아닌지.

그렇게 생각하다보면 아닙니다, 다 부질없습니다. 쓸데없고 쓸모없죠, 하던 에이 군의 목소리가 환청처럼 들려왔다. 차고 더러운 바닥에 엎드려 있던 그의, 잔뜩 확장된 동공과 뺨에 맺힌 자줏빛 혈관들이 눈앞에 그린 듯 떠올랐다. 그리고 그런 순간에는 꼭 따귀나 발길질이 날아와 여지없이 쓰러지게 되었다.

이런 햄 같은 새끼!

햄만도 못한 새끼!

거추장스럽게 왜 알짱거려!

그런 말들이 간헐적으로 내 목을 졸랐다. 나쁘지 않았다. 억울하다거나 원망스럽지도 않았다. 그들이 내뱉는 말은 사실이었다. 누구에게랄 것도 없이 게임장 안에 있는 모두에게 해당되는 말인지도 모른다. 타인이 아닌 자신에게 던져대는 고무공과 같은 말들인지도 모른다. 어찌해도 나는 여기에 있고, 여기에 살아 있고, 여기서 살아가는 나는 생각이나 감정이랄 게 요구되거나 필요치 않은, 말마따나 햄 같은 인간이었으니까. 스치듯 생이 나를 지나 유유자적 걸어서 자진해 소멸해주었으면 좋겠다고 나는 바랐다. 삶이라는 게 내게는 그다지 보람차지도 아름답지도 애달프지도 않으니 대충, 대강, 스리슬쩍, 얼렁뚱땅 어서 끝이 나버리기를. 'The end'라는 마지막 인사가 네온사인처럼 나의 뇌리에 반짝 켜졌다가 전기 스위치를 내리듯 인생이 깔끔히 끝장나버리기를. 우린 아무것도 할 수 없어…… 라고 삼촌은 일찌감치 내게 말해주지 않았나.

사방 가득히 들어선 이 안개 속에서는 무엇을 하려 해도 하지 못한다.

무언가 하기란 애초에 불가능하다.

결국에 우리는 '무엇' 앞에 '무력'을 먼저 맞닥뜨릴 것이다.

아무것도 할 수 없음을 인지하고 인정하는 것만이 생의 최선이다.

그래 그는 그렇게 말하지 않았나. 그 자신 또한 무력함의 구덩이에 빠진 채로 허우적대며, 누군가 내밀었을 손 따위는 썩은 줄처럼 외면해버리며 오로지 한 자리에 머물렀을 것이다. 스스로 안개에 갇힌 채로. 그러니 묻는다. 안개란 무엇인가. 삼촌의 눈앞을 가리고 나의 시야를 가리는 안개는, 우리의 육체와 정신을 이토록 축축하게 좀먹어가는 안개는 대체 무엇인가. 묻지 않을 수가 없다. 하지만 질문의 끝에는 비겁한 동조만이 남는다. 이 또한 안개처럼 포진해 오는 무력의 결과다.

옳다.

맞다.

틀리지 않아.

나는 아무것도, 어떤 일도, 그 무엇도 할 수 없다.

할 수 없는 인간이다.

무기력의, 무 쓸모의, 무지의 인간이다.

일을 마치고 집으로 돌아가는 길에서도 에이 군의 말들은 셈하듯 떠올려졌다.

우리는 많은 걸 잃어버렸고, 놓쳤고, 붙들지 못했고, 그래서 가슴 아파졌고…… 아닙니다. 다 부질없죠.

에이 군은 말했었다. 나는 내가 잃어버린 것, 놓쳐버린 것, 붙들지 못한 것에 대해 곱씹게 되었다.

우리는 많은 걸……

뭐?

그러니까 부질없게도 많은 걸……

뭐라고?

가슴 아프게……

뭐라는 거야?

약이 두 다리를 휘청대는 내 앞으로 다가왔다. 그러고는 시큰둥한 얼굴로 내 젖은 뺨을 내리쳤다.

정신 차려.

약이 말했다. 나는 대꾸하지 못했다. 잠시 볼이 얼얼해지는 통증을 느끼면서도 나는 멍했다. 보이지 않고 잡히지 않는 안개에 갇힌 채로 멈춰 서 있었다. 거듭해 물어도 답을 구하지 못해서였다. 생각다운 생각을 할 수 없어서였다. 아무것도 제대로, 설명할 수가 없어서였다.

정신 좀 차려!

약은 자꾸 채근하며 내 등을 발로 차거나 손으로 밀었다. 차면 차이는 대로, 밀면 밀리는 대로 나는 움직였다. 사지의 힘이 다 빠져나가는 기분이었다.

나는 가까스로 침대에 기대어 앉았다. 꼼짝할 힘도 남아 있지 않았다.

병신……

샤워를 마치고 나온 약이 나를 보며 혀를 찼다. 나는 여전히 숨을 몰아쉬며 기진맥진한 채였다. 내가 아무 반응을 보이지 않자 그는 젖은 머리칼을 드라이어로 말리지도 않고 널브러져 잠이 들었다. 그 또한 지쳐 있기는 마찬가지일 거였다. 기절한 것처럼 잠들어버린 약을 물끄러미 바라보다가 나는 체머리를 흔들었다. 빠져나갈 수 없는 굴레나 된 듯 에이 군의 마지막 모습이 머릿속에서 지워지지 않았다. 나는 내가 잃고 놓치고 붙들지 못한 목록에 에이 군을 추가했다. 그 목록에는 삼촌과 할머니도, 아버지도, 케이도, 제이도 있었다. 나는 많은 것을 잃었고 잃어왔다. 앞으로도 더 많이 잃을 것이다. 그것만은 분명하고 바꿀 수 없으며 바뀌지도 않는, 비루하되 상냥한 진실일 터였다.

# 50

점심을 먹고 있는데 사장이 사무실에 들어왔다. 소파에 몸을 묻고 앉더니 담배 한 대를 입에 물었다.

침대 하나 들여놔.

나는 무슨 소리인지 몰라서 멀뚱히 약을 바라보았다. 이내 그의 얼굴이 일그러졌다.

말하면 좀 들어 처먹어.

사장이 라이터를 찾는 듯 주머니를 뒤지다가 다시 말했다. 합판이든 뭐든 좋으니까 잔말 말고 체력단련실을 반으로 나누고 침대를 들여놓으면 된다고 덧붙였다.

매출이 영 시원치 않아.

사장은 담배에 불을 붙이고는 춥춥 소리내 빨았다.

그간에 내가 많이 봐준 거 알지?

그가 밉살스레 실실 웃으니,

이 새끼가 진짜!

약이 손에 들었던 나무젓가락을 바닥에 내팽개쳤다. 젓가락으로 쥐고 있던 김치 쪼가리가 흉물스레 벽으로 튀었다. 약이 사장에게 욕하는 모습을 본 적은 처음이었다. 나는 잠시 멍했는데 방만하게 앉아 있던 사장이 빙글거렸다.

이 새끼?

부러 시비 거는 게 분명해 보이는 태도였다.

이 새끼라고 했냐, 지금? 이 새끼가 진짜 뭐, 말해봐 이 시발새끼야!

사장이 꼬았던 다리를 풀고 허리춤을 추켜올리듯 목소리를 키웠다. 약은 숨을 씩씩 몰아쉬다가 테이블 위에 올려놓았던 도시락마저 벽으로 던져버렸다. 밥과 김치와 단무지와 제육볶음 같은 게 뒤엉켜 쏟아졌다.

하라면 못할 줄 아냐 이 개시발새끼!

약은 사장의 멱살을 잡아 쥐고 달라붙었다. 사장이 덤벼보라는 듯 고개를 치켜들었다. 나는 어, 어, 소리를 내다가 우물쭈물 둘 사이로 비집고 들어가 힘으로 떼어놓았다. 약의 겨드랑이 사이로 팔을 끼워넣고 돌려세웠다. 약이 성질을 못 이기고 팔다리를 버둥거렸다.

이 새끼가 진짜 돌았나, 어, 돌았나!

숨을 쌕쌕거렸다.

여기 돌은 놈 천지야. 안 돌은 놈 있으면 어디 찾아와보든가.

사장은 손으로 목을 문대며 대꾸했다.

그중에 제일 또라이는 너고.

사장의 말이 끝나기도 전에,

내가 안 한다고 했지!

약이 소리를 질렀다.

하라면 하는 거지 웬 말이 이렇게 많아. 했어도 진작 했어야 하는데!

사장이 바닥에 나뒹구는 약의 플라스틱 도시락에 가래를 칵 뱉으며 이기죽거렸다.

더러운 새끼.

약은 지지 않고 맞받아쳤다.

아. 알지, 잘 알지. 더럽기로는 네 애비만한 새끼가 없지.

사장은 킬킬댔다. 그 순간 경직되었던 약의 어깨와 팔이 미세한 속도로 스르르 풀어지는 느낌을 받았다.

시궁창에서 건져줬으면 때마다 얌전히 사는 거야. 언제 또 처박힐지 모르니까 말이지.

사장이 떠들었다. 나는 약이 눈치채지 못하도록 조금 더 단단히 힘을 주어 그의 작은 몸통을 붙들었다. 그때에 나는 그가 버티고 있다고 생각했다. 나로서는 차마 알아차릴 수 없는 어떤 무게나 압력 같은 걸 견디고 있다고.

간이침대라도 들여놔라. 너무 싸구려는 말고 스프링이 좀 좋은 걸로. 애들 데리고 올 거니까.

사장이 담배로 이 쑤시는 시늉을 하며 셔츠를 툭툭 털었다.

기다려, 기다리라고!

약은 방전됐던 팔다리를 다시 바둥거렸다. 나는 있는 힘을 다해 약의 몸뚱어리를 붙잡느라 진이 다 빠질 정도였다. 사장이 문을 닫고 나가자 힘을 풀었는데 그 순간 약은 날렵히 튀어나갔다. 게임장 밖으로 순식간에 달려나가는 약을 나는 놀라서 뒤쫓았으나 전혀 따라잡을 수 없었다.

약이 삼각 지붕의 꼭대기까지 올라가는 데는 긴 시간이 걸리지 않았다. 아니라고 그건 아니라고 나는 손을 내저었는데 숨이 거칠어 목소리부터 갈라졌다.

내가 안 한다고 했어! 안 한다고 분명히 말했다!

약은 지붕 꼭대기에 서서 괴성을 질렀다. 사장이 할리데이비슨의 안장 위에 올라타 시동을 켜고 검게 코팅된 헬멧을 이제 막 머리 위에 뒤집어쓰려던 참이었다. 약은 희뿌연 안개에 가려 보였다 안 보였다 했다. 우는 듯 웃는 듯한 약의 목소리만이 오토바이 배기음과 함께 공중에 흩날렸다. 나는 목이 탔다.

깝죽대지 말고 내려와라!

사장이 헬멧을 옆구리에 끼고 말하자마자,

네가 해, 다 해 처먹어라, 나는 여기서 없어져줄 테니까!

약은 발악하듯 소리쳤다. 그 말의 끝에 양팔을 벌렸다. 그리고 조금의 망설임도 없이, 단호히 아래로 곤두박질쳤다. 바닥으로 떨어진 약의 두 다리가 경련이 이는 듯 움찔거렸다. 나는 꼼짝하지 못하고 가만 서 있었다. 발바닥이 저릿저릿했다.

미친 새끼……

사장은 입을 벌린 채 약을 바라보았다. 고개가 좌우로 흔들렸다.

무슨 꿍꿍인지 모르지만.

그리고 찬찬히 뒤돌아 내게 말했다.

너무 붙어 있지 않는 게 좋을 거다, 붙어먹을 게 아니라면 말이지.

잦아들었던 시동은 잠시 뒤 다시 켜졌다. 사장은 헬멧을 깊이 눌러쓰고 가버렸다. 고통스러운 소음만이 그가 떠난 궤적을 따라 머물렀다가는 흩어졌다.

# 51

모가지가 부러지지 않고!

약은 목발을 짚은 채로 종종거렸다. 운도 없지, 더럽게 없어, 소리를 달고 다녔다. 모가지가 아닌 오른쪽 팔과 허벅다리가 부러진 걸 약은 쪽팔려 했다.

닥쳐.

내가 지쳐서 대꾸하면,

아직 내가 수련이 부족해서……

약은 그늘진 얼굴로 꿍얼거리며 사무실 안과 밖을 오갔다. 사장은 한동안 나타나지 않았다. 약은 그의 말대로 사무실을 반으로 가르거나 침대를 들여놓지 않았다. 아무것도 하지 않았다. 아무것도 하지 않았으므로 아무것도 바뀌지 않았다. 영업은 여느 날과 다름없이 지속되었다.

남자는 패고 여자는 올라타?

깁스한 팔다리를 하고서 약은 꿍얼거렸다.

왜, 왜 그렇지? 아쉬우면 나라도 올라타지, 왜. 그건 왜 싫지?

밥을 먹으면서도, 씻고 나와서도, 뉴스 화면을 바라보면서도, 다시 게임장과 집을 오가면서도 약은 불평했다. 정신머리가 썩어빠졌다고 사장을 욕했고, 목발이 성가셔 죽겠다며 우는소리를 해댔다. 매일같이 술에 취해 꼭지가 돌아서는 혜리, 혜리 노래를 부르다가 제풀에 꺾여 나쁜 년…… 하며 뒤로 넘어가기도 했다. 나는 약이 미워하는 혜리와 그리워하는 누나 사이에서 솟아나는 애잔한 증오를 보았다. 이미 죽어버린 자를 향해 있는 사무치는 마음을. 결코 가닿을 수 없는 그 가냘픈 애틋함을.

그러니까 더 잘 맞아주란 말이야!

내게도, 다른 몇몇 홀맨들에게도 약은 지시했다. 한 대를 맞아도 정직하게 아파하고, 크게 신음하며, 눈을 마주치지 말 것, 어쩌고 하며 고시랑거렸다. 잘 맞아주라니. 나는 그냥 신경쓰지 않았는데 약은 지치지도 않고 며칠이나 더 같은 말을 반복했다. 시멘트 바닥으로 떨어지면서 광대며 뺨, 턱 부근이 온통 긁힌 탓에 약의 얼굴은 흉했다. 빨간약을 바르는 건 좋아하면서 반창고를 붙이는 것만은 싫어했기 때문에 붉은 스타킹이나 페인트가 벗겨진 가면을 덧댄 듯 우스꽝스러워 보였다.

그래도 진심으로 분해하는 그의 생채기 난 얼굴을 바라보고 있으면 옆구리 어딘가가, 등짝 어딘가쯤이 팬 듯 쓰라렸다. 마음이 아프다는 게 이런 느낌일까, 또 넋을 놓고 있으면 약이 바투 다가와 내 귀에 대고 발랄하게 속삭였다.

나한테는 수면제 줄 필요 없어, 졸피뎀은 넘치도록 가지고 있거든!

이후로는 생각을 잘 하지 않으려고 했다. 두 눈으로 정확히 봐야 할 것이 없는 이곳에서 제대로 된, 생각다운 생각이랄 것도 사실은 잘 들지 않았다. 아무것도 하지 않고 아무 생각도 하지 않으며 아무것이 아닌 채로 지내자, 없는 듯이 있자, 그런 맥빠지는 마음이었다.

어느 날에는 머리칼이 짧고 귀가 뾰족한 이가 다가와 내 앞에 섰다. 익숙하지 않다는 듯 까끌한 머리통을 매만지고 숨을 고르며 잠시 쭈뼛거리더니 따귀를 세게 후려쳤다. 손아귀 힘이 억세서 볼이 금세 부풀어올랐다. 찌릿하고 얼얼해서 눈물이 핑 돌 지경이었다.

미, 미안해.

그는 당황스러운 듯 눈자위가 붉어져서 내게 사과했다. 그런 말을 할 필요는 없는데 오히려 미안하다는 말을 들으니 멋쩍었다. 그러나 그는 도저히 참지 못하겠다는 듯 다시 나를 때렸다. 내 고개가 모로 꺾였다가 제자리로 돌아올 때마다 몇 차례 더 나를 쳤다.

너무 억울해하지 마.

그가 중얼중얼했다. 어딘지 모르게 긴장한 표정이었다.

너, 너무 억울해하지는 말란 말이야……

무언가에 쫓기는 듯 그는 같은 말을 반복했다.

이제 일 분이야. 조금 있으면.

그는 초조히 제 손목에 채워진 시계와 내 얼굴을 번갈아 들여다보았다. 그의 검은 눈동자가 초점 없이 흔들렸다.

조금 있으면.

또 말했다. 나는 나도 모르게 그의 작은 목소리에 귀를 기울이게 되었다. 그러나 뒷말을 들을 수는 없었다. 그가 또 말하려고 입 벌리는 찰나에 그는 햄이 되었다. 주먹만큼 작아져버렸다.

대충 살아야 하는 건 진리야.

진실은 오로지 그것뿐이야.

대충 살아버리는 것.

사는 게 끔찍해서 나는 머리통을 감싸쥐었다. 떨림이 멈추지 않았다.

## 52

 

스무 살 이후로 극장이나 병원이나 공장에서, 대부분은 식당이나 편의점에서 노동하며 가장 호되게 주입받았달 게 있다면 그건 '성실함' 하나였다. 제빵 공장이나 이삿짐센터, 프랜차이즈 전문점이든 어디나 마찬가지였다. 매사 바르고 올곧고 부지런하지 않으면 안 된다는 태도를 학습받았다. 그럴 때마다 나는 삼촌의 마지막 말이 틀렸다고 확신했다.

대충 살라니. 불가능해요, 삼촌.

고개를 가로젓게 되었다.

삼촌이야 책 읽고 글이나 쓰며 딴에는 염세적인 가치관에 젖어들었는지 모르지만 그렇게 대충 살아서는 이 비참한 세계에서 남아나지 못해요.

따져들고도 싶었다.

나는 성실하지 않았던 적이 없었다. 그러나 열심히 하고자 하는 나의 의도나 의지와는 무관하게 일한 만큼의 대가를 받지 못하거나 돈을 떼이거나 점주와 매니저들에게 함부로 몰아붙여지거나 닦아세워질 때면, 그 매서움에 마음이 졸아들었다.

난로 공장에서 일할 땐 도리어 가장 기본적인 난방시설조차 꾸려져 있지 않은 작업 환경에 힘들었다. 몇 년 근속해도 정규직이 되지 못하는 그저 용역 소속이었다. 휴일이나 휴가도 없이 밤낮으로 일했지만 작업반장은 이것들이 끈기가 없어, 라는 잔소리를 입에 달고 살았다. 이 사람들도 아니고 이것들. 나는 '것'으로, '것'이 되어 일했다.

식당에서는 인신공격과 하대에 시달렸다. 여기요, 나 저기요, 도 아니고 나는 '야!'였다.

야, 여기 물티슈, 야, 여기 반찬 더……

그리고 사장은 버릇처럼 말했다.

똑바로 하라니까!

편의점에서는 매일 보이지 않는 싸움을 해야 했다. 이른 오전이나 늦은 오후에 교대할 때면 유통기한이 지난 빵이나 우유 따위를 골라냈다. 어차피 판매가 불가능하니 간단히 끼니를 때우라며 사장이 묵인해주었던 것인데, 그걸 두고 다른 알바생들과 미묘히 경쟁하게 되었던 것이다.

그리하여 끝내는 고민하게 되었다. 왜 우리끼리 빵을 뺏어야 하나, 왜 우리끼리 우유를 다퉈야 하나, 고작해야 빵과 우유를 두고 우리 안에서 서로의 눈치를 봐야 하나, 우리에게 정말 필요했던 건 구원이 아닌 구휼일 뿐이었나, 하고.

그러다보면 이런 결론에 이르렀다.

성실해서 무엇 하나.

매사 바르고 올곧고 부지런해서 무엇 하나.

햄이 되지 않아서 무엇 하나.

이제껏 나를 고용하고, 내게 돈을 주던 '윗'사람들은 한목소리로 퍼부어왔다. 너희는 끈기가 없고, 너희는 매사 똑바로 하고 있지 않으며, 늘 성실하지 못하다고. 그러나 다시금 같은 생각만이 되풀이되는 것이다.

성실해서 무엇 하나.

'노력'이야말로, '노력한다'는 것이야말로 이 시대의 비관 그 자체가 아닌가.

매일같이 감당 못할 빚과 불어나는 이자에 허덕이고, 생활비에 쪼들리고, 아무리 애를 쓰고 애태워도 결코 호락호락하게 길 터주지 않는 이 사회의 막다른 골목으로 내밀려 여기까지 왔다. 그리고 여기에 와 있는 우리를 아무도 주시하지 않는다. 보이지 않는 것처럼, 없는 것처럼, 누구나 우리를 방치하고 방관한다. 여기에 있지만 여기에 없다는 듯이 우리는 다만 감춰져 있는, 장벽 뒤의 무리들인 것만 같다. 그런 취급과 대우를 받아왔다.

햄이 아니지만 햄이나 된 듯이.

살면서 지금껏 한 번도 햄이 되지 않았지만, 언제고 햄이 아니었던 적이 없었던 듯이.

그러니 성실하지 않은 것이 아니다. 성실해야 할 이유를 찾지
못하고 있는 것이다.

## 53

뜨거운 기온에 안개가 얼마쯤 흩어져버린 어느 날이었다. 오후 세시가 조금 못 되어 전화가 걸려왔다. 휴대전화 발신인에 뜬 케이의 이름을 보고 나는 놀랐다. 반가움이 먼저였지만 놀라지 않을 수 없었다. 무슨 일이지, 하는 기분이 더 크게 들었다. 함께 일하던 제빙 공장에서 나온 뒤로는 한 번도 연락해본 적이 없었다. 두 해나 시간이 흐른 지금에서의 연락이 꽤 멋쩍고 새삼스러웠다. 액정에 뜬 케이의 이름을 망연히 바라보는데 전화가 끊겼다. 아…… 어쩌지, 하는 순간에 전화기의 진동이 다시 울렸다.

여보세요.

저기.

수화기 저편의 목소리는 케이가 아니었다.

누구시죠.

되물었는데,

저 혹시 아실지 모르겠습니다만.

목소리는 머뭇거리며, '혹시'라는 말을 한번 더 덧붙였다.

케이라고…… 혹시 아시는지.

케이요.

네, 케이요.

압니다.

나는 말했다. 목소리는 대번에 반색했다.

아, 그러시죠. 저 그럼 잠깐만.

그가 잠시 멈췄다.

여보세요?

다시 답했는데 먼발치에서 부르듯 잠시만요, 바꿔드릴게요, 라
는 말이 들려왔다.

형, 저예요.

들려온 목소리는 케이가 맞았다.

오랜만이에요.

그래.

감이 조금 멀어서 나는 크게 대꾸했다.

정말 오랜만이네. 잘 지내지?

안부를 묻는 순간에 나는 오래전 케이를 그리워했던 때에 몇 번
이고 그에게 전화를 하려던 시간들이 떠올랐다. 잘 지내냐고 물으
면 케이는 뭐라고 답할까 고민하던 시기가 있었다. 몇 달 쉬겠다
고는 했지만 바로 일을 시작하게 되지는 않았는지, 다친 허리는
괜찮은지, 혼자서 파스는 제대로 붙이는지, 불러내서 밥이라도 한

278

끼 먹이면 어떨지, 동생같이 애틋하고 짠했던 케이가 생각나던 시기. 하지만 전화를 걸지 못했다.

네, 형. 어떻게 지내요. 전 햄이 되었어요.

네, 형, 잘 지내세요. 전 아직 햄이 되지 않았어요……

라는 식의, 답은 둘 중 하나를 벗어나지 않을 것 같아서. 거듭되던, 그 무수한 망설임들이 생각나서 나는 잘 지내냐고 물어봐놓고도 흠칫거렸는데 케이는 밝았다.

그럼요, 전 잘 지내요.

다행이다.

네. 형도요?

응, 나도.

다행이다.

따라 말해놓고는 케이가 웃었다.

허리는 좀 어때?

나는 물었다.

그냥 그래요.

그냥?

안 아플 때는 없고, 많이 아팠다가 조금 덜 아팠다가 하는 것 같아요.

같다니, 무슨 말이 그래.

그런가요.

내가 웃고 케이도 웃었다.

그런데 방금은 누구였어?

방금요?

케이는 말을 멈췄다가 아, 했다.

형이요. 사촌형이에요. 대신 걸어준 거예요.

그 말을 듣고야 나는 지금 케이의 상태가 햄이라는 것을 알았다. 햄이 아니라면 전화를 걸어달라는 부탁 같은 걸 하지는 않았을 테니까.

## 54

전 괜찮아요.

나는 잠시 숨을 골랐다.

정말이에요!

케이가 목소리를 키웠다. 어쩐지 있는 힘을 다해 말하고 있는 게 아닌가 하는 생각이 들 만큼이었다.

남들 보기엔 고물상인데 그래도 버젓한 중고 철물점을 열었다던 형. 당장은 누굴 고용할 수 없는 형편이지만 자리잡고 서너 달 뒤엔 좀 나아질 거라고 그때 케이를 데려가줄 거라던 사촌형…… 철물점 사정이 어려워진 걸까 그래서 다시 햄이 되어버린 걸까, 나는 고민했다.

어디예요?

케이는 물었다. 나는 선뜻 대답하길 주저하다가,

좀 멀리 있어.

라고 답했다.

요즘도 일하고 계세요?

어, 그렇지.

다행이에요.

케이의 목소리가 밝아졌다.

전 그간에 여러 번 햄이 됐다가 안 됐다가 했는데요. 아주 못할 짓이더라고요. 잘하고 계신 거예요, 형은.

아냐, 무슨……

잘하고 있다니, 새삼스레 그런 말들이 낯간지럽고 우스웠다. 우리는 이런저런 틀에 박힌 서로의 안부 몇 줄을 더 주고받았다. 케이는 제빙 공장 얘기를 꺼냈다. 이리저리 일자리를 알아보는데 쉽지 않더라, 어쩌다 구인한다는 소식에 다시 공장으로 가보니까 그때의 작업반장이 아직도 있었는데 우리 둘을 기억하더라, 싹싹하게 일 좀 했던 것 같으니 오려면 데리고 와도 좋다더라, 그런 내용이었다. 말하자면 요즘 형 뭐하시나요, 별일 없이 살면 다시 같이 가서 일할까요, 어쨌거나 페이는 세니까요, 라는 요지였다.

기억해요, 형?

말끝에 케이는 물었다.

기억하지.

나는 말했다. 잊어버리지는 않았다. 그러나 기억하는 것과 다시 가고 싶은 마음은 전혀 별개였다. 사실은 케이가 공장 이야기를 길게 늘어놓아도 나는 그다지 감흥이 없었다. 오래전 일이었고, 딱히 좋은 기억이랄 것도 없었다. 그 작업반장 밑으로는 돌아가고 싶지 않았다.

우리가 일을 좀 잘했어야죠.

케이가 말을 덧댔다.

아니야 나는 이미 다른 데서 일하고 있어서.

내가 대답했다.

미안해.

사과하면서도 이게 사과할 일인지 헷갈렸다.

그렇군요.

케이는 고개를 끄덕이듯 말했다.

그게 여기서 숙식도 해결하고 있어서 말이지. 사정이 좀 그러
네.

다시 '미안해'라고 말한 뒤에는 그럼 잘 지내, 또 연락하자, 라
는 식으로 통화를 마무리 지을 수 있을 줄 알았는데 케이가 말꼬
리를 붙들었다.

형.

응?

저 그럼……

응.

형을 찾아가도 돼요?

나?

네.

어디를?

형 지금 일하는 곳이요.

여기를?

거기, 형이 있는 곳, 하며 케이의 목소리는 멀어졌다.

여기에 온다고?

케이의 목소리는 잘 들렸다가 안 들렸다가 했다. 사촌형이 전화기를 손에 쥐고 있는 탓인 듯했다.

아…… 그게 그러니까.

당황해서 머뭇거리는데 언제 나왔는지 약이 냉큼 전화기를 뺏어 쥐었다.

와요! 얼른 와!

약이 소리쳤다.

무슨 짓이야.

손을 뻗어 붙들려고 했는데 약이 목발을 직각으로 세우고 겨냥하듯 흔들어댔다.

오라고요?

멀리서 손나팔을 부는 것처럼 케이의 목소리가 울렸다.

그럼!

약이 대꾸했다.

저 거기 가도 된다고요?

그러엄!

케이는 나와 약의 목소리를 구분하지 못하는 것 같았다.

그러니까 여기가 어디냐면,

약은 전화기 너머로 케이에게 이곳의 약도를 알려주었다. 그래, 거기, 그리로 오면 돼, 하고 약은 샐샐거리며 연신 머리를 끄덕거렸다. 내게 처음, 주소를 알려줄 때와 같았다.

여기로 온다니.

나는 마음이 심란해져서 어정쩡한 자세로 그들의 대화가 끝나기만을 기다리고 있었다. 약은 통화가 끊긴 전화기를 내게 던졌다. 포물선을 그리며 날아오는 그것을 받았다.

뭐하는 짓이야.

나는 물었다.

오라고 하면 되지, 왜 오라고 말을 못해?

말을 못하는 게 아니라.

부끄러워?

약이 이기죽거렸다.

그런 게 아니고.

여기도 일 년 내내 구인중이야, 병신아!

나도 모르게 한숨이 나왔다.

그런 애가 아니야.

그런 애가 아니라니?

이런 일 할 만한 애가 아니라고.

약이 고개를 절레절레 저었다.

이런 애 저런 애가 따로 있나.

아니 그런 뜻보다는……

너는 뭐 날 때부터 이런 일 할 만한 애였냐.

케이는 몸도 약하고, 뭣보다 허리가.

어쨌거나 와서 보면 알겠지.

약이 내 말을 자르고 빙글거렸다. 목발을 짚은 채로 절뚝이며
사무실로 들어가버렸다. 나는 속이 답답해져왔다. 내가 케이를 동
생처럼 여겼듯 케이도 알게 모르게 나를 형처럼 따랐던 것만은 분
명하다. 그것만은 틀리지 않다. 각자 갈 길로 헤어진 뒤에는 서로
연락하지 않고 지냈지만 그것은 무심해서도 애정이 없어서도 아
니었다. 좋은 모습이 아닐 수도 있으니까, 조심한답시고 멀찍이서
애틋해한 까닭이었을 것이다. 케이가 내게 연락하지 않은 것도 마
찬가지의 이유였을 거라고 나는 생각하고 있었다. 그런데 날 찾아
오겠다니, 여기로 오겠다니. 나는 입맛이 쓰디썼다.

## 55

　오후 늦게야 케이는 사촌형과 함께 왔다. 정확히는 사촌형이 사무실로 들어와 주머니에서 햄 한 조각을 꺼내 탁자 위에 올려둔 것이지만. 햄은 작은 크기에, 선명히 붉고 매끈했다.

　전 괜찮아요.

　케이는 노래하듯 흥겹게 말했다. 사촌형은 고개를 한 번 까딱였을 뿐, 입을 다문 채 아무 말도 하지 않았다. 그 역시 케이처럼 키가 작달막했지만 아주 다부진 체구였다. 팔다리도 두껍고 가슴팍도 넓게 벌어져서 마른 몸집의 케이와는 전혀 달라 보였다. 운전해서 왔는지 바지의 엉덩이 부근이 쭈그러져 있었고, 긴팔 셔츠가 안개에 젖지 않고 보송보송했다. 약은 오히려 그런 그에게 관심을 보였다.

　여긴 누구라도 일할 수 있어요.

　말하며 그의 주위를 한 바퀴 돌았는데,

　네.

　하고 그가 단답으로 받자,

관심 없어요?

대놓고 물었다.

저는 사정이 좀 있어서.

그의 말에 약은 아쉽다는 듯 돌아섰다.

여기서 일하시는 거예요?

케이가 내게 물었다.

어…… 그렇게 됐어.

나는 얼버무렸다.

관리직 같은 거군요?

케이는 이상스레 들떠있었다.

여기 엄청나네요. 진짜 시끄럽고, 와, 이렇게나 사람이 많다니 신기해요.

해맑게 떠드는 케이와는 달리 케이의 사촌형은 어딘지 모르게 초조해 보였다. 잠시 침묵이 이는 틈을 타서 그가 다짜고짜 물어왔다.

그래서 여기, 자리가 있나요?

일할 수 있느냐는 뜻이었다.

당연하지!

약이 반색하며 말머리를 채갔다.

아 저는 아니고, 보시다시피 제 동생을 좀……

약은 대번에 서운해하면서도 은근슬쩍 친근히 굴며 사촌형을 다독였다.

가능합니다. 아주 드물게도 여긴 인력난에 시달리고 있거든요. 누구나 환영이에요.

숙식도 제공한다고. 맞습니까?

약이 써준 채용 증명서를 들고 그가 물었다.

맞습니다. 어딜 가도 이만한 대우 안 해줘요.

약이 뻔뻔한 얼굴로 고개를 끄덕거렸다.

숙식…… 그렇다는 거죠.

그렇다니까!

콧등을 찡긋대며 약이 말했다. 그는 약을 잠시 바라보다가 음, 하고 입을 다물었다. 그리고 한동안 가만히 섰더니 케이에게 말건넸다.

괜찮겠어?

괜찮아.

케이가 대답했다.

그는 채용 증명서를 케이 앞에 놓아두고 뒤돌았다.

연락하자.

손 흔들 듯 그가 말했고,

가, 조심히 가, 형.

하고 케이는 웃었다.

## 56

대기해.

약은 늘 그렇듯 똑같은 말을 부려놓았다. 나와 케이는 함께 체력 단련실 앞에 섰다.

대기하라고요?

케이가 눈을 둥그렇게 떴다.

그래, 여기서 대기.

약이 또 한번 말한 뒤 사무실로 들어갔다. 케이는 헤헤, 하고 웃었다.

왜.

그냥요.

뭐가.

재밌어서.

재밌을 일도 참 많다.

나보다 한참 작은 케이를 내려다보다가 나는 손을 들어 부드러운 머리통을 뒤죽박죽 헝클었다.

오랜만이네.

네, 형. 우리 정말 오랜만이에요.

케이가 고개를 들며,

다시 보니 좋아요.

하고 말했다. 좋다는데, 나는 또 선뜻 대답할 말을 찾지 못했다. 혈색은 나쁘지 않아 보였지만 케이는 마지막으로 봤던 때보다도 훨씬 말라 보였다. 제대로 챙겨 먹지도 않았는지 양볼이 옴팡 팬 듯 홀쭉했고 팔다리는 근육과 살집도 없이 더 가늘어진 듯했다.

그런데 몸이 이게 뭐야.

이리저리 몸을 돌려 살펴보았다.

살이 좀 빠져서 그래요.

좀이 아닌데?

원래 체질이 그렇잖아요.

체질이라니.

살 안 찌는 체질이요.

케이는 배시시 웃었다.

그래, 잘났다.

말을 끊어놓고도 어쩐지 계속 마음이 쓰였다. 저녁으로 사발면 말고 뭐가 있을까 고민하는데,

우리 그냥 서 있기만 하는 거예요? 여기서 뭘 대기하라는 거예요?

하고 케이가 물어왔다. 호기심 어린 눈빛이었다. 뭐라고 설명해

야 할지 나는 난감했다. 차라리 누구라도 들어와서 나를 패주었으면, 그럼 말로 설명하지 않고도 즉각적으로 알려줄 수 있을 텐데 하는 마음이 들었다.

대기……라는 건 말이지.

네, 뭐예요 그게?

케이가 재촉하듯 다시 물었다. 때마침 사무실에서 나온 약이 뒤에서 한숨을 내쉬었다.

이 병신들이 또 존대하네.

지겨워, 어쩌고 하며 약이 목발을 움직여왔다. 케이는 깜짝 움츠러들었다가는 어깨를 바로 폈다.

돌아다니지 말고 가만히 좀 있어!

내가 신경질을 부렸더니,

심심해……

약은 꿍얼거리며 새무룩이 돌아섰다. 그가 사무실로 들어가는 걸 보면서 나는 잠시 입을 다물었다. 침묵을 메운 건 케이였다.

고물값이 오물값이 됐어요.

케이는 담담히 말했다.

처리비용은 치솟는데 정작 원가도 못 건지니 손해만 보는 장사였죠.

케이는 그간의 일들을 간추려 얘기해주었다. 사촌형 밑에서 일을 배웠는데 사실은 배우고 자시고 할 것도 없이 운영이 너무 적자라서 월급이랄 만한 것도 못 챙겨 받았다고, 일을 하면 할수록 빚만 늘어서 오래도록 일을 못했다고, 가끔은 단기 알바로 피도 뽑으러 다니고 일용직도 기웃거려 봤는데 고용 보험 가입을 해주지 않아서 어렵더라고, 그래서 사촌형이 당분간 점포 운영을 접고 그간에 자재를 대주던 업체에 인부로 취업했는데 나까지 데려가지는 못해서 미안해했다고, 혼자 있을 수는 없어서 이리저리 전화를 돌리다가 이렇게 형한테까지 연락하게 됐다고, 그러면서 케이는 미안해요…… 라고 덧붙였다. 나도 괜스레 무덤덤하게 그 말을 받았다.

미안하긴.

미안하죠, 뜬금없이.

괜찮아.

그리고 사실대로 말해줘야겠다고 생각했다. 이런 일은 케이의 머릿속에서 전혀 예상되지 않는 범주의 것을 터였다. 당황하지 않도록 말해주자, 싶었다. 진실을 알고 케이가 떠나버리더라도 붙잡지 말자, 그게 당연하니까…… 하고 마음먹었다. 그러나 언제나 그러했듯 뜻대로 되지는 않았다.

있잖아, 그런데 여기 일이라는 게.

하고 설명하려는데,

다 비켜!

소리와 함께 나는 바닥으로 나가떨어졌다.

## 57

부지불식간에 나는 멱살이 잡힌 채로 체력단련실 안으로 끌려
들어왔다. 무턱대고 당한 발길질에 턱이 어긋난 듯 통증이 컸다.
반사적으로 몸을 한껏 웅크렸다.

무릎 꿇어!

손님은 말했다.

안 꿇어?

나는 무릎을 굽히고 앉았다. 미처 닫히지 않은 문틈으로 케이가
서 있는 모습이 보였다. 그는 놀라서 눈을 뜨지도 감지도 못하고
밖에서 안절부절못했다. 나는 묵묵히 나의 일을 했다. 이것이 나
의 일, 나의 노동이었다. 나는 따귀 몇 대를 더 얻어맞았다. 손님
은 주먹으로 내 머리를 두어 번 더 내리쳤다. 처음과 달리 힘이 많
이 빠져 있었다. 취기가 더 달아오른 얼굴로 그는 흘러내리는 벨
트를 추켜올렸다.

비켜, 비키라고.

그가 자꾸만 중얼거리며 비척비척 뒤돌았다. 제 발밑에 무언가

거치적거린다는 듯이 비틀거렸다. 그가 떠나고. 나는 케이가 조금 전의 그 자세 그대로 미동 없이 서 있는 걸 보았다. 나는 숨을 몰아쉬며 대ㅊ자로 뻗어버렸다.

이게 뭐예요, 형.

케이가 들어와 내 머리맡에 쭈그리고 앉았다. 내 입가에 비어져 나오는 피를 소매로 닦아주었다. 어처구니없고 황당하다는 얼굴은 전혀 아니었다. 한 번도 보지 못했던, 그저 하염없이 차고 시서늘한 눈이었다. 케이도 이런 눈을 가졌구나, 이렇게 구슬프고 처량하고…… 바라보면 서글퍼지는 눈을. 오히려 그 눈앞에서 나는 마음속에 단단히 뭉쳐져 있던 뭔가가 물컹하게 무너져내리는 기분이 들었다. 숨을 들썩이며 케이와 눈을 맞추었다. 눈물이 비어져나오는 걸 간신히 눌러 참았다. 사는 게 별게 없다고 케이도 이미 알고 있지 않았을까. 여기도 별다른 곳이 아니라고, 오히려 막다른 곳이라고 예감하지나 않았을까.

괜찮아.

나는 말했다.

이게 그러니까 이런 일……

말을 덧대며 몸을 일으켰다. 그 순간 문이 벌컥 열렸다. 그런 뒤 약이 뛰듯이 들어와 목발로 케이의 등짝을 호되게 후려쳤다.

이 새끼들이!

순식간에 허리가 꺾인 케이가 바닥으로 나가떨어졌다.

홀 안 지켜?

목발도 모자라 약은 깁스한 발로 케이의 옆구리를 찼다.

어디서 노닥거려!

케이는 어망에 잡혀든 활어처럼 퍼덕였다.

나간다, 나갈게.

씨근대는 약을 붙들어 쥐었다. 그를 등 돌려 밖으로 내보내고 케이 곁으로 다가갔다. 일부러 때린 거라는 걸 모르지 않았다. 케이를 위해서였을 것이다. 이렇게 하지 않으면 새로 온 홀맨들은 잘 적응하지 못했다. 말 몇 마디로 설명해주고 일을 시키면 며칠 되지 않아서 질색하며 나가버리는 반면에, 다짜고짜 맞고 시작하면 그나마 꺼려하지 않고 제법 오래 버텼다. 희한하지만 어째서 그런지 명확하게 설명할 수는 없었다. 그저 사실이 그랬고, 그런 방식이 빨랐다. 일단 때리고, 일단 맞는 것. 머리가 아니라 몸이 먼저 적응하면 견디기가 부쩍 쉬워지는 듯했다. 나 역시 그랬으니까.

이해해야 하는 일은 아니다. 이해되어야 하는 일도 아니다. 햄이 되거나 되지 않는 것도 이해 가능한 범위에 있는 건 아니다. 이해와 몰이해 사이에는 아무런 생의 법칙도 없는 것이다. 이해하든 못하든 누군가는 햄이 되고 누군가는 햄이 되지 않는다. 누군가는 일을 하고 누군가는 일을 하지 못한다. 누군가는 부리고 누군가는 노동한다. 누군가는 맞고 누군가는 맞지 않는다. 경악스러운 것은 단지 그뿐이다.

괜찮아?

나는 모로 누운 케이를 일으켰다.

허리 안 아파?

걱정스러웠다. 케이는 기운 없이 내게 기대어 섰다. 그러고는 흐. 소리를 내며 웃었다.

또 뭐가 우스워.

그냥요.

그냥?

재밌어서.

뭐가.

그냥 다요.

툭하면 재미있다고 말하는 케이를 나는 말없이 내려다보았다. 케이는 어디를 바라보는지 모를, 다만 허공에 시선을 두었다.

제가 잘해야겠네요.

케이는 더 묻지도, 말하지도 않았다. 더는 아무것도 궁금하지 않다는 태도로 읽혔다.

잘할 필요는 없어.

나는 입을 다물었다가 잠시 뒤에 대답했다.

여기서는 잘할 필요 없어.

없어요?

소용도 없고 말이지.

그러면요?

케이가 손바닥으로 허리를 문대며 물었다.

있으면 돼.

있어요?

그냥 여기 있는 거야.

고개를 갸웃거리더니 케이는 맞물었던 입술을 다시 떼었다.

열심히…… 있을까요?

나는 머리를 좌우로 흔들었다.

아니.

그러면요?

그냥.

그냥?

열심히도 필요 없어.

……

……

소용도 없고요?

케이가 내 말을 따라 했다. 우리는 곧 소리내지 않고 입을 다물었다. 문밖으로 나가니 다시 거센 소음이 한층 더 크게 귓가를 때렸다. 아무 일도 없었다는 듯 체력단련실 앞에 나란히 섰다. 정면을 바라보고 선 케이의 눈빛은 잘 보이지 않았다.

그냥, 우리는 그냥 여기에 있는 거야.

나는 주문을 되뇌듯 중얼거렸다.

없을 수는 없으니까.

말하는데 어쩐지 서글퍼졌다. 케이는 잠자코 듣더니 내 말을 받아 반복해 읊조렸다.

우리는 그냥 여기에 있는 거야……

## 58

집으로 가는 길은 여전히 안개로 가득하다. 진득한 덩어리로 단단히 뭉쳐져 있다. 어두운 덩어리. 어둡고 습한 안개의 덩어리를 헤치고 걷는다. 목발을 짚은 약이나 짚지 않은 나와 케이나, 우리는 서로 다르지 않게 간다. 더듬더듬 두 발을 번갈아 뗀다. 더듬거리고 절름대며 앞으로 나아가고 있다. 어째서 더듬거리고 어째서 절름대는지는 모르고 걷는다. 알고 싶지도, 알 필요도 없다고 생각한다. 그저 이토록 그득한, 어둡고 습하고 짙디짙은 안개 속을 지나서 집으로 돌아가는 게 전부라면 전부.

조심하세요.

케이가 말했는데,

시발!

하고 약이 발악하듯 대꾸했다.

내 말은 그러니까, 조, 조심해.

케이는 약간 의기소침해져서 다시 반말했다.

좋아.

약은 흐뭇이 턱을 위아래로 흔들었다. 그 모양이 웃기지도 않아서 나는 조용히 걸었다. 대체 왜 그렇게 존대라면 질색을 하는 거냐고 예전에 물었던 적이 있었다. 약의 대답은 간단하고도 명료했다.

역겨우니까!

그런 단순한 이유였다. 역겹다. 앞뒤 잴 것도 없이 풀어서 설명할 것도 없이 단지 역겨워서. 역겹다는데 하는 수 없지, 라는 마음으로 나는 장단을 맞춰왔다. 상대를 낮춰보거나 친밀하게 구는 건 아니지만 반말한다. 상대를 높이거나 공경하려는 의도 따위는 없으니 존대하지 않는다, 말하자면 그런 뜻이겠지. 약이 만드는 반말의 세계가 거북하거나 싫지는 않았다. 상대를 낮추거나 높이기 싫다. 친밀히 굴거나 공경하고 싶지도 않다. 너와 나 사이의 적당하고도 알맞은 거리를 만들고 철저히 좁히지 않는다. 그게 약이었다.

아, 갑갑해.

약이 목발을 짚고 비스듬히 기운 채로 멈춰 섰다. 안 그래도 두터워진 연무 탓에 숨이 턱턱 막혔다. 성질 급한 약이 지치지 않을 리 없었다.

어서 가자.

나는 약을 채근했다. 언제 또 이보다 더 두툼한 안개가 단단히 또 빠르게 몰려올지 몰랐다. 안개에 갇혀 질식해버리지 않으려면 서둘러 걸어야 했다.

안개는 우리의 죄수복이야.

언젠가 약이 꺼냈던 말이 떠올랐다.

우리는 수인처럼 갇혀 있어.

그렇게 말하던 때의 약의 푸르뎅뎅한 낯빛마저도. 약은 지금도 그 은빛 단도를 막대사탕처럼 제 주머니에 소중히 넣어두고 있을까.

나는 약에게 다가가 뒤로 넘어간 윈드브레이커의 후드를 슬쩍 다시 씌워주었다.

가자. 집에 가자.

약의 등을 두들기며 움직였다. 케이가 플래시를 양손에 쥐고 나와 약의 발밑에 번갈아 비춰주었다. 그러던 케이가 몇 발짝 떼지 못하곤 윽, 하고 넘어질 뻔했다. 바닥이 젖어 미끄러운 탓이었다. 중심을 잃는 바람에 플래시 불빛이 약의 눈에 정통으로 꽂혔다.

시바알!

약이 바가지로 욕을 퍼부었다.

미안합…… 아니 미안해.

케이가 허리를 움켜쥐고는 작게 말했다.

정말 엄청난 안개예요. 아니 안개네.

라고도 종알거렸다.

조심해. 새벽에는 더 위험하니까.

내가 말했다. 케이는 두어 번쯤 재채기하며 코를 훔쳤다.

나 오줌 마려워.

얼마 못 가서 약이 멈춰 섰다. 무시하고 걸으려니 오줌 마렵다니까! 하고 징징댔다.

　집이 코밑이야.

　어쩌라고.

　일단 빨리 가자.

　지금 당장 급한데.

　가지가지 한다.

　구박했는데도 약은 심드렁했다. 몰라, 하더니 멋대로 보도 옆의 샛길로 들어갔다. 케이의 플래시 불빛이 약을 따라 천천히 이동했다. 풀숲에 들어선 약이 목발을 아무렇게나 내던지고 바지를 훌쩍 내리는 모습을 보았다. 못산다 싶어서 한숨이 절로 나왔다. 케이는 훗, 소리를 내며 웃었다.

　그만 좀 웃어라.

　미안해요.

　케이는 또 사과했다.

　미안할 것까지는 없지만.

　말하며 정말 속옷마저 벗으려나 싶어 약을 돌아보았다. 약은 쭈그리고 앉아 있었다. 속옷을 내리거나 바지를 추켜올리지도 않고 엉거주춤한 자세였다. 나는 손나팔을 만들어 소리쳤다.

　뭐해.

　……

　뭐하냐니까!

……

약은 대꾸하지 않았다. 케이와 함께 가까이로 다가갔다.

햄이다.

풀숲 바닥에 코를 박고 있던 약이 말했다. 나도 케이도 허리를 수그리고 들여다보았다.

햄이네.

맞장구쳐주었다.

바지 좀 올리지?

말했는데,

나 오줌 마렵다니까.

하고 약이 대답했다.

얼른 싸!

답답해서 목소리를 높였더니,

햄이 있는데?

구시렁거렸다.

그럼 딴 데로 가면 되잖아.

대꾸하지 않는 약을 재촉했다.

왜.

그게 아니고.

뭐.

바지 내렸는데?

……

　　……

　너 꼴리는 대로 하세요.

　나는 손닿는 데마다 찬 이슬이 푸드득 떨어지는 풀숲을 헤치고 보도로 나왔다.

## 59

이것 좀 봐.

몸이 으슬으슬해져서 케이와 함께 제자리걸음을 했다. 약은 깨금발을 뛰며 돌아왔다. 한 손엔 두 개의 목발을 겹쳐 쥐고, 다른 한 손엔 아까의 그 햄을 들고 왔다.

그걸 또 왜 가져와!

핀잔을 주었다.

아니 이것 좀 봐보라고.

약이 눈앞으로 햄을 바투 들어 보였다.

햄이 되고 싶지는 않았어요.

말소리가 들려왔다.

되고 싶지 않았는데 햄이 되고야 말았습니다.

겨드랑이에 끼고 있던 양팔에서 힘이 쑥 빠져나갔다. 가슴 어딘가가 데인 듯 베인 듯 따끔거리는 게 느껴져서 나는 마른침을 삼켰다. 약이 눈을 번득이며 슬며시 입꼬리를 올리는 걸 보았다. 에이 군이 되풀이하던 말이라는 걸 나 역시 잊지 않고 있었다.

햄은 다소 처량맞게 축축해진 채였다. 얼마나 오래 이 풀숲에서 머물렀던 것일까. 짧지 않은 시간이었겠다 싶었다. 절망이 눈에 보이는 크기의 것이라면, 햄이 아니라 조그마한 절망덩어리쯤으로 보일 수도 있을 것 같았다.

데려갈까?

약이 말했다.

데려가면?

물으니,

잘라본다든가……

하고 약이 실실거렸다.

또!

입을 틀어막았는데 햄이 한숨을 내쉬었다. 다 들었다는 듯 의연히 대꾸했다.

딱히 햄이 되고 싶었던 건 아니었어요.

오한이 들었는지 잔기침도 연이어 했다.

미안합니다.

괜스레 안쓰러워져서 나는 고개를 숙였다.

지랄은 네가 하고 있지.

약은 골이 난 얼굴로 내뱉으며 목발 하나를 집어던졌다.

쫌!

뭐가 어때서.

조용히 해.

너는, 추. 너는.

약이 긴 숨을 내쉬었다.

누누이 말하지만 앞뒤가 너무 꽉꽉 막혔다고.

약이 바짓단을 털며 제 손에 있던 햄을 송구하듯 내게 넘겼다.

뭐야……

귀찮아.

대번에 흥미를 잃었다는 표정이었다. 약이 느릿느릿 다시 목발을 찾아 짚었다. 나는 얼결에 햄을 받아들고는 난감해졌다. 한동안 침묵 속에서 안개로 뒤덮인 풀숲과 보도의 바닥을 번갈아 바라보았다. 밤이 깊고, 깊어간다. 안개는 짙고 또 짙어지는 중이었다. 머리칼이며 콧등이며 어깨며 무릎이며 신발이며 안개 속에 놓인 모든 것이 단조로이 또 노곤히 젖어들었다. 또다시 수풀 너머로 비상등과 같이 무언가 반짝거렸다. 여럿의 눈동자가 이쪽을 주시하고 있었다. 이 햄을 또 어떡하나, 다시 있던 자리에 놓고 와야 하나, 집으로 데려가야 하나, 데려가면 또 어떡하나…… 이런저런 고민이 습기인 양 꿉꿉하게 밀려들었다. 케이는 호기심 어린 눈으로 그러나 얼마쯤 체념하는 얼굴로 플래시를 내 쪽으로 비춰주고 있었다.

어떡하시려고요.

케이가 바짝 다가와 속삭였다.

글쎄.

나는 어깨를 으쓱해 보였다.

동정하지 않으셔도 됩니다.

그러자 햄이 나직한 목소리로 말했다.

인생 뭐 있습니까.

나의 머뭇거림을 감지했다는 듯 의연히 덧붙여왔다.

동정…… 누구를 동정할 처지는 못 돼서요.

대구하며, 그런 생각이 들었다. 여기서는 토로하지 못할 것도, 위로하지 못할 것도 없었다. 햄이 되거나 되지 않거나 그 누구도 더 낫거나 모자라지 않았다. 우리는 모두가 동일한 부피와 무게의 비루한 존재로서 여기에 있다. 매일같이 두 눈을 부라리며 어둡고 더러운 안개에 익숙해지고, 서로가 차이랄 게 전혀 없이, 다르지 않게 축축해져 있는 것이다. 근심하거나 우려할 것도 없이 그러니 미래랄 것도 없이 다만 여기에, 사방이 높다란 장벽으로 둘러싸인 것이나 같이.

잠시, 실례를.

나는 충동적으로 그러나 조심해서 햄을 주머니에 넣었다. 저멀리 기민하게 움직이는 눈동자들을 바라보다 방향을 틀어 움직였다.

## 60

서두르자.

나는 약과 케이를 다독여 앞장섰다. 시간이 많이 늦어지고 있었다.

지겨워 죽겠어.

약이 다시 비틀거리며 쫓아왔다. 우리는 안개의 냄새를 맡으며 다시 걸었다. 집이 있는 방향으로 두 다리를 옮겼다. 햄은 주머니에 들어가서도 연신 재채기를 해댔다. 감기가 들어도 단단히 든 것 같았다. 아이참…… 하는 심정으로 나는 발을 재게 놀렸다.

얼마나 더 가요?

숨이 차는 듯 케이가 물어왔다.

조금만 더.

나는 말했다. 케이가 플래시 두 개로 불빛을 비추는 걸 빼고는, 약이 마우어 마우어…… 하고 또다시 그 지나간 콧노래를 흥얼거리는 걸 빼고는, 대체로 적막 속에서 움직였다.

마우어라니.

우리의 사방에 정말로 장벽이 있고, 어둠도 안개도 어두운 안개나 어두운 습기도 없는 세계는 그 장벽 너머에나 있는 것이라면, 그것은 무엇이고 어디이며 어떤 모양일까. 상상할 수 있을까. 우리는 이 장벽 너머를 그릴 수 있을까. 필히 존재한다면, 그 세계로 가닿는다는 건 진실로 가능할까. 나는 쌉쌀한 기분으로 신발의 앞코를 툭툭 문대며 몇 번 멈췄다가 다시 힘주어 빨리 걷기를 반복했다. 아버지가 그리웠고, 그러다 불현듯 묻고 싶어졌다.

약.

왜.

약이 밭은 숨을 몰아쉬었다.

약.

다시 불렀다.

왜!

너…… 왜 날 찾아왔어?

묻고 싶었던 것을 나는 물었다. 벌써 물어봤어야 하는 것이었는지도 모른다. 약은 바로 대답하지 않았다. 고개를 돌리거나 멈추어 서로를 바라보지 않고 우리는 몇 걸음 더 걸었다. 케이가 종종걸음으로 따라왔다.

얼마간의 침묵 뒤에야 약은 우습다는 듯 말했다.

병신.

또다른 대꾸가 들려올까 싶었는데 병신, 그것으로 그만이었다.

됐다 싶어서 나도 더는 묻지 않았다. 우리는 계속 걸었다. 시작도 끝도 없는 길을 디뎌 가는 기분이었으나, 직선으로 걷고 있지만 어쩐지 자꾸만 휘어지는 기분이었으나, 명료히 설명 가능한 인과랄 건 별로 없지 않나, 그런 마음도 들었다. 아무려나 상관없었다. 그러다 별말 없지 싶던 약이 뜬금없이 말을 꺼냈다.

내가 내 몸을 때린다고 쳐.

뭐라고?

내가 내 손으로 내 살을 찢는 거랑, 추, 네가 남의 손으로 네 살을 찢는 거랑 뭐가 다르지? 다르지 않아, 결국엔 똑같지. 살은 찢기고 뼈는 부서지게 돼 있어. 왜? 왜냐고?

약이 싱글거렸다.

너도 알고 있는 거 아니었어? 우리가 서로 전혀 다르지 않은 동류의, 동질의 인간이라는 걸. 좀 솔직해져봐. 너도 원하잖아. 너도 너를 그러니까 너는 너를 매 순간 차고 때리고 죽여버리고 싶잖아. 이 거대한 장벽 너머로는 갈 수도 없고 다다를 수도 없다고 생각하잖아. 넘어설 수가 없다고 여기잖아. 도저히 그것만은 불가능하다고 체념하고 있잖아…… 안 그래?

나는 대꾸하지 않았다. 눈알이 튀어나올 정도로 뜨끈히 눈앞이 흐릿해지는 기분으로 그저 말하지 않고 걸었다. 틀리지 않지. 약의 말은 틀리지 않다. 맞다. 옳다. 그와 내가 다른 게 무엇인가. 다른 것도 다를 것도 없다. 비루한 내부와 초라한 혼돈만이 굴레인 듯 일상을 살아간다. 그렇게 하고 있다. 단지 그것뿐. 생이 나를 지나쳐가도록 놓아두는, 나 자신을 향한 방관만이 나를 벌한다.

참, 내일 나 외출하면 누가 올 거야.

어둠 속에서 약이 말했다.

외출하면?

한참 만에야 나는 물었다.

아마도.

누가?

모르지.

모른다니.

모르니까.

스무고개를 하듯 약이 짤막이 대답했다.

무슨 소린지.

나는 입을 닫았다.

걷기나 해.

약을 재촉했다.

어쨌거나 온대. 침대 들여놓으러.

약이 목소리를 키웠다. 말투가 너무나 산뜻하고 명랑해서 나는 잠시 멈춰 서야 했다.

뭐라고?

아…… 이 사오정 새끼. 죽어라, 빵야!

목발을 내게 겨누어대며 약이 킬킬거렸다.

왜 웃어.

내가 물으니,

웃기잖아!

약은 대꾸했다. 케이는 무슨 대화인지 몰라 가만히 듣고만 있었다. 나는 고민하다가 걸음을 멈추고 다시 물었다.

그래도 돼?

약이 무슨 말을 하냐는 듯 눈을 깜박였다.

되냐고?

싫어했잖아.

하, 이 순진한 새끼. 답도 없는 새끼.

약이 어처구니없다는 듯 배를 잡고 웃었다.

내가 무슨 정의의 사도냐! 사장이 까라면 까는 거지!

# 61

아 그거 뭐였지…… 내가 재밌는 얘기를 안 해줬나. 그랬네. 안 했네. 사장은 어, 사장을 뭐라고 말해야 하지. 그래, 사장은 최악의 새끼를 잡아 족쳐서 스스로 가장 최악의 새끼가 된, 최악의 재밌는 새끼지. 그렇게밖에는 말할 수 없어. 그러니까 뭐였지 아 그거……

약이 두 팔로 제 배를 끌어안는 시늉을 하며 웃어서 그가 바닥을 짚었던 목발이 푹 쓰러졌다. 나는 다시 약의 손에 목발을 쥐여주었다. 약의 윈드브레이커에서 종이 구겨지는 소리가 났다. 약은 또 떠들었다. 제가 무슨 말을 하고 있는지도 잘 모르는 것만 같았다. 정렬되지 않은 순으로 아무 말이나 떠벌렸고, 안개에 취해 왜 틀비틀 걸었다. 나는 또 짐작하며 그를 좇았다. 시야를 메우는 건 오직 더러운 안개뿐이었다. 영혼까지 축축해지는 기분이었고, 두터운 잿빛 안개 속을 헤치고 걷는 우리의 머리칼도 어깨도 담뿍 젖어들었다.

사장이 약의 양아버지를 협박해서 얻으려 한 건 그저 돈이었다.

그 이유가 아니라면 누구든 주시하거나 쫓아다닐 이유 따위는 없었다. 우스갯소리지만 오직 그 이유 하나만을 목적으로 하여 매일을 피곤하게 살아왔다고 그는 가끔 자정 너머 포차에 앉아서 혼잣말하곤 했다.

나쁜 짓을 서툴게 하면 더 나쁜 죄가 되지.

술에 잔뜩 절여져 불콰해진 얼굴로 사장은 웅얼거렸다. 약의 양아버지를 따라다니며 건설 현장 노가다판에서 굴러먹은 지도 오래였다. 그가 무엇을 좋아하는지 아니 무엇에 반응하는지 알아차리는 건 어렵지 않았다. 유난히 발달한 촉과 눈치로 사장은 근근이는 아니더라도 깨나 건실히 살아왔다. 살면서 단 한 번도 햄이 되지 않은 것, 햄이 되었던 적도 햄이 되기 직전까지 간 적도 없다는 걸 스스로 자랑스레 여기며 살아왔다. 햄을 경멸할 수 있는 건 사장이 가진 유일무이의 권리이자 자부였다. 비위를 살살 맞춰가며 대여섯 해가량 현장의 귀찮은 일을 도맡았을 때 사장은 그의 눈에 들어 십장이 되었다. 철근이며 콘크리트와 같은 건설 자재들을 슬쩍 빼돌리거나 인부들을 적재적소에서 줄여 받으며 사장은 노무감독으로서 가질 수 있는 이득을 자연히 취했다. 네놈 밑을 닦느라 전국을 떠도는데 이 정도쯤은, 하고 쉽게 생각했다.

이 정도는 내가 가져도 돼……

사장은 고개를 주억거렸다. 그리고 그의 눈 밖에 나지 않으려고 그의 일거수일투족을 감시하듯 눈에 담았다. 그러다보니 뜻밖의 것이 보였다.

하…… 이 새끼 봐라?

현장 인부들과 삼겹살에 막걸리 회식을 거하게 마친 뒤에 사장은 그가 먼지더미 현장에 놓고 간 외투를 집어들었다. 눈이 희끄무레 풀어진 그가 손을 흔들며 자리를 뜬 지 이미 삼십 분은 다 되어가고 있었다. 귀찮은데 싫었지만 그의 외투 주머니에 현찰이 가득한 지갑을 보곤 대리운전을 불러 값을 지불했다. 그가 주머니를 뒤지면 어라, 애초에 지갑은 없었는데요, 떨어뜨렸나, 하고 호기롭게 딴청을 피울 참이었다. 날이 밝으면 득달같이 인부들 주머니를 까뒤집어보겠습니다, 충성, 하는 식으로 얼버무리면 될 거였다. 사장은 차가운 생수를 마시며 뒷좌석에 몸을 묻었다. 노곤히 밀려오는 피로에 휘감겼다. 도로를 달음질치는 차의 기동성이 즐겁게도 느껴졌다. 그의 주택에 다다랐던 어둑한 새벽에, 현관문은 잠겨 있었어도 창을 가린 커튼이 슬쩍 젖혀져 있던 때에, 사장은 눈이 절로 찌푸려지는 광경을 보았다. 취기가 돌아서 눈 밑 언저리가 뜨거웠지만 분명히, 아이였다.

좋은 새끼가 아닌 줄은 알았지만 확실히 나쁜 새끼였잖아……

사장은 바닥에 침을 뱉고 신발로 문댔다.

하나 잡았군, 개새끼.

그리고 현관 앞 계단에 쭈그리고 앉아 허공의 어둠에 눈을 두고 있는 제법 예쁘장한 여자를 보았을 때 사장은 자신이 잡은 게 아니 잡을 것이, 하나가 아니라 둘이라는 걸 직감으로 알았다. 둘 아니 셋 그 이상일지도. 사장은 저도 모르게 웃음이 킥킥 새어나오는 걸 입으로 틀어쥐었다. 자신이 보고 있는 여자가 계단이 아니라 휠체어에 앉아 있다는 건 사방에 내려앉은 안개 때문에 미처 보지 못했다. 그가 무너지는 걸 보는 건 그다지 흥미진진하지 않았다고, 예후가 좋지 않았던 말기 암 때문에 의외로 너무 순순히 망가져버렸다는 식의 말들을 이후에 사장은 배곯은 아이처럼 떠벌려대곤 했다.

네 애비가 말이야, 그 별것도 아닌 개새끼가 말이야, 많은 걸 가지고도 별 더러운 것까지 다 취하려던 희대의 개새끼를 내가 밟아줬으면 대가리를 좀 수그릴 줄도 알란 말이야, 이 정신병자 새끼야……

사장은 어째선지 약을 보면 불쑥불쑥 화가 치밀어올랐다. 그래 언젠가 네놈이 내 머리를 깨뜨릴 생각을 하고 있는 거라면 그건 그것대로 이해는 해주지…… 그래도 지금은 안 돼, 네까짓 건 내가 아직 어떻게든…… 하고 씹어뱉듯 중얼거리며 멱살을 틀어쥐고 뺨을 내리쳐도 분이 풀리지 않았다. 좀처럼 제어되지 않는 약의 어떤 기운 같은 게 버거웠고, 한편으론 어째서 제 발로 벗어나려고 하지는 않는지 의문스러웠다. 그에게서 꼭 전부를 빼앗아야 했던 건 아니었는지도 몰랐다. 빼앗은 건지 떠맡은 건지 어느 날엔 아리송해질 때도 있었다.

한눈에 반한다는 건 눈이 먼다는 것과 같은 의미였을까. 여자의 불편한 다리는 사장에게 아무런 문제가 되지 않았다. 그러나 이미 주어버린 마음을 동등한 크기와 무게로 돌려받지 못한다는 건 사장에게 깊은 상실감을 안겼다. 여자는, 혜리는, 그에게 단 한 번도 예스라는 대답을 하지 않았다. 악력과 완력으로 어깨와 허리를 틀어쥐고 처음으로 함께 밤을 지샌 뒤로도 똑같았다. 아이가 크고, 그가 죽어버리는 오륙 년의 긴 시간에도 달라지지 않았다.

같이 살자.

사장의 말에도 묵묵부답이었다. 사장은 도무지 채워지지 않는 주린 허기를 느꼈으나 침묵을 긍정으로 받아들이려 애썼다. 집을 사들이고 방을 꾸몄다. 그러나 혜리는 홀연히 자취를 감추어버렸다. 그녀가 아무 연고도 없는 도시로 혼자 이동해서 스크린도어가 없는 승강장에 다다른 뒤 열차가 들어오는 찰나에 제 몸을 레일 위로 고꾸라뜨려버리는 모습을 사장은 녹화된 화면으로 보았다. 깨진 기억을 더듬듯, 과거를 복기하듯 무엇이 문제였던 건지 잠시 고민했지만 불쾌한 울화만이 솟구쳤다. 가능하지 않음. 사장은 그녀에게 자신이 가능했던 건 아무것도 없었다는 걸 오랜 시간이 지나서야 자각했다. 그 깨달음이 뼈저리게 아프게 느껴질 때마다 약의 몸뚱이를 발로 차고 때렸다.

가, 제발 사라져……

그런 마음이었으나 약은 항상 미끄덩하게 손아귀에서 빠져나갔다. 제 몸은 꼭 저 스스로 없애버리고야 말겠다는 시시껄렁한, 약해빠진 얼굴을 하고서.

# 62

여기는 질문도 해답도 없는 세계.

당연히 가져야 할 의문과 해갈되어야 하는 고심마저도 무의미한 세계.

모든 것이 안개 속에 감춰지고 있다.

불안과 불완전함의 공포를 껴안고 안개는 매일 통통해진다.

그러니 모든 유의미한 것은 약이 불러대는 노랫말처럼 장벽 그너머에 있는지도 모른다. 그렇게 생각해버린다. 당장에 여기서 벗어나거나 도망쳐버릴 생각 따위는 없으니.

오줌이 마려우면 오줌을 눈다. 그게 생이다. 상처 입히고 상처 입으며 산다. 그게 인생이다. 외로워도 외롭지 않고 고달파도 고달프지 않고 햄이어도 햄이지 않고 햄이 아니어도 햄이다. 어느새 불시에 밀어닥친 불운과 불행에 사로잡혀 그러나 결코 부서지거나 뒈져버리지 않는다. 단지 안개의 무드에 심취해 산다. 살아간다. 살아가고야 만다. 그게 생이다. 나의 인생이다. 그러니 여기에 있지만 여기에 없도록 하자, 그런 소박한 바람만이 생의 전부인 듯 들지 않을 수가 없는 것이다.

모두가 바싹 젖어든 꼴로 걷고 있었다. 집은 여간해선 멀리서나마 형체도 보이지 않았다. 안개는 새까만 어둠의 중심부 그 자체였다. 심지가 단단한 양초 속을 헤집으며 걸어가는 듯 몸은 자꾸만 흐무러졌다. 집에는 아직 도착하지도 못했는데 눈꺼풀이 무거워져왔다. 옴짝달싹할 수 없는 졸음의 밧줄에 휘감겨 내가 걷는지 안개가 나를 떠미는지 분간할 수 없을 지경이었다.

얼마나 더 가요?

케이가 재차 물었다.

조금 더.

나는 간신히 입 벌렸다.

얼마나요?

조금. 조금만 더.

보일 듯 말 듯 집은 나타나지 않았다. 항상 오가던 길인데, 그런 길을 잃고 헤매듯 같은 자리를 뱅뱅 돌고 있는 기분이었다. 손을 한껏 뻗어봐도 닿을 듯 닿지 않는 미진한 느낌이었다. 집으로 향해 가고 있는데 오히려 집으로부터 멀어지는 것만 같았다.

다 와가요?

어, 조금만 더 가면.

우리는 동일한 대화를 계속했다. 케이의 발소리에 무심코 귀를 기울이다가 약, 하고 불러보았다. 케이가 몸을 돌려 두리번거리다

다시 재채기했다. 기울고 흔들리는 불빛 속에서 잠시 서 있었다.

약.

다시 불렀다. 약의 목소리는 들려오지 않았다.

어서 가서 씻고 자자.

뜨거운 물로 이 끔찍한 안개를 씻어버리자.

그리고 나면 또 하루가 오겠지.

약도 케이도 없이 혼자인 듯, 나는 어린 나를 달래는 기분으로 중얼거렸다.

약.

……

집에 가자.

……

안개에 갇힌 채로 나는 거듭해서 약을 불렀다.

재즈라도 틀어줄까.

나를 부르는 것과 같이, 나를 부르는 것과 다르지 않게 약을 호명했다. 주머니를 뒤져 휴대전화를 찾아 쥐는 손이 떨렸다.

뭘 듣고 싶어.

……

약.

……

대답해.

집에 가는 것만이, 집으로 가는 길을 찾는 것만이 내게 간절했다. 여기서 더 젖어들지 않도록. 여기서 길을 잃지 않도록. 무언가 계속해서 잃어왔으나 더는 성급히 잃어버리지 않도록. 어서 집으로 가서 뜨거운 물로 이 무거운 안개를 씻어내고, 제습기를 틀어 집 내부의 눅눅한 공기도 몰아낸 뒤 급속한 잠에 빠져들어야 했다. 자고 나면 다시금 하루가 시작된다. 여전한 안개의 시간이 지속되더라도 나는 분명 내일도 여기에 있을 것이다. 여기에 없었으면 하는 마음으로.

절망이나 희망도,

번영이나 좌절도,

꿈도 미래도 없이.

## 63

그러니 여기에 없도록 하자.

나는, 여기에, 없었으면 한다.

# 작가의 말


인간 샌드백의 이야기를 접한 건 몇 해 전의 신문 기사에서였다. 택배 상하차 노역보다 일당이 세서 그 일을 한다는 이들의 인터뷰는 꽤 오랜 시간 내 노트에 적혀 있었다. 나는 노트를 펼칠 때마다 장벽과도 같이 단단하고 견고하게 닫혀버린 어떤 마음을 더듬어 읽었다. 말하자면 청춘인데 청춘이 아니고 인간이되 인간이 아닌 그 가난한 무력이 이 도저한 세계에서 감히 꿈꿀 수 없음에까지 이르렀다는 당혹감.

무엇을 할 수 있기 때문에 이 소설을 쓴 건 아니다. 내가 무언가 할 수 있는 사람이라서 이 소설을 쓴 건 아니다. 사실 그 자체와 사실의 허구적 재현 사이에서 나는 언제나 갈팡질팡한다. 결국 나는 내게 당도해버린 이 곤혹스러움을 그러니까 도무지 이해할 수 없는 사회를 향한 감출 수 없는 낙심과 나 자신에 대한 감당할 수 없는 경멸 사이에서 나부터도 좀 곤란해져 있는 상황이었기 때문에 이런 소설을 써버렸는지도 모르겠다.

인간은 나약하지만 에너지를 발산하며 나아가야 한다는 점에서 필연적으로 불행하다. 그러니 고독하지 않기 위해서 우리는 함께 있고 서로를 위로할 줄 아는 것이겠지. '여기에 없도록 하자'라고 나는 썼지만 부디 여기에 있어주었으면 하는 미약한 바람으로 이 이야기를 당신에게 보낸다. 나와 같지 않은 동시에 전혀 다르지 않을 당신들에게. 부끄럽지만 이런 방식으로밖에는 나는 사랑을 말할 수 없다.

계속하는 것.

리듬을 단절하지 않는 것.

장기적인 작업을 하는 데에는 그것이 중요하다.

요즘엔 이런 생각들을 곧잘 하고 있다.

2018년 여름
염승숙

문학동네 장편소설
여기에 없도록 하자
ⓒ 염승숙 2018

초판인쇄 2018년 7월 16일
초판발행 2018년 7월 25일

지은이 염승숙
펴낸이 염현숙
책임편집 김봉곤 | 편집 강윤정 김영수
디자인 강혜림 유현아 | 마케팅 정민호 박보람 나해진 우상욱
홍보 김희숙 김상만 이천희
제작 강신은 김동욱 임현식 | 제작처 영신사

펴낸곳 (주)문학동네
출판등록 1993년 10월 22일 제406-2003-000045호
주소 10881 경기도 파주시 회동길 210
전자우편 editor@munhak.com | 대표전화 031) 955-8888 | 팩스 031) 955-8855
문의전화 031) 955-3576(마케팅) 031) 955-1920(편집)
문학동네카페 http://cafe.naver.com/mhdn | 트위터 @munhakdongne
북클럽문학동네 http://bookclubmunhak.com

ISBN 978-89-546-5233-9 03810

www.munhak.com